Wolfgang A. Gogolin

ALS JESUS
AUS DEN WOLKEN FIEL

Impressum:

© Karina-Verlag, Wien
www.karinaverlag.at
Text: Wolfgang A. Gogolin
Lektorat: Karina Moebius
Layout und Covergestaltung: Karina Moebius
Coverbild: Pixabay, Klickblick, Elpaso nero, Jaesung An
© 2022, Karina Verlag, Vienna, Austria
ISBN: 978-3-903161-84-9

Wolfgang A. Gogolin

ALS JESUS
AUS DEN WOLKEN FIEL

Vorwort

Alle Personen, die in diesem Buch ihr Unwesen treiben, sind frei erfunden – nur die Toten, die auferstehen, nicht. Der Ort hinter dem Deich mit Namen Arnsiel, nahe der Stadt Wesselburen, ist nicht existent. Obwohl es nett wäre, wenn es ihn gäbe. Auch die Gastwirtschaft ist ein Luftgebilde. Schade um das Bier und die furztrockenen Frikadellen von Antje. Zwar gibt es Wesselburen, ein liebliches Kleinod an der meerumschlungenen Küste Schleswig–Holsteins, dort, wo Himmel und Meer einander begegnen. Aber die Geschichte im Umkreis hat sich niemals zugetragen, noch wird sie vermutlich je so geschehen. Die Erzählung gehört nicht in den Bereich einer Prophezeiung oder Vision. Sie ist reine Fantasie – ein Raum, den ein Mensch betritt, in dem alles und nichts möglich ist, der den Geist weitet und von dem man sich manchmal wünscht, er wäre Wirklichkeit.

Anno Domini 2016

Kapitel 1

Märchen beginnen oft mit den Worten »Es war einmal«. Spanien kennt die Variante »Damals, als Schnee auf Mallorca fiel«. Das russische Väterchen Frost fängt an mit »Es war einmal vor langer Zeit, in einem weit entfernten Land« und in Berlin gibt es die Startworte »Guten Tag, meine Damen und Herren. Bitte nehmen Sie Platz. Die Plenarsitzung ist eröffnet.«

Ob gute Geschichte oder schlechte, Fabel oder Märchen, das Kommende wird mit dem Satz, »Antjeee, wo bleiben die Frikadellen?« ins Leben gerufen.

***

»Antjeee, wo bleiben die Frikadellen?« Doch hinter der Schwingtür zur Küche regte sich nichts. Dabei war der Ruf nach den Frikadellen klar und deutlich zu vernehmen. Keine Antwort. Die Tür schwang noch nicht einmal auf, wie Peter Bruns es sonst gewohnt war. In Verbindung mit dem Leibesumfang des Wirts vom »Lütt Hüs« dröhnte ein Ton durch den Raum, der tief und basslastig klang und den Unmut des Rufers bekundete. Die Kommunikationsschwäche, die sich breitmachte, passte ihm nicht. Eine Ehefrau hatte zu antworten, ob sie wollte oder nicht. Noch genauer, eine respektable Wirtsehefrau hatte dem Wirt jederzeit Rede und Antwort zu stehen. Das Vergehen war also noch schlimmer.

»Antjeee!« Der Wirt zapfte das erste Bier des späten Nachmittags, wie immer mit ruhiger Hand. Der zweite Ruf nach der Holden wirkte noch einen Happen eindringlicher. In der Küche aber tat sich weiterhin nichts. Er hob den Blick gen Himmel und sprach mit dem Zapfhahn, der zufrieden vor sich hin gluckerte.

»Mann, Mann, Mann«, grummelte Peter Bruns und maulte weiter, »erst wurde der Mann geschaffen, dann die Frau aus den bloßen Rippen des Kerls und als der Herr das Unglück erkannte, entschuldigte er sich bei den Männern mit der Bierschöpfung. Gut so! Doch als ihm klar wurde, dass das nicht genügte, rückte er noch eine Kiste Zigarren raus. Anders kann man das nicht sehen. Anders ist es auch nicht. Antjeee! Verdammichnochmal!« Peter Bruns' Stressbarometer stieg an und es entstand das bekannte Reizklima der Nordsee. Wenn sich weiterhin nichts tat, müsste er sich bewegen, weg vom Zapfhahn, und tatsächlich in der Küche nachschauen. Er? Sich? Bewegen? Flossen Flüsse aufwärts? War das Meer oben und der Himmel unten? Flogen Vögel rückwärts? Konnte aus Mettwurst wieder ein Schwein gemacht werden?

Nein! Er musste sich einen Ersatzplan zurechtlegen. Das Krisengebiet im Gehirn ordnete die Lage. Gleich würden die ersten Gäste eintrudeln und die Dinger von Antje, die sich Frikadellen nannten und so trocken waren, dass Männer drohten, davon unfruchtbar zu werden, mussten her. Sie regten den Durst an und waren erstaunlicherweise sehr beliebt. Der Fleischanteil war hoch, das Brötchenfüllmaterial knapp bemessen. Kein Gast fühlte sich betrogen. Echtes Fleisch schmeckte nun einmal trocken und hier war eine Frikadelle eben noch eine Frikadelle. Peter Bruns guckte zur Schwingtür. Er sog viel Luft ein und ließ sie langsam wieder heraus. »Mann, Mann, Mann, Antje. Nee, aber auch, nee.« Das innere Krisenbewältigungsteam aller Synapsen schäumte. Der Wirt versuchte, sich zu beruhigen und einen guten Ehemann zu initialisieren. *Wozu gleich in die Luft gehen? Ganz ruhig bleiben. Es ist doch nur eine sensible Frau,* beschwichtigte er sich. *Ein zartes Geschöpf.* Das Gehirn schwieg dazu. *Elfe der Venus. Hauszierde. Schutzperson.* Bevor das Gehirn noch mehr serviert bekam, fragte es: *Bist–du–blöde, Peter Bruns?*

»Antje!« Nichts geschah. Nur noch eines konnte helfen – Selbsthilfe. Stressreduktion – und zwar sofort. Was tat ein kluger Mann, wenn der Druck überhandnahm? Richtig: Rauchen oder Saufen. Am besten beides. Dabei ging Rauchen nicht mehr. Seit der unseligen Entscheidung der drallen Madame aus Berlin durfte in Gaststätten nicht mehr geschmökt werden. Und ausgerechnet in diesem Moment der Drangsal vor die zu Tür gehen, war keine Option. Übrig blieb das Saufen. Bier stimmte sanftmütig und Peter Bruns hatte ohnehin entschieden, dass das erste Bier am Abend immer dem Wirt zustand. Heute ein süffiges *Guinness.* Ein volles Glas mit fast schwarzer Flüssigkeit und karamellfarbenem Schaum. In Bälde würde die Seele in ruhige, moorige Dunkelheit getaucht. Der tägliche

Wahlspruch stand unsichtbar im Raum: Ich bin der Erste, ich krieg das Erste, runter damit. Der Wirt hob das Glas gegen das Licht. Es schimmerte. Der cremige Stickstoffschaum stand. Er prostete dem noch leeren Gastraum zu und nahm einen kräftigen Schluck. Flüssige Stressreduktion rann. Herrlich! Peter Bruns setzte das Glas ab und besah sich die dunkle Schönheit von allen Seiten. Was nun? Langsam oder schnell austrinken? Die Gier entschied: Einfach runterzischen und genießen. Wer war Antje? Was waren Frikadellen? In welcher Jahreszeit lebte er gerade? Die perfekte Balance zwischen süß und herb eroberte seine Geschmacksknospen. Bemächtigte sich aller Sinne und entspannte seinen Leib. Ganzkörperyoga für echte Kerle. Im Vollbart verfing sich etwas vom Schaumkrönchen. Leben konnte wundervoll sein. Der Mann, dessen Krise einen weiblichen Vornamen trug, setzte das Glas ab und fühlte, wie der Nachhall des Biers durch ihn perlte. Irgendetwas war da doch noch? Der Wirt wischte den Guinnessschaum vom Bart und kratzte sich an der Stirn. Tiefenentspannt fiel ihm seine wichtige Frage wieder ein: Wo blieb eigentlich Antje?

***

Umrahmt von Nordsee, Eider und Elbe, bot Dithmarschen mit saftigen Weiden, schwarzbunten Kühen und reetgedeckten Bauernhöfen ein idyllisches Landleben. Von wahren Kennern als Bauernrepublik bezeichnet, bildete Dithmarschen nicht nur einen Teil Schleswig–Holsteins, sondern galt unter Liebhabern als Filetstück des Landes.

Aus dem Filet war ein Menschenschlag erwachsen, dessen uneingeschränkte Meinung und direkte Wortwahl ihresgleichen suchten. Dieses seit Jahrhunderten freie Land lag unter einem Himmel, der bis in die letzte Erdfurche kroch und dabei in allen möglichen Farben erschien. Selbst Maler von Rang und Namen hatten mit der Schwierigkeit gekämpft, die Farbpalette des Landstrichs annähernd wiederzugeben. Himmelblau war noch die simpelste Farbe. Blaugrüngrau, Anilinblau, Zinnoberorange, Grünspan bis Chinchillagrau, je nach Stimmung des Wetters. Über allem wehte oft ein kühler Meereswind, der den Kopf klar machte für Antworten, die weit in der Ferne lagen und für Fragen, die noch nicht gestellt worden waren.

»Raik, siehst du das?«, fragte Bauer Hanke Harms seinen Freund, der die Augen geschlossen hielt und versuchte, sich keinesfalls zu bewegen. Zwei träge Fliegen umschwirrten das Duo, das sich eine Holzbank teilte, die direkt auf dem Deich stand. Bis eben hatten die beiden noch geschwiegen. Sie wollten den arbeitsreichen Tag und die nicht minder belastete Woche hinter sich lassen und den Gedanken Stille schenken. Freitag. Durchatmen. Wochenende. Vier ausgestreckte Beine in Gummistiefeln zeigten in Richtung Wasser. Zwei davon in Natogrün, die anderen in Schwarz. Nur noch ein Viertelstündchen, dann würde Peter Bruns seinen Gasthof aufschließen und für sie den Zapfhahn öffnen. Mit einem Panoramablick auf Schlick, Möwen und Seetang sowie im Rücken das »Lütt Hüs« hatten die beiden eine perfekte Position eingenommen.

»Was?« Der Fischer Raik Deters ließ die Augen weiterhin in Ruheposition.

»Na, das da.« Ostwind zerstob die Frisur des Bauern und spielte mit dem rotblonden Schopf. Mit dem Haar des Fischers spielte niemand, es war unter einer blauen Strickmütze verborgen.

»Was?«, knurrte er abermals.

»DAS!«

»Geht's noch?« Zwei Worte, wohl gewählt, mit denen der Fischer Raik Deters alles mit einem Fragezeichen versah, was ihm soeben in die Ohren gekippt worden war. Übersetzt: Wenn ich wüsste, was du meinst, Hanke Harms, würde ich nicht fragen. Wenn ich ahnen würde, was du willst, gäbe es eine Antwort. Und wenn du mich nicht gleich in Ruhe lässt, dann Sag–ich–noch–mal–einen–Ton–dazu. So viel Inhalt mit so wenigen Wörtern, eine Meisterschaft des Minimalismus.

Die natogrünen Gummistiefel des Bauern Harms ratschten über den Boden. Er richtete sich auf. Ende mit der Entspannung unter Freunden. Sein Blick sagte alles, was er in der Bauernvereinigung aufgeschnappt hatte: *Fischer blieben Fischer. Da war nichts zu holen. In jedem Fall einem Landwirt unterlegen – eine alte Bauernregel. Wer den ganzen Tag mit dem Kopf im Wasser hing und so roch, als hätte er bereits Gevatter Tod gesehen, der stand nun mal eine Stufe unter Ackermännern, die nach frischer Landluft und blühenden Feldern dufteten. Bauern waren geerdete Kultivierungsbeauftragte und wichtige Erzeuger von Daseinsgütern. Also wichtig. Sehr wichtig.* Hanke Harms nickte nicht nur innerlich, sondern auch äußerlich. *So isses.*

Raik Deters bemerkte die plötzliche Pause und hob das rechte Augenlid.

»Warum nickst du und antwortest nicht, Gülleknecht?« Der Fischer schloss das Auge wieder und setzte seine Entspannung fort. Zusätzlich schob er die Arme hinter den Kopf. Ein leichtes Recken. Hanke dagegen schnappte nach Luft.

»Gülleknecht? Und du … Und du … Und du?«

»Was und ich?«

»Du bist nur ein Fischer und hast wohl Matjes auf den Linsen. Mach endlich die Augen auf und guck nach da hinten. Das sieht schlimm aus.«

»Meine Güte, bist du heute sabbelig.«

Raik Deters sah sich genötigt, die Hände langsam wieder in Normalposition zu bringen, sich aufzurichten und die Augen zu öffnen. Stille für einen Moment. Das unheilvolle Schwingen einer Vorahnung überzog den Deich.

»O ha«, unterbrach der Mann mit der blauen Wollmütze die Stille. Selbst die beiden trägen Fliegen hörten auf zu schwirren und setzten sich.

»Zum Donner, was ist das?«, fragte der Fischer und Hanke Harms zuckte mit den Schultern.

***

Goethe sagte einmal *Die ganze Welt ist voll armer Teufel, denen mehr oder weniger angst ist*. Er vergaß zu erwähnen, falls er es wörtlich meinte, dass nicht nur arme Teufel, sondern auch gute Gemüter von Angst überfallen wurden – und nicht nur menschliche Wesen.

Gretel, Bauer Harms' schwarzbunte Kuh, riss ein Büschel Gras aus der dicht am Deich gelegenen Weide. Das Rupfgeräusch mischte sich mit dem Kreischen der Möwen und dem Heulen des Ostwinds. Die Musik des Nordlands pfiff beinahe harmonisch über die Wiese. Ihre Schwestern Nina und Bärbel zupften ebenfalls Nahrung aus dem fetten Boden. Gretel schwenkte den Schwanz. Langweile beim Futtern und eine lästige Fliegenschwadron, die um ihren Hintern brummte, lösten diesen Reflex aus. Ein einzelnes Insekt sonderte sich ab. Nahm es mit den Facettenaugen wahr, dass es gleich von der Schwanzpeitsche erwischt werden würde? Gerade noch schnell genug änderte die Fliege ihre Richtung. Ein Meisterstück der Fliegerkunst. *Wohin jetzt?* In jedem Fall sollte das Ziel feucht und klebrig sein. Was bot sich an? Gretels Augen. Landeplatz: Wimpern.

Die Schwarzbunte ihrerseits fand, dass die Wimpernfliege störend, nervig und unfassbar lästig daherkam. Gretel zwinkerte. Das Brummbiest verzog sich kurz und nahm erneut Anlauf. Schwirrte, sirrte und erwischte einen Moment der Unachtsamkeit. Niederlassen auf dem Augenrand. Feuchter Vorhof zum Eigentlichen, dem Auge. Sie fuhr den Rüssel aus. Salzig. Nass. Lecker. Gretel riss den Kopf hoch und schüttelte sich, muhte, ohne jedoch das Kauen zu unterbrechen. Ein Balanceakt der besonderen Art, denn Aufhören ging gar nicht – die Mägen sollten schließlich gefüllt werden. Um aber das Kopfschütteln zu generieren, musste sie mit dem Schwanzschwenken aufhören. Für Multitasking war ein Hausrind nicht geschaffen. Erneutes Schütteln unter Vernachlässigung der Schweifbewegung. Die Wimpernfliege raste hoch. Ratloses Fliegen. *Wohin jetzt?* Der Hintern der Schwarzbunten wurde gerade nicht bepeitscht. Perfekt. Neues, altes Zielgebiet erfasst. Hin zum partiell verkrusteten Hinterteil. Brauner Crunch. Besaßen Fliegen Verstand? Wer setzte sich freiwillig auf Reste von ehemaligem Gras, das zerkaut, vorverdaut, wiedergekäut, im Darm verdickt und als feuchter, stinkender Fladen ausgeschieden wurde? Das fehlende Nervensystem in zentraler Form ließ nur Instinkte zu. Offensichtlich fehlte die verstandesmäßige Bewertung, denn Logik setzte sich nicht auf Scheiße.

Der Schwirrer platzierte sich im Braun und begann damit, das Objekt seiner Begierde zu verspachteln. Er hatte viele Mitesser. Ein großes Fressen samt Krabbelei. Kannten Fliegen wenigstens Angst? Waren auch sie Goethes arme Teufel? Angesichts des Nervpotentials, mit dem sie Mensch und Tier traktieren, könnte der Eindruck entstehen, sie hätten etwas mit Satan gemein. Aber Angst? Möglicherweise mehr ein Unwohlsein aus innerer Quelle. In diesem Augenblick trogen alle Instinkte. Die Fliegenmenge wähnte sich in Sicherheit. Gretel erachtete die Nascherei am Hintern als exorbitant unerquicklich. Sie zückte die Schwanzwaffe und schlug mit voller Wucht zu. Massensterben an den Backen. Die Fliegen fielen ins Gras. Ein Teil davon musste den Weg über die Regenbogenbrücke nehmen. Und Gretel? Keine Reue. Kein Mitleid. Nur die Wahrnehmung: niemand mehr am Achtern. Die Schwarzbunte ging für ein vorzügliches Stückchen Grün einen Schritt zurück und besiegelte damit das Schicksal der letzten ohnmächtigen Nervensägen. Eine spezielle Art der Grausamkeit? Nein, so etwas lag ihr nicht im Blut.

Gretel riss sich ein Stückchen Gourmetgras aus der Wiese, dann sah sie langsam hoch zum Deich. Alles schien ruhig. Ohne Fliegen herrschte sogar Stille. Keine Möwe am Himmel. Selbst der Ostwind war nicht mehr zu hören. Was die Schwarzbunte sah, hatte sie noch nie gesehen. Erschrecken im Blick. Große Kuhaugen. Die Kaubewegungen setzten aus. Null Bewegung. Noch nicht einmal ein Zwinkern. Was war das? Das Rinderhirn versuchte eine Einordnung. Gefahr oder Bereicherung? Der Darm entschied. Gretel hob den Schwanz und entließ einen Schwall an Dünnflüssigem. Ein riesiges Festmahl für sämtliche Naschkatzen an Zweiflüglern aus Dithmarschen und Umgebung. Das Fazit aus der Darmtragödie: Schwarzbunte waren eindeutig arme Teufel und Goethe hatte richtig gelegen.

✳✳✳

Hermann hatte Molly vom Rücksitz geholt und klappte die Tür des Wagens zu. Der alte Peugeot ächzte.

»So, meine Süße, jetzt gehen wir zusammen ein Stückchen. Zu Peterle und seiner Frau.« Molly tat nichts, außer sich tragen zu lassen. Hermann setzte Molly auf dem Parkplatz ab und befestigte die Leine. »So, meine Süße, es geht los. Bewegung ist Leben. Noch sind wir beide hier, also müssen wir laufen.« Molly, eine Havaneserin im fortgeschrittenen Alter, schätzte das Laufen durchaus, auch wenn ihre Lauffreudigkeit im Senium nachgelassen hatte und der Akku durch Pausen aufgeladen werden musste. Heute früh war sie beim Hunde-Coiffeur gewesen. Waschen, schneiden, föhnen. In nichts stand sie hierbei einer Menschenfrau nach. Molly mochte ihre Friseurin. Die Frau im Salon gab ihr immer ein Leckerchen zum Abschluss. Minikauknochen aus Hühnchen – was für ein Service. Frisch gekürzt, mit schwarzen Knopfaugen und braungrauem Fell machte die Hundedame immer noch Staat, wenngleich das Schnäuzchen bereits grau schimmerte. »In einer halben Stunde sind wir da; wenn wir schneller Laufen, in zwanzig Minuten. Antje hat bestimmt was für dich. Ist das nicht schön?« Keine Antwort von Molly. Oder gab es da ein Funkeln in den Augen? Hermann unterhielt sich weiter. »Ich ein Bierchen samt Frikadelle und für dich was zum Knuspern und ein Wasser. Was meinst du, freuen wir uns darauf?« Hermann schaute auf die Hündin. Augenkontakt. Mensch und Hündin im Einklang. Früher hätte sie geantwortet. Mit einem Bellen oder Knurren. In jedem Fall mit Geräusch, doch seit Emmas Tod war Molly verstummt. Die einzig richtige Reaktion auf die Unsäglichkeit des Frauchenverlusts, dachte Hermann oft. Er fragte sich, warum er selbst nicht verstummt war, als Emma starb. Gleichzeitig gehen – davon war er ausgegangen. So weit der persönliche Plan. Wen Gott liebte, dem fügte er kein Leid zu. Warum hatte Gott ihm das angetan? Ohne Emma war alles nur Leid. Das Leben stellte eigene Regeln auf – das Herz brach, aber der restliche Körper lebte einfach weiter. Atmete, redete, bewegte sich. Ungerechtigkeit hatte viele Gesichter.

Emma war ganz still gegangen, an einem Sommermorgen im letzten Jahr. Schön sollte er werden, sonnig und warm. Spazieren gehen, Käffchen auf der Terrasse, Ananastorte. Der Sommertag wurde dagegen kalt, schmerzhaft und einsam. Sicherlich hatte Emma wie jeder Mensch über siebzig ein Zwacken hier und ein Zwicken da gehabt, dennoch hatte es nichts gegeben, absolut rein gar nichts, was rechtfertigte, dass sie am Morgen nicht mehr aufstand. In der Nacht hatte Emma diese Welt verlassen, sacht, ohne ihm Bescheid zu geben. Wenigstens die Hand hätte Hermann ihr gerne gehalten. So gerne. Nach fast fünfzig Jahren Ehe hätte ihr doch wenigstens die Wärme einer Berührung zugestanden, das Beisein des Herzens und die letzte Geborgenheit. Molly hatte das auch so gesehen. Sie kroch aufs Bett, schmiegte sich an den leblosen Körper und winselte, bis Emma abgeholt wurde. Fortan schwieg Molly. Zeit heilte nicht jede Wunde. Kein Zureden half. Die Havaneserin schwieg. Irgendwann sah Hermann ein, es war der innere Protest gegen die Verwundbarkeit und das Gefühl des Verlassenwerdens. Beziehungen endeten mit dem Tod und so einzigartig, wie die Beziehung gewesen war, so einzigartig war auch die Trauer. Das Bündnis von Molly und Emma: Niemals würde sie ihr Sterben hinnehmen. Niemals.

»Molly, was meinst du, wollen wir schneller laufen?« Die Hündin nahm den Weg auf und tapste in Richtung Deich. Vor der Treppe verharrte die Havaneserin. Hermann verstand, bückte sich und hob die Dame auf den Arm. Schon nach der Hälfte der Betonstufen bemerkte der Rentner eine Veränderung. Er blieb stehen und drückte Molly an sich. »Merkst du das? Irgendetwas fühlt sich komisch an.« Schwere Luft drückte, die Stimmung wechselte. Windstille. Die Knopfaugen der Havaneserin schauten hoch zum Herrchen. Ein Fragezeichen stand in dem Blick und ein Fluchtgedanke. Der Rentner stieg die Stufen weiter hoch, bis er auf der Deichkrone stand. Sein Atem stockte. Molly zittere. »Ach, du meine Güte. Was ist das denn?«, fragte Hermann, doch niemand war da, um ihm diese Frage zu beantworten.

***

Die weiß getünchte Fassade des »Lütt Hüs« bekam zusehends eine andere Beleuchtung. Weißes Haus – dunkles Reetdach. Normalerweise harmonisch, mutierten die beiden Farben zu Gegenspielern in dämonischer Art. Selbst die beiden Spalierrosen am Eingang des Hauses gaben sich plötzlich widerborstig. Sie ließen alles Blattwerk hängen und stellten die Stacheln auf. Nur eines veränderte sich nicht: der Hügel, auf dem das »Lütt Hüs« stand. Er gab den Charakter des Anwesens wieder. Erhaben, frei und jederzeit verteidigungsbereit. Drei Blutbuchen, die im Rücken des Hauses standen, schienen ebenfalls eine Vorahnung zu haben. Sie wirkten, als würden sie sich auf etwas vorbereiten. Gerade, ohne Bewegung rüsteten sie sich. Die Luft stand.

Der Wirt des Gasthofs hatte von der Andersartigkeit der Atmosphäre noch keine Notiz genommen. Frikadellenprobleme standen immer noch im Vordergrund. Trotz flüssigen Männeryogas.

»Antje, verdammich! Frikadellen! Sofort!«, gellte es an der Theke und die Dienstanweisung war sogar noch vor der Haustür zu hören. Sofern dort jemand gewesen wäre. Glück aufseiten des Wirts. Fremde hätten den Eindruck gewinnen können, dass Peter Bruns ein Despot sei. Doch manchmal täuschte der Eindruck. Die Schwingtür zur Küche tat endlich das, was man von einer Schwingtür erwarten durfte – sie schwang auf.

»Was schreist du hier so herum, Peter Bruns. Gibt es nicht genügend Gläser, die entstaubt werden müssen?« Antje Bruns stand in hellblau karierter Rüschenschürze und mit einem Teller voller Frikadellen mittenmang in der Tür. Aus dem blonden Haar, von einem Zopf beherrscht, fiel eine Strähne. Die Haare einer Frau zeigten grundsätzlich den Gemütszustand an. Das war auch hier so. Antjes Haare waren auf Krawall gebürstet.

»Ich soll Staubwischen?«, entrüstete sich der Wirt, als wäre das eine Zumutung unverschämtester Weise und wider die männliche Natur.

»Wenn du glaubst, ich mache das immer, nur weil ich eine Frau bin, dann bist du schief gewickelt. Staub wäre rosa, wenn nur Frauen sich darum kümmern müssten. Also schrei nicht rum und nimm das …« Ein Küchentuch mit Entstaubungsauftrag flog ihm an die Männerbrust.

»Zicke!«

»Macho!«

»Oberzicke!«

»Es ist mir egal, wie du mich nennst. Hauptsache, ich kann mich bald in den Gläsern spiegeln.«

»Eitle Oberzicke!.«

»Entstauben. Mach hinne.«

»Habe ich etwa einen Propeller im Rücken?«

Zu mehr Gegenwehr kam der Wirt nicht. Brustwarzen waren eine Art Außendienstmitarbeiter und diese beiden Kerlchen des propellerlosen Mannes stellten sich gerade auf. Er schluckte. Knospig und knallhart. *Was ist los?*, schrie das Gefahrenzentrum im Hirn. Der Thalamus erhielt von der Amygdala eine grobe Skizze der Situation und versuchte, das Gefahrenpotenzial zu ermitteln. Das Frühwarnsystem schickte einen Signalton. Sollte er gleich mit der Unbill einer Brustwarzenaufstellung an die Öffentlichkeit gehen oder den misslichen Umstand für sich behalten?

»Antje«, der Tonfall des Wirtes wandelte sich. Im Unterton die Anmutung von Besorgnis. In der Modulation Unsicherheit. Er hob den Kopf in Richtung Deichpanorama.

Wer als Dithmarscherin mit einem echten Dithmarscher verheiratet war, musste das Triple-Gen von Hartgesottenheit, Erbarmungslosigkeit und Sensibilität in sich tragen. Sonst konnte die Ehe nicht funktionieren. Die Wirtin stellte den Frikadellenteller ab.

»Was ist denn, Peterle?«, flüsterte sie.

»Ich hab da so ein Gefühl.«

Antje sah ihren Mann an. Sondierend, suchend bis zum Finden. Ihr fiel nur eines ein.

»Ach, du meine Güte! Doch nicht jetzt. Wir machen gleich auf.«

Peter Bruns, der durch die Fensterscheiben in die Ferne sah, löste sich vom Blick, nahm Antje ins Visier und bemaß ihre Antwort unter Berücksichtigung der strammen Außendienstmitarbeiter.

»Was?« Er entließ Luft durch die Vorderzähne. Ein »Pfff« entwich. »Nee. Nicht DAS«, brummte er.

Antje schien für eine kurze Weile beruhigt zu sein. Sie atmete innerlich auf. Gerade noch mal davongekommen. Alles war gut, bis zu dem Punkt, wo sie das *Pfff* noch einmal Revue passieren ließ. In welche Unverschämtheitskiste hatte ihr Gatte gerade gegriffen? War das, was sich sonst abspielte, bei Rollläden runter und Licht aus, etwa ein *Pfff*?

»Was meinst du mit ›Pfff‹? Ist es dir etwa nicht gut genug?«, giftete Antje.

»Nicht gut genug?« Der Wirt trennte sich von seinem besonderen Gefühl, das ihn gerade beschlichen hatte und schlidderte in das nächste Gefühl, das sich fatal anfühlte.

»Antje, verdammichnochmal, was meinst du?«

»Was könnte ich wohl mit *Pfff* meinen? Es war doch dein *Pfff*, also musst du auch wissen, wovon ich rede.«

»Welches *Pfff*?«

»Das von eben. Das zwischen *Was?* und *Nee. Nicht DAS*.«

»Ach, das.« Immerhin hatte das Problem jetzt einen genauen Standort.

»Genau das!« Antje stemmte ihre Hände in die Hüften und wartete auf eine Erklärung.

Peter Bruns zentrierte sich. *Was meinte Antje? Ein Pfff war ein Pfff.* Er überlegte mit Hochdruck, wie er von der scharfen Klippe herunterkam, ohne preiszugeben, dass er immer noch nicht begriffen hatte, was sie eigentlich von ihm wollte. Aus dieser Misere kam er nur noch mit Täuschungsmanöver heraus. So etwas hatte er seit der Bundeswehrzeit drauf. Täuschen – tarnen – verpissen.

»Antje!« Der Wirt machte sich gerade. Strich über den Bart. Nickte sich selbst zu. Er nahm die Haltung eines Allwissenden ein. Eines Mannes mit Überlegenheit und Bewertungskompetenz. Er machte eine Kunstpause, in der er fieberhaft nach den richtigen Worten wühlte und sprach die gefundenen Brocken der Weisheit mit Pathos. »Antje! Es ist nicht nur gut …«, er spielte russisches Roulette, »es ist phänomenal.« Egal, was es war, was Antje wollte, gewiss musste es etwas Überragendes sein und er konnte liefern. Die Wirtsfrau wandte sich ihm zu, ging auf Tuchfühlung und sah ihn direkt an. Sie überprüfte das Gesagte. Dann überkam es die Wirtsfrau. Sie lächelte zaghaft und kicherte.

»Na, dann … dann ist ja alles gut.«

»O ja«, sagte der Wirt gemächlich. »Das ist es, mein Schnuffelhase.« Eine Schweißperle rann ihm dem Rücken herunter. Innerlich machte er das, was er sich äußerlich nicht traute. Er pustete aus, mit einem langen *Pfff.* Wozu die Bundeswehr doch gut war. Täuschen und tarnen reichte in diesem Fall sogar, er musste sich noch nicht einmal verpissen. *Bundeswehr ist geil,* befand der Wirt, *zwischen Handgranaten und Flak bot sie bannig gute Gebrauchsanweisungen für das echte Leben.*

Zum krönenden Abschluss gab Peter Bruns seiner Holden einen Kuss auf die Wange und nahm sie in den Arm. Irgendwie hatte ihre Ehe, trotz gefühlter tausend Jahre Dauer, immer noch Strahlkraft. Sie fühlten im Gleichklang. Manchmal mehr, manchmal weniger. Antje löste sich aus den Armen ihres Mannes und aktivierte den weiblichen Instinkt.

»Peter!?«

»Ja?«

»Jetzt weiß ich, was du meinst. Ich merke es auch.«

Die Blicke der beiden wurden zum Fenster gezogen. Das hereinfallende Lichtspiel dunkelte peu à peu alles ab und die Luft drückte. Stille im Haus. Nichts regte sich.

»Was ist das?«

»Keine Ahnung. Aber es fühlt sich verdammich nicht gut an.«

***

Hagel und Feuer mit Blut gemengt fielen auf die Erde und ein Drittel der Erde brannte, sowie ein Drittel der Bäume, ebenso alles grüne Gras. Ein großer Berg mit Feuer fuhr brennend in das Meer und ein Drittel des Meeres ward zu Blut und ein Teil der Kreaturen im Meer starben, nebst den Schiffen, die zugrunde gingen. Ein großer Stern, der vom Himmel fiel, brannte wie eine Fackel und stürzte in das Wasser. Sonne, Mond und Sterne verfinsterten sich und das Licht des Tages schien nicht mehr.

Dithmarschen hatte eine eigene Gangart. Gemächlich, nicht überkandidelt und erst recht nicht großes Drama. Blut fiel nicht vom Himmel, vielmehr hatte sich das Firmament über Dithmarschen violett verfinstert.

Eine seltsame Färbung, die das Dach der Welt sich hier zugelegt hatte. Noch eigentümlicher muteten die wulstigen Streifen in Sattorange an, die von schwarzen Löchern durchsiebt schienen. Kein Vogel flog durch diesen Farbrausch der Unheimlichkeit. Keine Möwe schrie. Kein Austernfischer fischte Austern. Zum Glück starben die Kreaturen des Meeres nicht und alle Schiffe blieben unversehrt. Beides hätte auch nicht funktioniert, da das Meer den natürlichen Rückzug angetreten hatte und das Watt die Oberhand erhielt. Schnelle weiße Nebel liefen über den Himmel. Augenblicklich hörte das grüne Gras auf, sich zu biegen. Die Blutbuchen hatten ohnehin jede Bewegung eingestellt. Was das Ganze absolut bizarr erscheinen ließ: Es türmte sich eine Wolkenfratze auf. Bauschig. Buschig. Ein böser Weihnachtsmann mit Blitzen im Haar und so tiefen Falten auf der Stirn, dass Schatten darin wohnten. Endzeitstimmung. Zumal der Weihnachtsmann grollte. Donner erfüllte die Ebene und eine unausgesprochene Frage huschte über die Wattlandschaft: Tagte das jüngste Gericht oder war es nur eine Vorsuppe?

***

»Molly!« Hermann drückte das zitternde Etwas, das sich in seinen Armen verbarg, fester an sich. Auf eine Wolkenfratze, die ihn direkt anstarrte, war der Gassigeher nicht gefasst. Das Wolkengesicht mit grimmigem Ausdruck und Blitzen im Bart bäumte sich auf. Donnergrollen. Wollte es Hermann und Molly verschlingen? Hermanns Beine zitterten.

»Wir müssen hier weg«, stammelte der Rentner und drehte sich um. Gefahr im Rücken fühlte sich noch größer und mächtiger an. Hermann versuchte, die Deichtreppe im Expresstempo hinunterzulaufen. So schnell es auch ging, schneller ging es einfach nicht.

»Wir müssen mit dem Auto zu Peterle fahren. Dort sind wir sicher.« Molly schien das nicht zu verstehen. Sie bibberte noch stärker. Das Hintergrundviolett mit den schwarzen Löchern und der Fratze kroch über den Deich und überholte die beiden. Dies trug keineswegs zur Entschärfung der Lage bei. Hermann machte einen Sprung von den letzten Stufen auf den Boden. Die Knochen des Rentners knirschten. Einen Trost gab es: Keine Treppe mehr bedeutete: Gleich–sind–wir–im–Auto. Im Violett funkelten Zacken und kleine lilafarbene Kristalle fielen zu Boden.

»Gleich, Molly. Gleich sind wir in Sicherheit.« Die weißgrauen Haare des Rentners erhielten eine Staubschicht in Lila und auch die Havaneserin wurde damit überzuckert. Hermann hustete. Das hätte die Hundedame auch am liebsten getan, aber Entsetzen benötigte keinen Laut. Niemals. Zu keinem Zeitpunkt. Das blieb die bewährte Mollymaxime.

Hermann nestelte in der Hosentasche, wühlte den Autoschlüssel empor und hätte ihn fast zu Boden fallen lassen. Doch der Schlüssel fand das Schloss. Not kannte keine Gesetze, Molly landete auf dem Beifahrersitz. Ohne den Blick hinauszurichten und die Lage zu sondieren, drehte Hermann den Schlüssel um. Zur Freude des Rentners reagierte der Peugeot sofort. Auch dem Auto schien die angespannte Lage ein Grund für einen Schnellstart zu sein. Überall lila Staub. Hermann betätigte den Scheibenwischer und die Wischblätter ratschten über die Frontscheibe. Schlammige Pampe fiel von der Windschutzscheibe und ein Stückchen gesäuberte Zone bot einen kleinen Ausblick. Ausguck in eine völlig veränderte Welt. Draußen war es dunkel geworden, mitten am Spätnachmittag – fast Nacht. »Oh, meine Kleine«, murmelte Hermann völlig verstört, bevor er das Gaspedal durchdrückte, »ich weiß nicht, ob wir das schaffen.«

***

»Antje, das sieht nicht gut aus.« Peter Bruns rieb sich den Bart und machte halt am Kinn. Beide standen vor dem Haus. Violetter Staub lag überall und der Himmel dröhnte. Die Wirtsfrau dachte an Insa, ihre gemeinsame Tochter, die zum Wochenende nach Hause kommen wollte.

»Meine Güte, Stummel holt Insa vom Bahnhof ab. Ich hoffe, die zwei sind entweder bald da oder sie bleiben in Husum und übernachten dort. Peter, was ist das?« Eine gewisse Stimmvibration ließ auf Angst und Bang schließen.

»Das sieht wirklich, wirklich nicht gut aus«, wiederholte sich der Wirt.

»Musst du immer das Gleiche sagen?«

»Wenn es immer das Gleiche ist.«

»Sag schon. Was ist das? Du warst beim Bund, da weiß man so was.«

»Ach ja!? Auf jeden Fall so etwas Ähnliches wie ein Unwetter.«

Antje wischte ihre Hände in der Schürze ab. Wieder und wieder. Dabei gab es gar nichts zum Abwischen. Die Stirn des Weihnachtsmanns kroch über den Deich.

»O Gott, Peter!« Weiter kam Antje nicht. Sie ließ von der Schürze ab.

»Antje! Geh rein und ruf Insa an. Sie sollen in Husum bleiben.«

»Ich … ich …«

»Los! Mach schon. Gib Gas.« Wind kam auf. Die erste Böe seit Gretels Darmentleerung. »Ich hole die Stühle rein, den Aufsteller und mache alles sturmfest.«

Peter Bruns schaute Antje an. Sie bewegte sich nicht. Die Wirtin starrte den Weihnachtsmann an, der nunmehr in voller Pracht auf sie niederblickte. Starker Wind wehte Antjes Schürze samt Blümchenkleidchen hoch. Mit einer schnellen Bewegung konnte sie das Gewand halten. Hatte Santa Claus etwa Schabernack im Sinn?

»Weib! Worauf wartest du? Glaubst du, das ist der Weihnachtsmann?«

Antje grübelte kurz: Bei Licht betrachtet, sah er wirklich genauso aus. Bei Dunkelheit, ebenfalls. Und ein Steckbrief hätte präzise diese Beschreibung. Warum sollte sie den Weihnachtsmann nicht als Weihnachtsmann sehen?

»Also, ich …«

»Antje, verdammich. Das ist nicht der Weihnachtsmann!«

Das Väterchen mit dem Blitzebart grollte und Antje fuhr zusammen. Auch der Wirt grollte, nur aus einem anderen Grund. *Warum konnten Frauen nicht einfach folgsam sein?*

»Antje! Geh rein! Telefoniere! Verdammich noch mal!«

Die Wirtin tapste rückwärts, ließ dabei den Wolkenmann keinen Moment aus dem Blick. Auch wenn er aussah, als wäre er Santa Claus, hatte Antje entschieden, dass sie diesen fortan fürchtete, selbst wenn er Geschenke brachte. Erst als Antje die Tür erreicht hatte, drehte sie sich um und rannte hinein. Durch den Schankraum, die Treppe hoch, hin zum Telefon. Mit fliegenden Fingern suchte sie Insas Namen in den Einträgen.

∗∗∗

Raik Deters und Hanke Harms erfassten die Verhältnisse sutsche. Einen Fischer und einen Bauern aus Dithmarschen in Feierabendlaune konnte so leicht nichts aus der Ruhe bringen. Sie hatten sich von der Bank erhoben und standen mitten unter dem Gesicht mit lila Hintergrund.

»Nur mal so zur Sache …«, sagte Hanke ruhig und kratzte sich am Kopf. Die rotblonden Haare, in denen sich lila Krümel verfangen hatten, blieben standhaft. Das Gemüt des Bauern versuchte, Irrationales rational einzuordnen. Er blickte weiter nach oben.

»Jau …«, bestätigte Raik das Unausgesprochene und ließ ebenfalls den Fokus nicht von den Wolken. Jahrzehntelange Seefahrt, sonnengegerbte Haut, schwielige Arbeitshände – aber so eine Wolkenformation gab es einfach nicht. Nicht auf See und nicht an Land.

»Das ist ein Ding, nicht wahr, Raik?«

»Jau.«

»Sieht aus wie ein Kerl mit Bart. Was machen wir nu?«

»Nix.« Raik Deters vergrub die Hände in den Hosentaschen. Psychologen würden dies als Akt der Unsicherheit, als Versteck von Gefühlen bezeichnen. *Ein* Gefühl blieb allerdings beim Fischer außerhalb der Hosentaschen stehen. »Lass uns ein Bierchen zischen.«

»Jetzt?«

»Jau.«

»Und das da, was wie ein Weihnachtsmann aussieht?«

Raik Deters drückte die Hände tiefer in die Taschen. »Ist auch noch da, wenn wir was runterlaufen lassen.«

Der Bauer bemaß den Inhalt der Worte, stellte ihn in Relation zum Inhalt eines Bierglases und zog alles zusammen.

»Raik, wo du recht hast, hast du recht.« In aller Ruhe lösten sich die Männer vom Anblick über ihnen und nahmen den Weg zur Gaststätte auf. Als würde der Weihnachtsmann dies als Affront betrachten, begann ein mächtiger Lärm hinter ihnen. War das Musik? Vielleicht eine Posaune? Oder eher Getöse?

»Raik, hörst du das?«

»Jau.«

»Und?«

»Laut.«

»Was machen wir jetzt?«

»Bierchen zischen.«

Hanke Harms hatte Bedenken. Doch ein imaginäres Bier baute sich vor den Augen des Bauern auf. Durst verscheuchte die Angst. Er tat es dem Fischer gleich. Geruhsam steckte er seine Hände in die Hosentaschen. Angst, Besorgnis, Beklommenheit und Irritation kamen dort hinein und Leck–mich am Arsch blieb draußen.

Alles wäre in Gelassenheit abgedriftet, hätte nicht ein infernalischer Pfeifton eingesetzt. Schnell hielten die beiden Männer sich die Ohren zu. Das war auch besser so. Brüllendes Pfeifen von weit her ging in helles Pfeifen über, das rasch näher kam. Unerträglich für Menschenohren. Wind folgte und wandelte sich in einen Orkan. Nebst den Ohren hätten die Männer auch ihre Jacken festhalten müssen. Die Hände blieben an den Hörorganen und die Jacken bauschten sich auf. Der Orkan erreichte eine Stärke, die die Körper der Männer schief im Wind stehen ließ.

»Raik!«, brüllte Hanke. »Hörst du mich?« Raik antwortete nicht. Null Hören. Keine Antwort. »Was jetzt?«, schrie Hanke Harms in den Wind und niemand empfahl, jetzt ein Bierchen zu zischen. Aus Effizienzgründen wäre es ohnehin besser gewesen, eine Buddel Köm zu knacken. Völlig besoffen ließ sich selbst der Weltuntergang leichter ertragen. Plötzliches Erdruckeln setzte ein. Dreierlei hörte dafür auf: der Wind, der Weihnachtsmann und das Pfeifen. Nur das Violett mit den schwarzen Löchern und dem Nebel blieben. Stille. Raik und Hanke schauten einander an. Lösten langsam die Hände vom Kopf. Ein Keim der Vorsicht blieb. Stille. Absolute Stille. Die machte mehr Angst als das Getöse. Der Bauer fand die ersten Worte:

»O Mann!«

»Jau.«

»Raik?«

»Jau.«

»Bierchen zischen?«

»Jau.«

Ignoranz war ein warmes, weiches Bett, aus dem kaum einer herauskriechen mochte. Doch die Aussicht auf ein Blondes wurde abermals von einem schrillen Ton unterbrochen. Ein überspitztes Kreischen. Erschrocken blieben Hanke und Raik stehen. Ignorieren nicht möglich. Erneutes Ohrenzuhalten erforderlich.

»Mannomann!«, brüllte der Bauer, als ein weißer Wolkenreiter am Himmel erschien. Die Deichsteher nahmen das Himmelsereignis nur noch hin. Kein Staunen mehr, nicht einmal die böse Macht des Grübelns schlug zu. Wenn Ungewöhnliches gewöhnlich wurde, war der vollkommene Punkt des Paradoxes erreicht. Der Reiter stoppte. Er ließ einen Gegenstand fallen, der über das Watt schlitterte und kurz unterhalb der Männer zum Liegen kam. Ein Paket im Schlick. Dann ritt der Reiter fort. Galopp. Extrem schnell. Wer es so eilig hatte, führte etwas im Schilde.

Es schien, als habe jemand eine Pausentaste gedrückt. Restbenommenheit. Der erste Vogel im Baum wagte es wieder, zu tschilpen. Ein Wattwurm erhob sich aus dem nassen Grund und erforschte die Lage. Die Männer lösten ihre Hände von den Ohren.

»Was ist das, da unten?«, fragte Hanke nach einer Weile, mehr sich selbst als seinen Freund. Raik Deters zuckte mit den Schultern. »Guck mal, ich glaube, es bewegt sich.« Die Aufforderung hinzusehen schien genauso unnütz zu sein, wie die Feststellung, dass Joghurt keine Gräten hatte. Das Dithmarscher Männerduo starrte das Paket aus den Wolken an und hätte für nichts in der Welt den Blick abreißen lassen. Misstrauen lag in der Luft. »Was machen wir jetzt?« Raik zuckte abermals mit den Schultern. »Gehen wir runter?« Schulterzucken. »Wenn mich nicht alles täuscht, ist das Paket kein Paket. Es sieht aus wie ein Mensch.« Schulterzucken und tiefes Luftholen. »Raik, sag schon. Was machen wir? Bierchen?«

»Wir gehen runter.«

»Echt jetzt?« Der Fischer tat den ersten Schritt auf das Gras. »Ich fühle mich aber nicht wohl dabei, Raik. Müssen wir das? Nicht doch ein Bierchen?«

Raik Deters blieb stehen.

»Unterlassene Hilfeleistung.«

»Unterlassene Hilfeleistung? Du meinst also auch, dass es ein Mensch ist. Vielleicht ist es ja kein Mensch. Es war ein Wolkenreiter, der das verloren hat. Eventuell ist es nur ein Wolkenmensch. Dann müssen wir nichts machen. Wolkenmenschen haben nicht unsere Gesetze.« Der Fischer blieb stehen.

»Ein Wolkenmensch? Du Dösbaddel! Wolkenmenschen gibt es nicht. Oder kennst du einen?« Hanke Harms überlegte.

»Nein, aber, bis eben kannte ich auch keinen Wolkenweihnachtsmann und keinen Wolkenreiter. Somit sagt das gar nichts aus und ich möchte lieber keinen Ärger und eher ein Bierchen als Stress. Und eine Frikadelle von Antje ist auch besser als ein Wolkenmensch.«

»Wir gehen runter.« Raik ging weiter und Hanke trottete hinterher.

»Und wenn es beißt? Beißen mag ich nicht.«

»Es ist kein ES. Da unten liegt ein Mensch. Ganz einfach ein Mensch. Wie du und ich. Der beißt nicht.« Glitschige Nässe am Deichabgang sorgte für unsicheres Hinabsteigen.

»Und wenn es ein Massenmörder ist?«

»Sieht nicht so aus.«

»Wie sieht es denn aus, wenn ein Massenmörder im Watt liegt? Es könnte doch sein, dass er einer ist. Bestimmt ein Schlitzer. Die, die so harmlos aussehen, sind alle Schlitzer.« Raik seufzte.

»Wieso ER? Warum sollte es ein Mann sein? Da kann doch auch eine dralle Blondine liegen. Scharf auf zwei stramme Kerle aus Arnsiel.« Stille. Nachdenken. Die Dinge von einer anderen Warte aus betrachten. Perspektivwechsel.

»Gut, wir können ja mal gucken.«

***

»Raik, ich sag das mal ganz einfach«, sagte Bauer Harms ganz einfach. »Es ist nur ein Kerl und der ist nackt.« Der Fischer entfaltete das zusammengekrümmte Paket des Himmels und drehte es um. Dabei stellte auch er enttäuscht fest, dass es sich tatsächlich nicht um eine scharfe Blondine handelte. Entrollt hatte der Fischer einen Mann mittleren Alters, mit nassen langen Haaren, Bart und einer hageren Figur. Überall auf dem Leib des Findlings hatte sich Sand festgesetzt. Eine Bruchlandung im Watt brachte halt Schmutz mit sich. Selbst der Nabel war mit Schlick gefüllt.

»Nackt. Ach was. Da wäre ich jetzt nicht drauf gekommen.«

»Echt nicht? Ist doch nicht zu übersehen. Der ist vollkommen nackt. Musst du einfach nur genau hinsehen. Brauchst du ja nicht zu lange machen. Das wäre ungehörig. Wer möchte schon gerne lange angeschaut werden, wenn er nix an hat. Weißt du, das ist intim. Genau. Intim ist das. Guck einfach mal schnell von oben nach unten und dann siehst du das – er ist völlig nackt.«

Raik Deters verdrehte die Augen. Der Mann regte sich nicht. Der Fischer hob mit dem Daumen vorsichtig ein Augenlid des Nackten. Blaue Augen. Etwas verdreht. Statusfeststellung: lebendig, aber malad.

»Lauf rauf zu Peter und hol die Schubkarre aus der Garage. Wir rollern ihn hoch zum »Lütt Hüs«. Antje kriegt den Nacktfrosch wieder fit. Notfalls mit einem Korn.«

»Warum muss ich immer laufen?«

Raik knurrte.

»Willst du etwa mit einem Massenmörder alleine sein?«

Kontemplationssekunden.

»Schon gut. Ich gehe. Aber nur noch dieses eine Mal!«

***

Peter Bruns hatte alle unteren Fensterläden von außen geschlossen, bis auf die des Gastraums. Rückzug und Feindbeobachtung zugleich sollten von der der Schänke aus möglich sein. Nur noch Antjes Fahrrad musste er in die Garage bringen. Der Rest war schon verstaut. Der Wirt ging auf das Rad zu, ergriff Sattel und Lenker und schaute dabei hoch. Das Spektakel mit dem Wolkenreiter hatte er gesehen und hoffte, dass Antje zu dem Zeitpunkt telefoniert hatte. Besser für ihre Nerven. Der Reiter war zwar fort, aber die merkwürdigen Farben wichen nicht. Immerhin hatte der Orkan nachgelassen. Das Ganze hatte ihm einen Gänsehautschauer eingebracht. Hinzu kam, dass der Wind durch die Blutbuchen gefahren war, die dicht am Haus standen. Sie hatten förmlich geächzt und alles getan, um weitere Besorgnis aufkommen zu lassen. Gottlob war es vorbei mit den Böen. Gräser und Bäume wiegten sich wieder sanft und am Haus wurde nicht mehr gerüttelt. Gleich würde er im oberen Stockwerk die Läden der drei Gästeräume schließen, die ihres Schlafzimmers sowie Insas Zimmer. Peter Bruns überlegte, ob er nicht lieber mit Antje im Erdgeschoss schlafen sollte. Vielleicht kamen noch einmal Blitz und Donner – und unter dem Reetdach beschlich ihn immer ein mulmiges Gefühl. Die Natur war zwar grundsätzlich ein Freund, der sich aber durchaus zu einem Feind wandeln konnte. Er rollte das Rad in die Garage. Ein Besen, direkt an der hängenden Schubkarre, rutschte zu Boden. Der Wirt stellte das Rad an die Wand und bückte sich, um den Besen aufzuheben.

»Peter!«, brüllte es plötzlich von hinten. Der Wirt schreckte hoch und knallte mit dem Kopf an die Schubkarre. Ein hohler Ton. Ob er von der Karre oder vom Kopf stammte, blieb im Dunkeln. Peter Bruns wirkte leicht benommen, das rechte Bein knickte ein. Er rieb sich den Kopf.

»Ich brauche die Schubkarre!«, rief Hanke Harms. Der Wirt sortierte noch. Lebe ich? Vegetiere ich? Oder bin ich schon in der Hölle? »Sofort! Raik ist mit einem Massenmörder zusammen!« Hanke Harms sah dabei nicht vertrauenserweckend aus. Schlammverkrustet. Wirrer Blick. Feuchte Hose. Ein nasses Bäuerchen, welches sogleich an der Schubkarre zerrte.

»Hanke! Verdammich! Bist du blöd? Oh Mann …« Der Wirt hatte eine Sternstunde. Alle Sterne tanzten vor seinen Augen.

»Vielleicht ist es auch ein Schlitzer. Ich muss schnell sein.« Hanke zerrte erfolgreich. Die Karre kam herunter. Der Wirt nicht.

»Was ist denn in dich gefahren? Willst du mich umbringen?«

»Ich will nur die Schubkarre. Aber wenn der Massenmörder ein Massenmörder ist oder der Schlitzer ein Schlitzer, dann bringt der uns alle um.«

Der Wirt rieb die Beule. Hanke nahm die Karre in Besitz und rollerte eilig davon.

»Was ist nur los heute?«, brummte Peter Bruns und sah dem Rasenden hinterher. Mit der Himmelskulisse hatte der Tag etwas Abgedrehtes an sich. In Dithmarschen war normalerweise alles normal. Aber was heute abging, das ging auf keine Kuhhaut.

∗∗∗

Kuh Gretel und ihre Schwestern hatten im hinteren Teil der Wiese Schutz gesucht. Weit weg vom Deich. Hätten sie gekonnt, wären sie über die Straße hinweggetrampelt und über die nächste Weide gerannt. Möglicherweise sogar noch eine Weide weiter, so weit die Hufe trugen. Doch hier am Zaun bei der Tränke endete ihr Lebensraum. Gretel hatte das Pferd gesehen. Ein Pferd auf der Weide war in Ordnung. Ein Pferd im Himmel – nicht. Gretels Verdauungstrakt war zu leer, um darauf noch angemessen antworten zu können. Sie hatte das Pferd davon traben gesehen. Es war weit hinausgerannt, dorthin, wo das große Wasser rauschte. Bis es endgültig verschwunden war.

Das Wolkenpferd tauchte weit entfernt erneut auf und galoppierte zu der Straße, die nach Husum und Wesselburen führte. Dort blieb es stehen. Genau über Gretel und ihren Schwestern. Die drei Damen von der Weide blickten furchtäugig gen Himmel. Gretel rülpste. Die Schwestern donnerten Luft ab. Umweltschädliches Methan – allein deswegen würde die Erde vermutlich einen Tag früher verrecken.

Das Himmelsross reagierte nicht auf den eindringlichen Duft der Angst. Die Umwelt schien ihm egal. Vielleicht, weil kein Reiter mehr auf dem Pferd saß. In einigen Minuten der Andacht passierte nichts. Rein gar nichts. Beäugen. Taxieren. Dann fiel ein winziges Päckchen vom Himmel, untermalt von den Klängen einer Fanfare. Die Warensendung schlidderte über das Gras und kam direkt vor Gretels Hufen zum Stehen. Gretel sprang hoch. Aus mit Rülpsen. Die Schwestern überlegten, ob sie durchgehen sollten, stellen allerdings als Erstmaßnahme das Furzen ein. Planetenrettung durch Paketzustellung. Die Wiesengrazien starrten zitternd den verpackten Würfel an. Mut hatte viele Väter, die Angst war eine Waise. Wer hätte gedacht, dass drei Klimakillerinnen dermaßen zart besaitet waren? Was taten die drei Waisen aus dem Dithmarscher Land? Sie entschieden, die Milchproduktion sofort einzustellen. Und das Päckchen? Es lag einfach nur so da. Das Unheimliche daran war das Unheimliche darin.

***

»Raik! Hier kommt die Schubkarre! Du brauchst keine Angst mehr zu haben.«

Der Fischer sah den Freund rennen und aus einer Laune der Niedertracht heraus brüllte er los.

»Mach schneller, der Schlitzer schlitzt gleich.« Dabei blieb das Menschenpaket ohnmächtig und hatte bisher keinen Laut von sich gegeben.

Der Bauer nahm Fahrt auf und hatte Raik in Nullkommanix erreicht. Er pustete.

»Ich …« Die vielen beabsichtigen Worte gingen im Rasseln der Bronchien unter. »Also, ich …«

»Wir müssen ihn in die Schubkarre bringen.«

»Raik … Ich will das gar nicht.«

»Jetzt gleich, bevor er aufwacht. Dann kann es grausam werden.«

»Ich … ich … bin alle.«

»Macht nix. Es ist besser, alle zu sein als aus.« Das saß. Hanke Harms rang nicht mehr nach Luft. Die Zeit wurde ganz klar knapp. Was war schon Atmen? Ein Luxus, der verschiebbar war, wenn es ums Überleben ging.

»Ich nehme die Beine«, stellte Raik Deters klar.

»Warum willst du die Beine? Immer muss ich das Schwerere machen. Ich will die Beine!«

»Eben wolltest du noch gar nichts und jetzt bist du wählerisch.«

»Als ich gar nichts wollte, brauchte ich ja auch nicht den Oberkörper zu nehmen. Aber jetzt schon.«

»Gut. Ausnahmsweise bekommst du die Beine. Aber ein guter Tausch ist das nicht.«

»Doch! Wenn du die Beine zuerst wolltest, kann es nur ein guter Tausch sein.«

»Na, dann werde glücklich.«

Der Bauer ging zu den beiden Glücksteilchen und Raik packte den Leib an. Dass Raik recht hatte, roch Hanke sofort. Die Füße verbreiteten einen Geruch, der mit Anfang und Ende zusammenhing.

»O Mann«, ächzte der Bauer, »da lobe ich mir Gretels Furze.«

»Mecker nicht, du wolltest es so.« Der unbekleidete Findling schlaffte zwischen den beiden Ersthelfern.

»Können wir tauschen?«

»Nein. Wer Beine will, kriegt Beine. Wir müssen ihn jetzt schwingen und dann abwerfen. Direkt in die Schubkarre rein.«

»Kann ich ihn gleich abwerfen, dann können wir auf das Schwingen verzichten?«

»Wir schwingen! Und ich sag, wann er abgeworfen wird. Los!«

Die Männer begannen mit der Schwingung. Ein idyllischer Anblick. Zwei Männer, dazwischen ein pendelnder Fremder in tiefer Bewusstlosigkeit. Darüber eine mutige Möwe, die kreiste. Als sie den Blick intensivierte, stieß das Federvieh einen schreckenerregenden Schrei aus. Mitten im Schrei brüllte Raik Deters:

»Abwurf!« Die Möwe nahm das ernst und ließ alles heraus. Hanke hatte nichts gehört, dafür bemerkte er einen Schiss auf der Schulter. Der Oberkörper des bewusstlosen Mannes knallte in die Schubkarre. Das Geräusch ließ Mark und Beine erschüttern, wobei Letztere in den Händen des Bauern verblieben.

»Warum lässt du nicht los, du Hammel?«, brüllte Raik.

»Ich bin kein Hammel.«

»Nein. Ein Hammel hätte losgelassen.«

»Ich kenne keinen Hammel, der loslässt.«

»Siehst du, dann bist du ein Hammel.«

»So was muss ich mir nicht sagen lassen.«

»Dann lass endlich los, du Hammel!«

Hanke Harms warf die Beine des Benommenen hinterher, das erzeugte ein unschönes Geräusch.

»Geht doch!«, brüllte es über das Watt.

»Nur, dass du es weißt: Ich schiebe ihn nicht rauf. Sondern nur runter. Ich will auch mal auf der Sonnenseite des Lebens sein. Außerdem hat mich die Möwe beschissen.«

»Sonnenseite, Sonnenseite … wer nicht loslassen kann, steht niemals auf der Sonnenseite. Die Möwe hat es schon ganz richtig gemacht!«

»So, das hast du jetzt davon«, wütete Hanke Harms und rieb am Fleck, »ich werde ihn nur runterrollen und nichts anderes!«

Und was meinte der Fremdling zu diesem Disput? Nichts – und das sogar in dreierlei Form. Ihm kam zu, nichts zu sagen, nichts zu denken und vor allen Dingen nichts zu fühlen.

***

Kies knirschte unter den Rädern des Peugeot, als Hermann mit Molly auf dem Vorhof des »Lütt Hüs« ankam. Das weiß getünchte Haus blieb in einer diabolischen Beleuchtung. Peter Bruns schloss in diesem Augenblick die Garage ab.

»Molly, schau, da ist Peterle. Jetzt wird alles gut.« Die Havaneserin hatte kein Interesse an niemandem, auch nicht, wenn dadurch alles gut geworden wäre. Sie hatte sich in den Beifahrersitz geduckt, frei nach dem Motto, was ich nicht sehe, ist auch nicht da und wenn ich die Augen fest zukneife, dann löst sich das Unglück irgendwann auf. Hermann hupte, parkte dicht am Haus und der Wirt drehte sich um. Er lief sogleich auf die beiden zu. Ansonsten behäbig, aber im Krisenmodus kamen die Pfunde in Wallung. Der Rentner schaltete den Motor aus und riss die Tür auf.

»Peter! Was ist das alles?«

»Wenn ich das wüsste. Warum bist du nicht nach Wesselburen gefahren?«

»Du bist dichter dran und Molly hat Angst.«

»Komm rein. Schnell. Das da oben wird nicht besser.«

Hermann zog sich an der Autotür hoch und nahm anschließend Molly aus dem Sitz. Die Hündin verschwand im Arm des Rentners, sie vergrub sich geradezu.

»Komm schon, Mädchen. Wo bleibt dein Mut? Das schaffen wir schon.«

Peter Bruns schlug die Tür des Wagens für den Rentner zu. Schnellen Schrittes gingen die Männer über den Kies.

»Ich hoffe, das hört bald auf. Egal, was das auch immer sein mag. Hast du schon mal ein solches Violett am Himmel gesehen, Hermann? Es hat sogar Violettstaub geregnet, aber der hat sich schon wieder aufgelöst.«

»Nein, Peterle. Aber ich habe auch noch nie ein Pferd mit Reiter und einen Mann mit Bart dort gesehen, insofern ist das Violett direkt harmlos.« Peter Bruns nickte und hielt dem Rentner die Eingangstür auf.

»Nach euch.« So geleitete er Hermann und Molly hinein. »Ich mache noch die Fensterläden im ersten Stock zu und dann bin ich gleich wieder da. Molly bekommt Wasser und ein Leckerchen.« Peter Bruns kräftige Hand strich über Mollys Köpfchen. »Ach, Lütte, nur Mut! Wir sind doch da«, beruhigte er die Hündin. »Dein Herrchen bekommt gleich von mir ein besonders süffiges Blondes gezapft. Das Erste geht heute aufs Haus. Irgendetwas an diesem Tag muss ja schließlich positiv sein.«

Eine von Peter Bruns Weisheitsregeln trat in Kraft: Nur starre Äste brachen im Sturm und wer in der Not einen festen Anker hatte, brauchte nichts zu fürchten. Weder Tod noch Teufel. Auch wenn der Anker in diesem Fall aus Bier und einem läppischen Hundekeks bestand.

Hermann platzierte Molly auf den Fußboden. Die Hundedame schmiegte sich sogleich an das Bein des Rentners. Er versuchte sie zu umgehen, und zog dabei die beige Übergangsjacke aus. Darunter kam ein graues Polohemd mit Zipper zum Vorschein, das Emma noch ausgesucht hatte und fesch anmutete. Peter Bruns machte sich auf den Weg zu den Gästezimmern. Blieb allerdings auf der Treppe stehen. Die Beine rasteten ein. Nicht er blieb stehen. Es blieb sozusagen stehen. Die Stille im Haus glich der Stille im Auge des Sturms. Ein intensiver Moment. Sofort lastete die einsetzende Stille.

Hermann hatte die Jacke an den Wandhaken gehängt, als der Frieden riss. Die Tür sprang auf. Sie knallte mit so heftiger Wucht an die Wand, dass die Scheiben klirrten. Raik Deters in Arbeitskluft, blauer Strickmütze und Gummistiefeln betrat den Raum. Er hielt die Tür weit auf und brüllte: »Aus dem Weg! Hier kommt ein Notfall! Wo ist Antje?«

Molly hatte genug. Sie ließ vom Herrchenbein ab und rauschte durch den Raum, hin zum Stammplatz – Gästebank am Fenster. Kopf in die Ecke. Das Herzchen wummerte. Hermann war völlig überrollt. Er stammelte nur.

»Antje? Antje? Wieso Antje? Ich weiß nicht, wo sie ist? Sie wird doch sicherlich irgendwo sein.«

Durch die aufgerissene Tür rollte die schlammverschmierte Schubkarre samt Inhalt. Am Steuer: Hanke Harms. Zu diesem Zeitpunkt interessierte noch keinen der Männer, dass Antje dreckige Schubkarren in ihrer Gaststube nicht duldete. Überdies schätzte sie auch keine weiteren Überraschungen mitten im Weltuntergang. Antje war Wirtin, Hausfrau, Mutter, gradlinig und konnte Frikadellen. Alles andere gab es nur als freundliches Beiwerk, wenn es gerade gut lief. Aber das tat es beim besten Willen nicht. Peter Bruns ließ von der Treppe ab und ging zurück in den Schankraum. Er kam. Er sah. Er schluckte.

»Was soll mir das denn? Seid ihr nicht ganz gar in der Schüssel?«, schnauzte er.

Raik übernahm die Krisenkommunikation.

»Das ist keine Übung. Das ist ein Notfall. Wo ist Antje?« Peter Bruns stemmte die Hände in die Hüften.

»Raik Deters, was willst du Hänfling von meiner Antje? Und warum bist du so laut in meiner Gaststätte?«

»Peter!«, rief der Fischer mit der Intensität eines Lotsen in schwerer See. »Hier ist ein Mensch, der will zu dir, weil er dich braucht und Antje natürlich. Er benötigt Hilfe.« Raik Deters zeigte auf die Schubkarre, die nunmehr in den Mittelpunkt rückte. Hanke setzte das Ding ab. Der Wirt schaute auf den Inhalt. Er holte tief Luft. *Ein nackter Kerl.* Als ob der Tag nicht schon mit genug Seltsamkeiten gefüllt gewesen wäre.

Hanke wischte sich die Stirn trocken. »Also, fett ist der nicht, aber schwer.«

»Stell dich nicht so an. Du hattest den besseren Part – das Runterrollern.«

»Ich musste dafür bremsen und der Weg ist länger. So leicht ist das Ganze nicht, mit einem Schlitzer an Bord.«

»Schlitzer?«, der Wirt sprang mit Macht und Verärgerung in der Stimme in das stinkende Meer aus Mist. Hanke versuchte zu erklären.

»Die meisten Massenmörder sind Schlitzer, aber nicht jeder Schlitzer ist ein Massenmörder. Aber wenn er einer ist, egal ob Schlitzer oder Massenmörder, dann ist es besser, Antje macht das.«

Peter Bruns schaute Raik an, als ob dieser eine Übersetzung des Kryptischen für ihn parat hätte.

»Ich weiß auch nicht, was er meint. Auf jeden Fall hat sich da was Ungesundes in ihm festgefressen und ich krieg das nicht mehr raus. Wo ist Antje?« Der Wirt schaute zur Treppe, dann in die Runde.

»Ihr wisst schon, dass das ein nackter Kerl ist?« Alle vier Männer starrten auf das Gemächt des Bewusstlosen. Hanke begegnete dem Problem mit Anstand.

»Da könnt ihr nicht so hingucken. Das ist intim.« Die vier starrten fortgesetzt. Nur Hermann traute sich etwas zu:

»Ich glaube«, sagte er leise, »er ist nicht von hier.« Drei von vier starrten nun den Rentner an. »Also, ich denke … das sieht so aus …«

»Sag schon!«, herrschte Raik ihn an.

»Seht ihr das denn nicht?«

»Das ist intim«, fügte Hanke abermals entrüstet hinzu. »So was sieht man nicht und wenn, dann sagt man nix dazu, weil es eben intim ist.«

»Er ist beschnitten«, sagte Rentner Hermann völlig sachlich. Raik beugte sich hinunter.

»Ach nee. Jetzt wo du das sagst.«

»Nicht so dicht, Raik. So was habe ich schon beim Bund unter der Dusche gesehen.«

»Echt jetzt?« Raik war ganz dicht dran. »Funktioniert der Schniedel dann noch?«

»Das kannst du dir selbst beantworten. Weder Juden noch Moslems sind ausgestorben. Ergo funktioniert er.«

Wenn vier Männer auf das entblößte Zentrum eines Fünften starrten, war das außergewöhnlichen Umständen geschuldet. Die männlichen Hirne versuchten, jedes für sich, stillschweigend und ohne äußere Kommunikation einen Vergleich zu dem persönlichen Habitus herzustellen. Ein jahrtausendaltes Ritual des maskulinen Verhaltens. Sogar noch im fortgeschrittenen Alter.

»Was ist denn hier los?« Eine weibliche Stimme riss die Kerle aus der vergleichenden Bewertung von Größe und Beschaffenheit. Raik reagierte automatisch, riss sich die Mütze vom Kopf und bedeckte den Körperteil. Kurioser hätte der Gastraum kaum aussehen können – Schubkarre schlammverkrustet, fünf Männer, einer davon bewusstlos und nackt, dessen Blöße die Bedeckung einer dunkelblauen Fischerwollmütze mit dem Emblem der Wyker Dampfschiffs-Reederei trug. Instinktiv bildeten die Männer einen Halbkreis. Sichtschutzblende gegen das nahende Gewitter. Antje ging ganz langsam auf die Männer zu. Peter Bruns Kehle trocknete aus und schrie nach einem Beruhigungsbier. Die anderen schluckten.

»Was habt ihr da?« Antje sah zuerst die dreckigen Räder der Schubkarre durch die Beine der Männer. »Habt ihr etwa eine schmuddelige Schubkarre auf meinen sauberen Fußboden gestellt?« Keiner antwortete. Wer goss schon gerne Benzin auf eine brennende Lunte? Antje schob die Männermauer beiseite. Zwischen Raik und Hanke klaffte ein Spalt. Die Wirtin sah den Mann in der Schubkarre und den Dreck auf dem Boden.

»Erstens: Was ist hier los? Zweitens: Wer ist das? Und drittens: Was ist mit ihm?« Frauen hatten die bemerkenswerte Gabe, in jedes Chaos eine nummerische Gliederung zu bringen. Niemand antwortete. »Wieso ist er fast nackt?«

Die Männer blickten einander hilfesuchend an. Der Instinkt riet ihnen: Schweig!

»Und wieso habt ihr den Fußboden eingedreckert?«

Peter Bruns, erfahrener Gatte, ehemaliger Obergefreiter, Rhesusfaktor negativ, fasste sich ein Herz.

»Antje, meine Süße …« Mit Ruhe und Gemütlichkeit ran an den Feind. »Raik und Hanke haben ihn mitgebracht und ich meine, er sieht so aus, als würde er unsere Hilfe benötigen. *Deine* Hilfe, mein Herz. Alles in allem sind Raik und Hanke schuld.« Aufgabenzuweisung, danach Zuordnung der Tat zu den Missetätern. Peter Bruns befand, dass er im Grunde ein verkanntes Schachgenie war.

Antjes Kopf drehte sich Raik und Hanke zu. Ihre Augen wurden zu Sehschlitzen. Hanke hielt dem Druck nicht stand. Es sprudelte nur so aus ihm heraus.

»Das war Raik. Das Wolkenpferd mit dem Reiter hat den Nackten abgeschmissen und Raik wollte ihn unbedingt hier reinkarren. Der Kerl hat was Unheimliches an sich. Seit dem Runterfallen ist er nicht da. Na ja, da ist er schon, nur nicht so richtig. Mehr so weg. Und sein Schniedel ist kaputt, aber wir waren das nicht. Wenn du es genau wissen willst: Raik wollte das mit der Schubkarre und ich habe ihn nur runtergerollt, nicht rauf. Mehr nicht. Somit ist Raik schuldig.«

Die Zentrierung auf den Täter Raik stimmte Antje nicht gnädiger.

»Raik? Was hast du dazu zu sagen?« Das Verhör war in vollem Gange. Der Fischer machte einen Bogen um das Geschehene und brachte die Gegenwart in das Spiel. »Antje!«, rief er aus dem Stand und die Wirtin zuckte zusammen. »Das ist ein Notfall! Mach was!« Damit übertraf er in Genialität und Wirkung alle Vorgänger. Er berührte die Seele einer Frau und drehte den Krisenfall ins Scheinwerferlicht. Ein wenig Drama mischte er dazu. »Er stirbt, wenn du nichts unternimmst. Schau doch: Er ist schon ganz schlaff.«

Antje spürte zwar eine gewisse Wut in den Knochen, aber einen schlaffen Mann konnte sie schlecht auf sich sitzen lassen. Sie blickte erneut in die Schubkarre. Beugte sich herunter. Hob ein Augenlid des Ohnmächtigen und klatschte ihm auf die Wange.

»Hallo.« Nochmaliges Tätscheln. »Aufwachen.« Der Schlaffe erwachte nicht.

»Wir müssen einen Arzt holen«, forderte Hermann.

»Das geht nicht. Ich wollte Insa und Stummel erreichen. Derzeit funktioniert das Telefon nicht. Ich hoffe, die beiden sind in Husum geblieben.«

»Insa kommt?«, fragte Hanke und die Stimme bekam einen leicht unruhigen Ton.

»Über das Wochenende. Stummel wollte sie vom Bahnhof abholen.« Hanke wurde still.

»Wenn Stummel durchkommt, dann haben wir unseren Arzt«, resümierte Raik.

»Er ist Viechdoktor«, brummte der Wirt, »der kann nur Hamster beruhigen, Wellensittiche beschwatzen und Kälber auf die Welt zerren.«

»Peter, hol doch mal den *Friesengeist*«, unterbrach Antje ihre Visite.

»O ja, den *Friesengeist*«, erfreute es den Wirt, der emsig wurde. »Mein Schnuffelhase, du bist eine geborene Florence Nightingale.«

»Wer?«, wisperte Hanke dem Fischer zu.

»Ist eine Krankenschwester.«

»Ach so. Na dann.«

»Warum rede ich überhaupt mit dir? Du hast mich bei Antje ans Messer geliefert.«

»Ich habe nur das gesagt, was ist. Ich habe ihn runtergerollert und du rauf. Damit bist du schuldig.«

»Ich werde alles Insa erzählen, wenn sie da ist«, sagte der Fischer und kniff dabei die Lippen zusammen.

»Was hat das mit Insa zu tun?«

»Nichts. Es hat was mit deiner Stimme zu tun, die sich ändert, wenn du ihren Namen hörst und mit den roten Backen, die du dann immer bekommst.«

»Gar nicht.«

»Alles werde ich ihr sagen.« Der Bauer schaute verlegen zu Boden.

»Raik, du bist gemein.«

»Ich? Wer hat mich denn ausgeliefert?«

»Habe ich gar nicht.«

»Doch.«

»Nee.«

Das Wortgefecht hätte Äonen so weiter gehen können, wenn nicht der Wirt mit dem *Friesengeist* und einem Schnapsglas zurückgekommen wäre.

»Füll das Glas bis zum Rand«, forderte Antje ihren Mann auf. Er goss ein. Antje nahm das Glas in die Hand, alle erwarteten, sie würde nunmehr den Schlaffen damit erwecken. Nichts dergleichen. Sie kippte den Kurzen selbst. Ein genussvolles Geräusch folgte und ließ verdutzte Kerle zurück.

»Antje?!«

»Peter, lass mich.«

»Du trinkst doch nie was. Warum jetzt?«

»Weil jetzt ein Notfall ist und ich auch nicht weiter weiß. Woher soll ich wissen, wie man jemanden wieder wach kriegt?«

»Frauen wissen doch immer, wie man einen Kerl fit macht«, mischte Raik sich ein und meinte es noch nicht einmal so, wie es sich anhörte. »Hast du keine Tabletten da? Oder ein Riechfläschchen? Du könntest ihn auch beatmen, oder so.« Antje schaute mehr als genervt drein.

»Beatmen?«, zischte sie. Warum erwarteten Männer grundsätzlich, dass jede Frau auch eine Intensivkrankenschwester war? »Raik, sag mir mal eins: Warum soll ich ihn beatmen? Er atmet doch und ein Riechfläschen besitze ich nicht. Bin ich etwa fünfundneunzig? Wieso denkt ihr Blödmänner, Frauen haben stets und ständig ein Riechfläschchen in der Handtasche? Ich hatte noch nie ein Riechfläschen in meiner Handtasche. Niemals. Zu keiner Zeit. Und das wird auch ewig so bleiben. Peter, sag ihnen das!« Peter Bruns räusperte sich.

»Meine Frau hatte noch niemals ein Riechfläschchen in der Handtasche und das«, er machte einen Halt, »wird auch ewig so bleiben. Außerdem ist sie keine fünfundneunzig.«

»Habt ihr das gehört?«, knirschte Antje. Allgemeines Gemurmel setzte ein. Gehört, verstanden und als Erinnerungsschatz aufgenommen. Antje–hat–kein–Riechfläschchen–in–der–Handtasche und das wird ewig so bleiben. Fünfundneunzig ist sie auch nicht. Hermann setzte neu an.

»Was hältst du davon, wenn du ihm auch einen *Friesengeist* gibst. Dich hat er schließlich auch kribbelig gemacht.« Antje brummte.

»Was ist, wenn ich ihn damit umbringe?« Die Gemeinschaft der besorgten Dithmarscher Bürger beäugte den Schlaffen.

»Das glaube ich nicht«, meinte der Fischer und zustimmendes Gemurmel setzte ein.

»Versuch's doch mal. Ich glaube auch nicht, dass das schadet«, durchbrach Hanke das Raunen. Die Wirtin hielt inne. Gefallen tat ihr das sichtlich nicht. Wieso sollte immer eine Frau so etwas regeln? Gab es hier nicht genügend Männer? Trotz Bedenken hob sie das Glas in Richtung Ehemann. Peter Bruns schenkte nach. Die frischerkorene Intensivschwester Antje hob den Kopf des Schubkarrenmanns und begann, ihm die Flüssigkeit langsam einzuflößen. Der Unbekannte nahm den Geist in sich auf, erst wenig, anschließend mehr. Der Fremde hustete. Antje schnellte hoch und ging einen Schritt zurück.

»Alle beiseite!«, brüllte Hanke Harms. »Der Schlitzer wird wach!«

***

Kapitel 2

Wir wollen annehmen, dass wir alle teilweise verrückt sind. Das würde uns einander erklären und viele Rätsel lösen.

Mark Twain

Hanke Harms starrte den vermeintlichen Massenmörder mit furchtsamen Augen an. Dieser erdreistete sich, fortgesetzt zu röcheln. Wenn Massenmörder röchelten, setzten sie wahrscheinlich gerade zum nächsten Gemetzel an. In diesem Fall zum Schlitzen. Antje stand in einiger Entfernung hinter ihrem Mann, der sich breitmachte. Kluge Frauen verhielten sich wehrhaft und gradlinig, ohne dabei zu vergessen, dass für die groben Arbeiten Männer da waren. Schlitzer waren grobe Arbeiten. Der Wirt genoss seine Vormachtstellung und straffte sich.

»Er wird wach«, konstatierte Raik wispernd, als ob etwas Geheimnisvolles lauern würde.

»Lass das! Du machst mir Angst«, rappelte Hanke los, letztlich auf der gleichen Stufe wie Antje, nur dass er hinter niemandem stand.

»Du Muschi, sei ein Kerl. Der liegt in der Schubkarre und japst. Der tut nix. Mach mal auf Dithmarscher Bauer.«

»Ich bin ein Dithmarscher Bauer!«

»Dann bist du auch keine Bangbüx. Oder bist du etwa eine?«

»Ich bin keine Bangbüx!«

»Also musst du auch keine Angst haben.«

»Ich habe keine Angst!«

»Geht doch!«

Der Bauer bemerkte, dass er sich sprachtechnisch in einer Sackgasse verlaufen hatte, und es war ihm anzusehen, dass ihn diese Unterhaltung ratlos zurückließ. Hanke hakte deswegen lieber noch einmal nach. »Und was ist, wenn er doch ein Massenmörder ist?«

Hinter dem Wirt ertönte eine Frauenstimme. »Du Blödmann, du machst uns alle verrückt mit dem Massenmördermist. Woher hast du das überhaupt? Raik hat recht. Er ist kein Massenmörder.«

»Warum stehst du dann hinter Peter?«, nörgelte der Landwirt.

»Das ist eine berechtigte Frage«, pflichtete Rentner Hermann bei. »Eine absolut berechtigte Frage.« Trotz Wiederholung brachte der Kommentar keinen Fortschritt, im Gegenteil.

»Was für ein Ärger. Seht euch das an. Wir hätten so ein schönes Feierabendbierchen zischen können und jetzt DAS«, grantelte Raik Deters. Der Fremde tat ein Übriges dazu, die Lage genau zu definieren. Röcheln. Lider heben. Lider wieder senken. Vier Männer und eine Frau beäugten ihn, dachten über die verlorene Unschuld des Feierabendbierchens nach und wollten sich nicht von diesem angenehmen Bild im Kopf trennen. Wo war jetzt der Ausweg? Die Uhr schlug an. Achtzehn Uhr und dreißig Minuten. Halb sieben. Ein zarter Glockenschlag. Er passte nicht in die Situation.

Die Eingangstür sprang auf und knallte wieder an die Wand. Die Runde zuckte zusammen. Frischer Wind kam in das Problem.

»Was für ein Wetter! Da schickt man noch nicht einmal seinen Hund raus. Es ist gut, dass Insa den Zug verpasst hat. Sie bleibt in Hamburg. Ich wäre jetzt auch lieber in Hamburg. Glückliches Mädchen.« Doktor Broder Uhlig, genannt Stummel, Veterinär, rechtschaffen, gutmütig und in ergrautem Alter, hantierte an dem übergeschlagenen Regenschirm. Dabei wanderte der Zigarrenstummel, an dem er herumkaute, vom linken in den rechten Mundwinkel. Genau solchen Zigarren verdankte er seinen Spitznamen. Durchgekaut und kurz. Stummel kämpfte mit Schirm und Arzttasche. »Eure Insa hat wirklich Glück. Ein Wochenende bei unserem Wetter, das wünscht sich keiner. In Hamburg ist das Wetter besser. Wenigstens behauptet das der Wetterfrosch im Radio. Ich habe übrigens neben der Garage geparkt. Da steht zumindest der Wagen etwas trockener.« Der Regenschirm blieb hartnäckig verkantet. Stummel stellte die lederne Arzttasche ab. Niemand antwortete. »Eine halbe Stunde habe ich auf dem Bahnsteig gestanden. Sogar in Husum war das Wetter schön. Warum ist es hier so mies?« Wenn Regenschirme zu einer komplexen Schwierigkeit gerieten, konnte es passieren, dass selbst der Gelassenste die Gelassenheit verlor. »Herr–Gott–noch–mal!« Er schüttelte den Feind und zog daran. »Wie kann man nur solchen Mist herstellen? Automatikschirm? Nichts mit Automatik. Das nächste Mal lasse ich mich lieber vollregnen.« Als hätte der Schirm die Botschaft verstanden, entkantete er sich, sprang gänzlich auf und sofort wieder zu. Mit der unangenehmen Begleiterscheinung, dass sämtliche Regentropfen, die noch auf dem Schirmdach hingen, Stummel ins Gesicht spritzten. »Herr–Gott–noch–mal! Sind denn die Chinesen betrunken, wenn sie Regenschirme herstellen?« Der Tierarzt warf den Schirm in die Ecke. Er nahm ein Taschentuch aus der Jacke und wischte sich die Regentropfen aus dem Gesicht. Selbstverständlich unter Aussparung des Zigarrenstummels. Wütend zog er sich die Jacke aus und hängte sie an die Garderobe. Die Stille erlaubte sich, fühlbar zu werden. Stummel sah auf. »Was ist? Habt ihr noch nie einen nassen Tierarzt gesehen oder habe ich eine Nudel im Gesicht?«

Niemand antwortete. Kollektives Gestarre. Das Schicksal kicherte. Ein Mann röchelte. Stummel schaute dem Geräusch hinterher und bemerkte die Schubkarre. Er sah genauer hin. Noch genauer und kniff die Augenbrauen zusammen. Automatisch hob er die Arzttasche vom Boden auf, auch wenn die Situation nicht nach Kuh beim Kalben aussah. Die Zigarre erhielt einen kräftigen Biss.

»Stummel«, sagte Peter Bruns ganz ruhig als Rudelführer, »wir haben da ein Problem.« Doktor Uhlig schaute den Wirt an. Dann die Runde. Zum Schluss den Stöhner.

»Nur ein Problem? Das sieht eher nach mehreren Problemen aus.«

»Er ist ohnmächtig. Der Fremde …«, murmelte Antje und blickte über die Schulter ihres Mannes. Doktor Uhlig kräuselte die Stirn und entfernte den Stummel aus dem Mund.

»Ja? Und? Was willst du mir sagen, Antje?«

»Der Fremde wird wach.«

Doktor Uhlig rückte die Brille zurecht und steckte den Zigarrenrest in die Arzttasche. Ruhe im Blick und Schalk im Nacken.

»Da wäre ich so ohne Weiteres nicht drauf gekommen, Antje. Respekt. Analysieren ist dir angeboren. Woher kommt der Mann?«

»Wir haben ihn gefunden. Im Watt. Nackt«, meinte Raik. Stummel schüttelte den Kopf.

»Nackt? Seitdem hat sich aber nicht viel getan, oder? Bis auf die Mütze. Habt ihr den Notarzt verständigt?«

»So weit waren wir noch nicht.« Antje schob den Kopf wieder hoch. »Wir haben momentan kein Netz. Ich konnte noch nicht einmal Insa erreichen. Oder dich. Völlig tot.«

»Du kannst ihn dir ja mal anschauen, Stummel«, meinte Peter Bruns jovial.

»Peter, ich bin Tierarzt. Wie immer zum Mitschreiben für alle, auch für den Fall, dass ihr mich wieder mit euren Wehwehchen nervt: Ich bin Tierarzt. Ich kann Tiere, aber nicht Menschen.«

»Ach, Stummel, stell dich nicht so an. Weit ist das doch nicht auseinander.« Stummel blitzte Peter an.»Mein Lieber, manchmal finde ich das auch. Aber ich kann dir eines verraten: Es ist nicht so.«

»Stummel, nu mach mal. Hast du nicht einen Eid abgelegt, dass du das musst? Der Ehre wegen?« Das Auswählen von geeigneten Opfern, die Arbeiten müssen, war eine Herausforderung, aber Freiwilligkeit in einen moralischen Zwang zu verwandeln, etwas für Fortgeschrittene. Die manipulative Seifenblase verpuffte.

»Peter, der hippokratische Eid gilt für Humanmediziner. Tierärzte haben einen Ethik-Kodex für die Behandlung ihrer Schützlinge.«

»Das reicht doch für den Nacktfrosch«, stellte Raik fest und war damit ein wenig besser als der Wirt. Hanke fand das auch. Antje nickte. So langsam entwickelte sich eine Mehrheitsentscheidung.

Sich aus jeglicher Verantwortung zu drücken und es elegant einem anderen überlassen, war ein Volkssport. Pech für den, der an Tierarzt Doktor Broder Uhlig geriet.

»So nicht. Kommt mir nicht mit Moral. Diese Keule zieht bei mir nicht. Sybille ist meine moralinsaure Instanz. Broder, mach das. Broder, tu dies. Rauchen ist nicht biologisch und die Tabakarbeiter werden ausgebeutet. Rauchen macht die Welt schlecht, du solltest Rauchscham haben.« Doktor Uhlig äffte die hohe Stimme seiner Gemahlin Sibylle nach. Womit er ziemlich an Unterhaltungswert gewann. »Broder, wir essen kein Fleisch. Täter essen Fleisch. Das Lammfilet war einmal ein Lämmchen, das dich mit süßen Knopfaugen anschaut. Hörst du es um sein Leben betteln? So ein niedliches Wesen isst man nicht. Pfui. Fleisch essen ist unmoralisch. Broder, wir trinken keinen Alkohol, das ist verwerflich. Du wirst mit jedem Glas zum Opfer deiner eigenen Unverantwortlichkeit. Alkohol ist Teufelsbrut.« Stummel schaute das Publikum an. Erkannte, dass er sich in Rage redete und verkürzte das Verfahren. »Versucht es nicht. Das ist ganz dünnes Eis. Keine Moralkeulen. Dann ist Schluss.«

Peter Bruns wechselte die Strategie.

»Wie wäre es mit einer Frikadelle von Antje und einem Herrengedeck? Dafür guckst du dir, völlig unmoralisch, kurz den Nacktfrosch an. Ist doch nicht so schlimm.«

Doktor Uhlig beäugte den Wirt, als wäre er ein besoffener Chinese, der gerade an einem Automatikschirm herumschraubt. Der Wirt legte noch eine Schippe drauf.

»Die dicke Madam in Berlin, Gott–weiß–wie–ich–sie–hasse, ist genau da, wo sie den meisten Schaden anrichten kann. In Berlin. Aber eben nicht hier.« Die Augen des Wirts leuchteten. »Wir Dithmarscher sollten ohnehin nicht so auf das Geschwätz der Rautenfrau hören. Sie hat kein Fingerspitzengefühl für arme notleidende Gastwirte. Na, wie wäre es? Du darfst heute zwei Zigarren drinnen rauchen. Genial, nicht wahr? Einfach so. Das alles für ein bisschen Medizinmann spielen?« Die Waagschale pendelte. Doktor Uhlig sah auf die Arzttasche, in der die Zigarren lagen und *Nimm–mich*, jaulten. Die Rauchscham löste sich in Luft auf und er bemaß die lukullischen Zugeständnisse. Fleisch. Bier und ein Kurzer. Sein Magen intonierte ein Knurren. Widerstand war zwecklos.

»Nicht eine Frikadelle. Zwei Frikadellen.«

»Lässt sich machen.«

»Und ein doppelter Wattenläuper dazu.«

»Es wird so sein.«

»Gut«, sagte er, »ich kann ja mal draufschauen.«

»Draufschauen klingt gut.«

Der Gastraum füllte sich mit einem entlastenden Raunen. Jetzt, genau in diesem Augenblick, gab es einen Funken Zuversicht.

Doktor Uhlig rückte seine Goldrandbrille zurecht und näherte sich dem humanoiden Patienten. Er stellte die Arzttasche ab. Tierarzt werden war Passion gewesen. Nicht Beruf, sondern Berufung. Doch manchmal sehnte Stummel sich nach Patienten, die nicht bissen, traten oder kratzten. Immerhin hatten sie ihn gelehrt, schnell zu sein. Er hielt Obacht und im Denken blieb er einen Schritt voraus. Was einen Vorteil bildete, nicht nur im Rahmen der Patientenbehandlung, sondern auch im wahren Leben. Broder Uhlig ergriff das Handgelenk des Stöhners und fühlte den Puls. Er schaute auf die Armbanduhr. Zählte. Wiegte den Kopf. Das Publikum beobachtete jeden Handgriff. Der Arzt hob das Augenlid des Mannes. Niemand sagte etwas. Der Moment zog sich hin.

»Ich denke …«, warf Stummel seinen Anhängern zu und hielt ein. Mehr schüttete er nicht aus. Die Erregung stieg.

»Was ist?«, platzte Peter Bruns heraus. Gelassenheit kam aus der Erfahrung eines gelebten Lebens. Der Arzt bewegte den Kopf wieder hin und her. Zeitenstille. Warten erzeugte Dramatik. Spannung in der Sekunde. Der Wirt hielt dem Druck nicht mehr stand. »Mann! Spuck es aus! Das ist ja Folter. Was hat er?«, herrschte er den Tierarzt an. Stummel hob den Kopf. Stille vor dem Sturm.

»Antje«, sagte er nachdenklich. Flimmern lag in der Luft. Die Gemahlin des Wirts trat zögerlich hervor. Doktor Uhlig nahm sie in Augenschein. Nervenkitzel auf dem Höhepunkt. Er konnte, mit der völligen Ruhe seines Gemüts, einen Sturm der höchsten Qualität zu erzeugen.

»Antje«, wiederholte der Tierarzt sanft, »sei so gut. Ich brauche dein Riechfläschen.«

***

»Peter, sag ihm das!« Antje Bruns war von null auf hundert in einer Sekunde. Die Wangen des Wirtes glühten. Doktor Uhlig schaute etwas verdutzt drein.

»Peter!« Antje zog am Hemdärmel ihr es Mannes. »Warum sagst du nichts?«

Wie sollte man eine Situation retten, wenn man zwischen Höllenbrunst und Ahnungslosigkeit eingeklemmt war und erst einmal Zeit brauchte, um diese Malaise zu realisieren?

»PETER!«

»Stummel, hör mal zu …« Zeit schinden für die schmächtige Pflanze der Diplomatie. Antje rüttelte am Ärmel.

»PETER, mach jetzt!« Wie sollte ein Mann unter solch enormer Last noch klar denken?

»Verdammichnochmal, Antje. Hör auf, an mir rumzuziehen.« Antje hörte auf, an ihm rumzuziehen. Dennoch ließ die Erregung nicht nach.

»Stummel, Antje ist keine fünfundneunzig.«

Weisheit wuchs in der Stille. Manchmal. Aber nicht immer. Stummel verstand Bahnhof.

»Was willst du mir damit sagen? Ich sehe, dass Antje keine fünfundneunzig ist, auch wenn ich kein Menschenarzt bin.«

»Sag es ihm!«, zischelte es aus dem Hintergrund.

»Sie mag es nicht, wenn man davon ausgeht, dass jede Frau ein Riechfläschchen in der Handtasche hat. Das haben bestenfalls Fünfundneunzigjährige.«

Doktor Uhlig schaute über seine Goldrandbrille, die stressbedingt tiefer rutschte. Er sondierte Antje. In Ruhe. Dann sprach er aus, was ein Mann nie aussprechen sollte, auch wenn rein medizinisches Interesse vorherrschte. Es gab nur einen Punkt zur Verteidigung dieser Vorgehensweise: Jemand, der viel mit Tieren zu tun hatte, war einfach jemand, der viel mit Tieren zu tun hatte.

»Antje, deine Wechseljahre müssten doch schon vorbei sein. Oder?«

Selbst ein disziplinierter Bundeswehrkrieger mit Nerven aus Stahl konnte in so einem Augenblick den Wunsch entwickeln, sich in einem Sandhügel zu vergraben. Wo war der Spaten? Antje holte Luft. Das martialische Bild eines Ehemannes, der immer das Zepter der Macht in der Hand hielt, musste hervorgekramt werden, um diese Detonation zu überleben.

»Antje, jetzt nicht! Das ist eine rein medizinische Fachfrage. Mach da nicht mehr rein, als ist«, gab Peter Bruns von sich. Immerhin hörte er sich damit nachdenklich, neutral und sachlich an.

»Medizinisch?«, fauchte die Frau, die nicht duldete, dass ihre vergangenen Wechseljahre zu Männergesprächstoff in einem Wirtshaus wurden.

»Ja.«

»Medizinisch? Das meinst du doch nicht im Ernst.«

»Ganz ruhig, mein Zuckerblümchen. Ich erkläre es Stummel vollständig. Das ist die Aufgabe eines Mannes mit Fingerspitzengefühl. Für mich!«

Antje sagte nichts mehr, obwohl sie eine ganze Menge zu sagen gehabt hätte und sie dem Fingerspitzengefühl ihres Mannes nicht über den Weg traute.

»Stummel, meine Frau ist zu jung, um ein Riechfläschchen zu besitzen, und zu …«

Es stockte. Auch Diplomaten mit Fingerspitzengefühl hatten plötzliche Hänger. Bundeswehrsoldaten außer Dienst ging es ebenso. Peter Bruns hatte sich verheddert. Die logische Konsequenz der Fortsetzung dieses Satzes bedeutete Krieg. Er schwitzte. Wo war die Kurve, die er noch kriegen konnte? Warum kam er immer wieder in so brenzlige Situationen? Seine Gattin wartete. Raik und Hanke auch. Stummel und Hermann schlossen sich an. Der Wirt griff ganz tief in die Kiste des letzten

Ausweges. Er nahm Antje in den Arm. »… und zu schön, um böse zu sein. Sie ist mein kleines Schokoladentörtchen.«

Er rollte die panzerbreite Schleimspur ehelicher Verhaltensweisen aus. Raik Deters steckte den Mittelfinger in die Mundhöhle und imitierte einen Erbrechenden. Mit Würglauten. Stummel atmete ein. Hanke kratzte sich am Kopf und nur Hermann befand, dass Liebe das Einzige war, für das sich lohnte, auf Erden zu wandeln.

***

Was tat eigentlich Gretel, während sich die schleimigen Szenen einer Ehe im Hause der Bruns abspielten? Sie stand auf der Weide und hatte sich ein wenig gefasst. Nach dem Himmelsreiter und seinem Paketabwurf wurde die Stimmung zwar wieder entspannter, aber dennoch nicht besser. Ihre Schwestern hatte sie verlassen und einen anderen Teil der Wiese aufgesucht. So war es oft – das Glück war gesellig und hatte viele Freunde. Unglück hingegen führte meistens zu Einsamkeit. Ein unheimliches Paket an den Hufen wurde allgemein als Unglück angesehen. Gretel blieb allein und das Leben schien innezuhalten.

Die Schwarzbunte hatte bei der Zustellung des Paketes einen weiten Sprung gemacht. Danach konnte sie sich kaum noch bewegen. Angststarre. Nur die Beine trappelten automatisch, was dem Gras unter den Hufen nicht zum Vorteil gereichte. Dunkelbrauner Sand drang durch das Grün vor und behielt die Oberhand. Das Gras verschwand im Erdreich. Die ersten gefallenen Blätter des Frühherbstes verschwanden ebenfalls in der Matschepampe. Ein paar wenige Blätter von den Blutbuchen, dafür mehr vom orangeroten Ahorn. Die Mischung bekam zudem noch Regen ab. Ein farbiger Brei. Gretel fühlte sich nicht wohl, sie wäre gerne woanders gewesen. Am liebsten bei ihren Schwestern. Diesen Wunsch erfüllten die Beine ihr allerdings nicht. Zwangsruhe. In leichter Verzweiflung zupfte Gretel die wenigen Grashalme im Umkreis heraus. Wenn nichts mehr ging, der Drang zum Futtern funktionierte immer noch. Das Päckchen, ein Würfel, verblieb an den Hinterhufen. Dicht am Schwanz.

Gretel drehte sich in kurzen Abständen nach ihm um. Konnte Unheil gerochen werden? Auch wenn andere Gerüche vordringlich waren? Geradewegs durch Seeluft, Dungwürze und Matschmief. War das möglich? Gretel hätte gerne eine Antwort darauf gehabt. Mit zwei Halmen im Maul starrte sie kauend das Paket an. Es war mittlerweile nicht mehr im Urzustand. Dreckig und angeschlagen lag es da. Bewegte es sich? Knisterte das braune Papier? Löste sich das Packband? Die Schwarzbunte unterbrach ihr Kauen. Die Halme ragten aus den rosa Lippen heraus. Nein, das konnte nicht sein und was nicht sein konnte, gab es auch nicht.

Entwarnung. Gretel drehte sich weg und kaute weiter. Dieser Zeitpunkt der Zentrierung auf die Nahrung war ausgesprochen ungünstig. Das Paket schüttelte sich. Gretel kaute. Dann krachte das Geschnürte auf. Gretel kaute. Etwas brach durch das Papier. Ein Etwas, das niemand je vermuten könnte und das Gretel beim Schwanz ergriff. Die Schwarzbunte stockte. Abrupt hörte sie auf zu kauen. Der Halm steckte im Hals. Gretel schluckte hart und ihre Augen wurden riesig. Kniezittern. Es gab nur eine Entschuldigung für diesen Anblick der äußersten Besorgnis: Wer wurde schon gerne unerlaubt von Unbekanntem, das vormals in einem Päckchen gelauert hatte, am Schwanz ergriffen?

***

Grollen. Ein Unterton mitten im Gerede. Vibrationen. Hanke vernahm sie zuerst, konnte die Geräusche nicht einordnen und holte sich Hilfe.

»Raik, hörst du das?« Der Fischer horchte. Hörte nichts und sagte das auch.

»Nee. Was denn?« Hanke spitzte die Ohren.

»Doch. Da ist was.« Der Bauer schritt zur Sitzbank am Fenster. Dorthin, wo Molly in der Ecke lag. Mollys Körperhaltung hatte sich mittlerweile entspannt. Sicherlich würde sie bald schlafen und dann wäre der Stress mit dem schlimmen Himmel endgültig vergessen. Vorsichtig lugte sie aus dem Polster hervor, als Hanke sich an ihr vorbeischlängelte. Das schien für sie in Ordnung zu sein. Hanke war ungefährlich.

Der Bauer blickte hinaus. Für einen Moment dachte er, dass er nicht richtig sah. Er blinzelte. Nochmaliges Einschätzen, Adamsapfelzucken. Brüllen bemächtigte sich des Bauern Kehle.

»Oh–mein–Gott–Oh–mein–Gott …« Gebetsmühlenartig. Hanke rief lauter und lauter. Raik Deters rannte auf Hanke zu und schaute mit ihm hinaus. »Ein Tsunami. Der Deich ist gebrochen«, schrie Hanke. Sein Schreien blieb nicht ungehört, wie auch das Donnern lauter wurde. Was die Lage ganz und gar widerlich machte – das Geräusch näherte sich und wurde stärker. »Wir werden alle ersaufen! Elendig. Das Wasser wird kommen und überall sein. Rettungslos verloren und am Ende kommt der elende Tod. Der grausame Schnitter. Ewige Kälte wird sein und ewige Nacht.« Wer konnte, lief jetzt zum Fenster. In Nullkommanix sahen sich die Umstehenden in tiefem Gewässer mit schlagenden Armen und einem kreidebleichen Gesicht. Hilfeschreie. Hilfe, die niemals kommen würde. Entrinnen nur durch die nächste Emanation, die ausschließlich durch entsetzliches Sterben erreicht werden konnte. Die Macht der Bilder verschlug ihnen die Sprache. Selbst Molly zitterte wieder. Nur bei Hanke funktionierte die Sprachverschlagung nicht: »Ersaufen. Alle. Wie die Ratten«, kreischte er völlig entmenscht, untermalt vom Wassermassenlärm, der nicht von dieser Welt war. Trotzdem loderte neben der Todesfantasie bei einigen die Flamme der Gegenwehr.

»Nach oben«, bölkte Peter Bruns im Befehlston. Ein Mann der Tat und wahrlich kein Jünger des Sensenmannes. Raik Deters folgte sofort.

»Hanke, nach oben«, rief der Fischer noch, bevor er die Treppe erreichte. Hermann stand der Treppe zwar am nächsten, sah sich aber um:

»Molly!« Er lief zur Bank zurück und griff von der Rückseite zu. »Komm, Molly, wir müssen rauf! Keine Zeit für Angst, die kannst du später haben.« Er schaufelte Molly in die Hand und zog sie weg. Hankes Körper blieb wie arretiert vor dem Fenster stehen. »Hanke, wir müssen rauf. Komm mit.« Hermann zog am Arm des Festgefrorenen. »Los, es wird Zeit. Das Wasser kommt.«

»Wir–werden–alle–ersaufen«, dumpfte es aus Hanke. Er griff sich zur Verdeutlichung an dem Hals und gab gurgelnde Geräusche von sich.

»Komm schon. Du kannst später ertrinken, aber jetzt nicht.« Hermann zupfte an Hankes Arm und der Bauer kam endlich in Bewegung.

Peter Bruns wartete auf halber Treppe. Er hatte Raik, Stummel und Antje schon in den ersten Stock verfrachtet, sie standen oberhalb der

Stufen. Die Eingangstür sprang auf und knallte gegen die Wand. Das wurde offenbar zur Gewohnheit. Ein Schwall Wasser bemächtigte sich des Gastraums und drang bis zur Theke vor.

»Rauf!«, brüllte Peter Bruns. »Beeilt Euch!«

»Was ist mit dem Fremden?«, fragte Hermann, dem Hanke folgte. Das Wasser stieg.

»In der Schubkarre gesichert bis fünfzig Zentimeter Wasser.«

»Und danach?«

»Raik kann schwimmen, der holt ihn dann.«

»Wieso ich?«, rief der von oben.

»Nur die Jungen müssen schwimmen. Hanke kann nicht schwimmen. Also bist du dran.«

Anstatt dankbar zu sein, dass der Kelch an ihm vorüber zog, murmelte Hanke, als er die Treppe hinaufging, leise vor sich hin.

»Wir–werden–alle–ersaufen. Alle, wie wir da sind. Bleiche Gesichter. Starre Augen. Fische. Ekliges Wasser. Finsternis. Ohne Ausnahme.«

Peter Bruns blieb auf halber Höhe der Treppe stehen. Hermann und Hanke trotteten an ihm vorbei. Ein Soldat hielt Stellung und beobachtete.

»Elendes Wassergrab«, hörte er an sich vorüberziehen.

»Ganz ruhig, Hanke«, beschwichtigte er das Bäuerchen in Endzeitstimmung. »Du musst nicht schwimmen und ersaufen musst du auch nicht. Ich bin ein Mann mit Bundeswehr-Know-how. Wenn ich sage, dass du nicht ersaufen musst, dann musst du es auch nicht.«

Ein weibliches *Ach–herrje* tönte aus dem ersten Stock. Es untergrub die Heldenstellung ihres Mannes. Daraufhin heulte Hanke los.

»Oh, mein Gott. Grausam aufgedunsene Wasserleichen. Verwesungsgeruch. Wir–werden–alle–ersaufen … Wir–werden–alle–ersaufen …« Er hatte sein Mantra gefunden, von dem er nicht abließ, trotz Peter Bruns' Bundeswehr-Know-how. Der Wirt blieb krisenaktiv. Er sicherte mit einem Rundumblick das Gelände. Keine Zurückgebliebenen, bis auf den Nacktfrosch. Die anderen schon oben. Rückzug abgeschlossen. Der Nacktfrosch döste wasserumspült in der Schubkarre. Vorerst auch gesichert. Peter Bruns erklomm die Stufen.

***

Das Antlitz eines Menschen zeigt kein Spiegel in Vollkommenheit,
erst in Leid und Not spiegelt es sich in Gänze.

***

Erster Stock. Die menschliche Herde blieb zusammen und beobachtete den Wasserstand. Stummel meinte, wenn es in der Geschwindigkeit weiter ginge, müsse Raik bald schwimmen, was Raik überhaupt nicht gefiel. Hankes »Wir–werden–alle–ersaufen« untermalte das Geschehen und machte niemanden glücklich. Er wurde mit dem Mantra sogar noch lauter, als das Licht plötzlich flackerte. Das Flackern ließ auch die anderen demütig werden. Die Herde war sich augenblicklich einig, auch ohne Worte, dass Hanke möglicherweise mit seinem Todesmantra gar nicht so unrecht hatte. Was blieb noch übrig? Aussichtslosigkeit mit Verzweiflung. Nur einer konzentrierte sich auf das Überleben. Peter Bruns. Er ergriff mannhaft das Wort und stellte sich in Pose:

»Wer heute sein Blut mit mir vergießt, im Kampf um unser Leben, wird ewig Bruder und Schwester sein. Kein Zagen oder Zaudern soll uns je beherrschen. Niemals aufgeben, auch dann nicht, wenn die Lage aussichtslos erscheint. Mit dem Herzen eines Drachentöters, dem Verstand eines Schakals und Mut eines Bundeswehrsoldaten schaffen wir alles. Von Bruder zu Bruder, von Angesicht zu Angesicht – treu und standhaft bis in den Tod. Merkt euch geflissentlich: Niemand wird sich hier geschlagen geben, solange ich Peter Bruns heiße und Dithmarscher Wirt bin.«

Schöner hätte eine Blut–Schweiß–und–Tränenrede nicht sein können. Hanke winselte. Schweigen setzte ein. Nur der Wäscheschrank aus Eiche knarrte. Die Gruppe im ersten Stock verhielt sich ruhig. Die Minuten verrannen kaum. Zu den Füßen ein Teppichläufer mit Orientmuster. Verblasstes Rot traf auf in die Jahre gekommenes Schwarz, peinlichst genau von Antje gepflegt und in Intervallen schamponiert, mit gekämmten Fransen. An den Wänden hingen vier Tütchen-Lampen aus Lederimitat mit groben Nähten. Die tantige Leuchte gab ein Licht wider, das wie die Negierung von Helligkeit erschien. Als Krönung des Ganzen stand am Ende des Flures eine Bodenvase. Nur die ganz Hartgesottenen ertrugen das psychedelische Muster in Orange-Braun. Darin Trockenblumen. Gab es jemals diese Spezies? Braune Rohrkolben. Reminiszenz an die sechziger Jahre. Nicht das Allerbeste aus dem Jahrzehnt. Der Rest des oberen Stockwerks verharrte unspektakulär. Drei Gästezimmer geradeaus, dazu ein gemeinsam zu nutzendes Badezimmer. Zur anderen Seite, zwei Stufen höher und von einer Glastür getrennt, das Schlafzimmer der Wirtsleute und gegenüber Insas Zimmer. Am Ende der private Baderaum.

Antjes Neugier unterbrach die Andacht. Ohne Worte zu verlieren, öffnete sie den ersten Gastraum. Doppelzimmer mit Aussicht. Die Wirtin umrundete das Bett und schaute zum Fenster hinaus. Nicht nur der Wirt folgte ihr. Raik, Hanke und Stummel auch. Wasser. Überall Wasser. Dunkelgrau. Ein Himmel ohne Violett und Blitze, nunmehr versehen mit der Unfarbe Grau. Sie stand als Wesen für Kälte, Eis, Gefühllosigkeit und Monotonie. Graues Wasser und grauer Himmel als eine Vereinigung der Unerträglichkeit. Die einbrechende Dunkelheit tat ein Übriges. In Bälde würde alles schwarz sein.

»Peter, unser Haus ist eine Warft geworden. Überall steht das Wasser.« Tränen drangen aus Antjes Augen. Rannen über die Wangen. Peter Bruns umschlang seine Frau.

»Das wird schon. Wir kriegen das hin.« Antje zog Rotz hoch. Die Wirtin suchte nach einem Taschentuch in der Schürze, fand es und brach in hemmungsloses Schneuzen aus. Bevor der frontale Kortex in das Rotztuch verbracht wurde, hörte die Wirtin auf. Die Umstehenden waren sichtlich erleichtert. Antje auch.

Stummel drückte indes auf dem Handy herum, das er in der Arzttasche immer bei sich trug. Keine Verbindung. Weder Anschluss zum Notruf, noch zu Sybille, die das Wochenende bei ihrer hochbetagten Mutter verbrachte. War der Sendemast auch abgesoffen?

»Telefonieren geht nicht. Wir sollten es noch mal mit dem Festnetz probieren. Antje, machst du mal?«

Die Wirtin steckte das Taschentuch, das ein quatschendes Geräusch von sich gab, in die Schürze und nickte. Stillschweigend verließ sie das Gästezimmer. Nachdem Hanke das Mantra des Ersaufens heruntergebrabbelt hatte, wurde er, was keiner geahnt hatte, konstruktiv. Drang die Blut–Schweiß–und–Tränen–Rede langsam auch beim Landwirt ein?

»Raik könnte zur Garage schwimmen und die Ankerboje rausholen. Die hast du doch noch. Oder? Da schreiben wir dann SOS drauf und lassen sie zu Wasser. Dann liest das jemand und wir sind gerettet.«

»Wieso soll immer ich schwimmen?«

»Weil du schwimmen kannst«, erwiderte Hanke.

»Ich will aber nicht schwimmen.«

»Wenn du überleben willst, musst du schwimmen.«

»Schwimmen ist scheiße.«

»Du schwimmst doch nicht in Scheiße, sondern in Wasser. Fischer schwimmen immer im Wasser.«

»Es ist richtig, du Vollhorst, dass ich Fischer bin. Aber Fischer haben Schiffe fürs Schwimmen. Das machen die nicht selbst im Wasser. Genauso wie Bauern Gülle im Hirn haben.«

»Ey–Ey–Ey. Nu mal ganz sachte. Raik, du musst momentan nicht schwimmen und wir wollen hier auch nicht beleidigen. Ich habe die Boje nicht mehr. Alles verkauft.«

»Aber die Schrotflinte hast du doch noch?«, frohlockte Hanke.

»Die habe ich noch.«

»Wir könnten in die Luft ballern. Dann hört uns jemand und wir werden gerettet. Ganz einfach. Ich wollte schon immer mal mit einer Schrotflinte in die Luft ballern. Hast du genügend Munition?«

»Nein. So etwas machen wir nicht. Kein Ballern.«

Raik wollte auch etwas zur Lage beitragen, bevor wieder ein Vorschlag mit Schwimmen auf den Tisch kam und er wieder beleidigen musste.

»Wie wäre es mit Rauchzeichen?«

»Was willst du verbrennen? Wo willst du es verbrennen? Draußen ist Wasser.«

»Wir gehen in die Küche und verkokeln Antjes Frikadellen. Das rußt schön und die brennen ewig.« Raik lachte über den eigenen Vorschlag und Hanke meinte furztrocken dazu:

»Wo er recht hat, hat er recht.« Auch Streithähne konnten eine gemeinsame Basis finden, wenn Spaß und Spiel mit im Boot waren.

»Womit hat er recht?« Antje stand in der Tür und hatte offensichtlich Schnipsel der Unterhaltung erhascht. »Das meint ihr sicherlich nicht so? Oder soll ich euch beide vor die Tür setzen?« Der Landwirt schluckte.

»Mit gar nichts habe ich recht. Raik auch nicht. Ich weiß gar nicht, was Recht ist. Ist mir noch nie nicht über den Weg gelaufen und Recht und

Raik passen sowieso nicht zusammen. Bei Licht betrachtet hat hier niemand recht. Keiner. So isses.« Bauern konnten schlau sein, wenn es um die Daseinsberechtigung ging. Antje schaute Raik an.

»Iiich? Ich habe gar nichts gesagt. Nix. Null-nix. Ehrlich. Kein Recht – wie Hanke sagt.« Antje knurrte, ließ es gut sein und wandte sich dem Tierarzt zu.

»Stummel, es gibt keine Verbindung, auch nicht mit dem Festnetz. Völlig tot.«

Hanke nahm das Wort »tot« sofort in sich auf und spuckte das Mantra aus.

»O Gott … Wir–werden–alle–ersaufen. Erbarmungslos verrotten. Ich wusste es. Wir–werden–alle–elendig–ersaufen …« Das Credo aus der Blut–Schweiß–und–Tränen–Rede galt auch für das Niederbeten von Mantras: Niemals aufgeben, niemals geschlagen geben. »Krepieren in der Wasserhölle. Spitze Todesschreie. Um Luft ringen und sie nie wieder bekommen. Wir–werden–alle–ersaufen«, kreischte das Bäuerchen und selbst der Eichenschrank stöhnte dazu.

Im Flur begann sich die Lage zu verändern. Hermann und Molly waren nicht ins Gästezimmer gegangen, sie hielten Wache an der Treppe. Der Rentner hatte die Havaneserin auf dem Boden abgesetzt und Molly beschnupperte den Orientteppich. Er roch offenbar nicht nach Entwarnung. Molly blieb ganz dicht am Bein des Herrchens.

»Sieh mal, ich glaube, das ist ungewöhnlich«, leitete der Rentner das Ungewöhnliche ein. Die Havaneserin schaute und legte sich unverzüglich quer über Hermanns Schuh. Für heute war ihre Schutzhülle aufgebraucht. »Ich bin bei dir. Keine Angst.« Hermann schaute sich um. Allein im Flur. Auch seine Schutzhülle hatte Risse abbekommen. Der Rentner blickte nach unten. Seltsam.

»Kommt mal schnell her!« Was er entdeckt hatte, fühlte sich irgendwie schief an. Er neigte den Kopf, obwohl nichts schief war. Merkwürdig. Die Diskussion im Gästezimmer lief ohne Unterbrechung monoton weiter. Niemand hatte ihn wahrgenommen. Hermann wurde laut. »Es ist dringend. Kommt her!« Molly schaute hoch zum Herrchen. Augenblinzeln. Wo war ihre schützende Sitzbank geblieben? Kein Eckchen in der Nähe, um sich zu vergraben. Am liebsten hätte sie gewinselt. Hankes Mantra tönte bis zu den beiden. Das Merkwürdige wurde merkwürdiger. So blau-blau. »Hierher!«, grölte Hermann und Molly zuckte zusammen. Der unbekannte Tonfall wirkte.

»Hermann, was ist?« Der Wirt eilte aus dem Zimmer.

»Schaut doch.« Der Rentner zeigte mit ausgestrecktem Arm in den Schankraum. Die Schubkarre geriet ins Zentrum der Aufmerksamkeit. Der Raum selbst hatte das Licht verloren. Ausfall des unteren Schaltkreises. Alles dunkel. Der Kühlschrank brummte nicht mehr. Im Grunde reichte das schon für einen Grusel. Wenn da nicht das magische Licht gewesen wäre, das alles erstrahlen ließ. Der Fremdling lag unversehrt schlafend in der Schubkarre. Beide Beine ragten über den Rand der Transporthilfe hinweg. Das Einzige, was Kontakt mit dem gestiegenen Nordseewasser hatte, waren seine Füße. Sie badeten im bräunlichen Wasser. Von ihnen ging ein helles blaues Licht aus, das aus der Tiefe der Dunkelheit zu kommen schien. Strahlen schraubten sich gegen die Zimmerdecke und begannen nach und nach, den Raum zu erhellen. Ein erhabener Anblick. Zu mächtig, um kleingeredet werden zu können. Hanke versuchte es trotzdem.

»Wenn ich solche Stinkefüße hätte, dann würde es in meinem Klo auch leuchten.«

»Wo du recht hast, hast du recht«, flüsterte Raik.

Noch hatte das Merkwürdige den Höhepunkt nicht erreicht. Das Meer zog sich aus der Gaststube zurück. Langsam, aber stetig. Die Füße des Fremden wurden entwässert. Das wäre alles noch hinnehmbar gewesen, wenn nicht plötzlich Leben in den Fremdling eingeschossen wäre und er nicht angefangen hätte, völlig außer sich zu brüllen. Gebrüll durch Mark und Bein. Der hagere, sehnige Oberkörper kam in Spannung. Die langen Haare hatten die Form von gewellten Vollkornspaghetti und klebten an Brust und Rücken. Zitternd der spärliche Bartwuchs. Der Fremdling holte Luft. Tief, erneuernd und in sich aufsaugend. Weitere Lebensenergie schoss ein. Er wurde munter. Der lange Schrei, der vermutlich bis zu den Verwandten im Neandertal zurückverfolgt werden konnte, wurde nur durch lautes Luftholen unterbrochen. Das Wasser zog sich weiter zurück. Hanke hatte noch nicht einmal die Kraft zu bemerken, dass er sich nach einem solchen Schrei auch zurückziehen würde, wenn er Wasser wäre, und dass er bei dem Organ noch zusätzlich Wellen schlagen würde. Stattdessen stand des Bauern Mund offen. Wie würde die nahe Zukunft aussehen? Gesichert war, dass in nicht allzu langer Zeit der Fußboden trocken daliegen würde. Reste von Algen, Muscheln und Getier darauf und Antjes Schimpfkanonaden darüber würden eine redliche Jungfrau zum Erröten bringen. Was täten die anderen? Alles kleinreden, was es kleinzureden gab. Und Molly? Würde sie wissen, was Menschen nur glaubten? Vielleicht.

Niemand wusste indes etwas über ein jahrtausendaltes Wissen. Von den Phöniziern bis zu den Nabatäern altbekannt – in der Finsternis wurden Könige geboren oder kamen zu Fall. Ein Ergebnis für dieses Vorkommnis stand auf jeden Fall fest: der nackte Erstschrei. Auf eine eigentümlich logische Art und Weise sah das Ganze nach einer Geburt aus.

***

Die Bewohner Wesselburens lebten ihr Leben in gewohnt geschäftiger Manier und unbekümmerten Schrittes. Nur wenige Kilometer entfernt tobte das Meer, erhob sich zu einer Sintflut und eine seltsame Geburt war vonstattengegangen. Wesselburens Gangart hingegen badete in Ahnungslosigkeit.

Die Einwohner des gut dreitausend Seelen-Ortes verlebten einen herrlichen Herbsttag. Blauer Himmel und wärmende Herbststrahlen. Der leichte Wind holte Blätter von den Bäumen ab und ließ sie in den Straßen fallen. Ocker, Rotbraun, Terrakotta – die Farben des Herbstes kolorierten die kopfsteingepflasterten Wege. Vor einigen Häusern standen Tonkübel mit Asternbüschen, die harmonisch zu den Tönen des Laubs passten. Gen Mittag stand in vielen Haushalten Kartoffelsuppe oder Kohlsuppe auf dem Tisch. Schmackiger Duft stieg in den Gassen hoch. Gutes Essen füllte Mägen und wärmte die Seelen. Genauso, wie der Tee am Nachmittag getrunken, mit weißem oder braunem Kluntjes und mit Sahne verfeinert. Viel Tee wurde heute aufgegossen. Aus unzähligen Tassen und Bechern stieg Dampf aus der Köstlichkeit auf. Insoweit blieb alles ruhig und gemächlich in der kleinen Weltstadt. Das Wochenende stand bevor, was die Stimmung noch ein wenig heimeliger machte. Der Tag verging leichtfüßig. Es ging auf zwanzig Uhr zu. Gleich würde die einprägsame Melodie der Tagesschau im ersten Programm ertönen. Neues aus aller Welt. Nur nichts aus dem Dithmarscher Landstrich, obwohl die Qualität der Vorkommnisse im »Lütt Hüs« Nachrichtenniveau hatten. Geburt, Todesängste, Apokalypse. Keine Erwähnung. War diese Ahnungslosigkeit von Übel? Mitnichten. Ohne ein fröhliches Gewissen und ein unbeschwertes Herz konnte niemand selig werden und das wollte doch ein jeder auf Erden; ebenso vermutlich die Wesselburener.

***

Eine Frau war nur dann eine redliche Hausfrau, wenn sie bei dem Anblick ihres Fußbodens, der jäh verdreckt wurde, in Wut verfiel. Antje Bruns empfand da nicht anders.

Es gab auch eine emotionale Variante: Bei besonders herbem Schmutzinferno lagen zunächst auch die Nerven blank. Ein kurzes Heulen, dann zog sie in den Krieg. Das Weinen im Arm ihres Mannes hatte Antje abgehakt und nun trat sie dem Schmutzfeind entgegen. Muscheln, Sand, Wasser, alles auf dem gehegten und gepflegten Fußboden. Was half? Eimer und Flitsche. Sie wäre keine kluge Hausfrau gewesen, wenn sie dies allein versucht hätte. Vier Eimer. Drei Flitschen. Ein Besen. Die Senioren mussten nicht. Molly auch nicht. Hanke, Raik und Peter schon. Die Standuhr schlug an. Zwanzig Uhr mitteleuropäischer Sommerzeit. Der Tag hatte vierundzwanzig Stunden.

»Eine Stunde putzen und es bricht niemandem ein Zacken aus der Krone«, meinte Antje. Hanke sah das anders.

»Warum muss ich immer alles machen?« Mit dem Eimer an der Seite und der Flitsche in der Hand eine berechtigte Frage.

»Du bist nicht allein. Ich muss ja auch putzen«, brummelte der Wirt, dem die Rolle des *Meister Propper* ebenso wenig gefiel. Erst strich er sich über den Bauch, dann über den Bart. Ein äußeres Zeichen zur inneren Beruhigung. Er hatte die Sicherung wieder eingedreht, den Kühlschrank reinitialisiert und sichergestellt, dass die Zapfanlage keinen Schaden davongetragen hatte. Alles Männerarbeit. Der Spaß hörte auf, wenn die Anlage nicht funktionierte. Egal, in welcher Situation. Hopfen musste laufen. Sonst lief nichts. Degradiert zu werden mit Flitsche und Eimer hatte etwas von Strafarbeit an sich. Fast wie beim Bund.

»Was ist mit mir? Ich bin Gast und Fischer von Beruf. Warum muss ich ran? Bei Bauern ist das was anderes, die krauchen immer im Schmutz auf dem Boden rum. Erdwürmer müssen flitschen, aber Fischer tun so was nicht. Die sind dem Himmel nah.«

»Raik Deters, du bist gleich dem Himmel näher, als dir lieb ist. Willst du ein Bier?«, fragte Antje. Der Fischer traute der Frage nicht ganz. Wog ab. Warum Nein sagen?

»Wenn du mich so fragst …« Antje ließ ihn nicht weiterreden.

»Wer trinken will, muss arbeiten. Hast du schon mal rausgeschaut? Es sieht nach Übernachtung bei uns aus. Willst du ein Abendbrot? Wer Abendbrot will, muss arbeiten. Möchtest du in einem frisch bezogenen Bett schlafen? Wer schlafen will, muss arbeiten. Möchtest du …« Auch der Fischer konnte das mit dem Nicht-ausreden-Lassen.

»Ja, ja. Ich verstehe. Wer was will, muss arbeiten.« Er biss die Zähne zusammen, nahm wortlos den Eimer, schüttete etwas klares Wasser auf den Boden und begann zu flitschen. Ungeübt sah das nicht aus. Es sah vielmehr so aus, als hätte Raik Deters unterlassen, darauf zu hinzuweisen, dass er als Meister im Schiffsschrubben galt.

Simultanes Putzen begann. Sand knirschte unter den Füßen der Schrubbenden und das Odeur des Fußbodens stieg salzfischig hoch. Molly hatte sich wieder in die Sitzbank vergraben und Stummel stand bei der Schubkarre. Er hatte ein Stethoskop im Ohr und horchte den Fremdling ab, der abermals einer Ohnmacht frönte. Nach dem Urschrei nicht ungewöhnlich. Er musste viel Kraft gekostet haben.

»Na, alles gut?«, fragte Hermann und Stummel nickte.

»Er hat ein kräftiges Herz. Ich denke, es wäre am besten, wenn wir ihn nach oben bringen und er sich ordentlich ausschläft. Morgen sieht die Welt anders aus.«

»Das lass mal Raik und Hanke nicht hören.«

»Raik und Hanke sind im besten Mannesalter. Zwischen fünfunddreißig und fünfundvierzig steht ein Mann in voller Blüte. Die schleppen ihn rauf. Das bringe ich ihnen schon bei.«

Als hätte der Fremdling auch noch ein Wort mitzureden, schlug er die Augen auf. Klare, hellblaue Augen. Dichte schwarze Wimpern intensivierten das Blau. Stummel zuckte. Hermann auch. Keiner hätte das erwartet. Einfach so die Augen aufschlagen. Null Schrei. Kein Mucks. Die Welt war voller Mirakel.

»Hallo, mein Name ist Broder Uhlig. Ich bin Arzt. Sie brauchen keine Angst zu haben. Es ist alles gut.« Der Fremdling schaute sich um. Sah an sich hinunter. Schien zu verstehen, dass er nackt und mit Pudelmütze bedeckt in einer Schubkarre lag. Er lächelte glücksbesoffen. »Wie heißen Sie?« Stummel unternahm den ersten Versuch einer Kommunikation. Der Mann sprach kein Wort. Vielmehr versuchte er, sich aufzurichten. Fiel aber wieder zurück.

»Ich denke, der kann gar nicht reden«, mutmaßte Hanke, der aufgehört hatte zu flitschen und die Auferstehung beobachtete.

»Das glaube ich auch. Ein stummer Nacktfrosch«, schloss sich Raik an. Er hatte nicht aufgehört zu flitschen. Bier, Bett und Abendbrot fielen zusammen mit Hunger, Durst und dem Wunsch, irgendwann endlich in die Koje zu fallen. Die Flitsche schrabte über den Fußboden.

Der Wirt, als ehemaliger Bundeswehrsoldat, fühlte seinen Einsatz nahen. Immer dann, wenn ein Mann ein Mann sein musste und unlösbare Aufgaben bevorstanden, meldete sich der Wirt an die Front. Kommunikation – ein Leichtes. Besser als arbeiten. Peter Bruns' Auftritt stand unter Adrenalinzufuhr.

»Waffenbrüder, sehet den Verwundeten dort. Er ist ein Fremder in der Fremde. Unser Schicksal ist es, zu dieser dunklen Stunde mit einem Fuß im Grabe zu stehen und das zusammen mit dem Fremdling. Gemeinsamkeit verbindet. Haltet ein. Lasst mich es machen. Ihr wisst, ich habe viele Siege in meinem Leben errungen. Ich werde es sein, der die liebliche Stimme zum Tönen bringt.« Peter Bruns stand zwar keinesfalls mit einem Bein im Grab, sondern mit beiden in einem stinkenden Haufen aus Muscheln, Seetang und Quallen, aber lieber die Heldentat mit Erstkontakt als eine Flitsche zu schwingen.

»Ach herrje«, tönte es zumindest schon einmal, aber lieblich klang es nicht. Peter Bruns drängte sich vor. Der Schubkarrenmann schaute ihn an. Der Gastwirt mit Einsatzerfahrung hatte sich sorgfältig eine Formulierung zurechtgelegt.

»Ich: Peter.«

Der Rest sollte eigentlich von alleine funktionierten. Ungeachtet dessen zeigte der Wirt auf sich und zog die Hand den ganzen Körper hinunter. Dann wies er auf den Fremdling. Nichts geschah. Der Held vieler Siegen musste mit der Spitzhacke ran.

»Du: …?« Stille. Jeder erwartete, dass er gleich lossprudeln würde. Der Mann rührte sich aber nicht. Bei Tarzan und Jane hatte das funktioniert. Warum nicht hier? Peter Bruns rieb sich erst das Ohrläppchen und dann die Denkerstirn. Hatte er noch eine heroische Lösung parat? Die sandige Stimme räusperte sich, dann brüllte er los. Kommissalarm in Dithmarschen. Einmal quer über den Truppenplatz, das ging noch immer und wenn Brüllen die einzige Sprache war, die der Neuling verstand – dann bitte sehr. Er hatte schließlich auch einen Urschrei von sich gegeben. Der Blauäugige fuhr zusammen, das Blau wurde blauer. Seine ganze Statur zitterte. Bebende Vollkornspaghetti. Pause. Die Zeit zog sich wie ein Sirupfaden dahin. Doch dann, nach Kurzbenommenheit und Orientierungsfindung, quoll es hervor. Gebrabbel. Satzsalat und Buchstabensuppe. Verwirrt sahen die Umstehenden das hochkriechende Problem vor sich. Niemand verstand ihn.

»Was sagt er denn?«, rätselte Hanke Harms. Peter Bruns entschied, nicht dafür verantwortlich zu sein.

»Stummel, was hast du mit ihm angestellt?« Dem Mediziner rutschte die Brille hinunter.

»Ich?«

»Ja. Du großer Medizinmann. Hast du seine Synapsen falsch verdrahtet?«

»Nun mal ganz langsam, mein Lieber. Vielleicht hättest du ihn nicht so anbrüllen sollen. Ich habe nur die Lungen und das Herz abgehorcht. Sonst gar nichts. Weder Spritzen noch Tabletten. Der Mann ist anscheinend kerngesund, bis auf die Folgen der Bruchlandung. Das wird schon wieder. Und das, was ihr hört, ist, soweit ich das einordnen kann, Hebräisch.« Stummel hätte auch sagen können, dass bei allen Umstehenden offensichtlich ein Vakuumphänomen oberhalb der Vertebrae cervicales herrscht, das sich Morbus Oligophrenie nennt.

»Hebräisch?«, setzte Peter Bruns ein. »Warum das denn?«

»Wie soll ich dir das jetzt auf die Schnelle erklären? Er ist ein Humanoider und im Normalfall verständigen Menschen sich durch Sprache. Es gibt ungefähr sechstausend Sprachen auf der Welt. Eine davon ist Hebräisch und die spricht er nun mal. Ist das soweit für dich verständlich?« Peter Bruns nahm das Kinn in die Hand.

»Aber gut finde ich das nicht«, brummte er. Hanke sagte ganz offen und frei heraus, dass er das öddelig fand.

»So viel Theater und nun spricht er Kauderwelsch. Dabei haben wir uns solche Mühe gegeben.«

Und was unternahm der redende Nacktfrosch? Er stellte Fragen – niemand antwortete. Er bedankte sich – keiner reagierte. Obendrein nannte er seinen Namen und sie ignorierten ihn. Das war öddelig auf Hebräisch. Leid, das noch bevorstand, konnte gemildert werden, wenn es genügend Zeit für die Vorbereitung gab. Der Fremdling wirkte jedoch noch nicht rüstig genug. Er verdrehte die Augen und schnappte nach Luft. Gnade ließ den Nacktfrosch zusammensinken und verschaffte ihm abermals eine sanfte Ohnmacht; Liebe schenkte ihm süße Träume.

✳✳✳

Zwischen Traum und Wirklichkeit liegt meist die Enttäuschung.
Zwischen Wirklichkeit und Traum die Erwartung.
Für beides braucht es starke Nerven.

✳✳✳

»Ich will ihn nicht nach oben tragen. Warum muss ich immer so was machen? Ich will auch nicht mehr flitschen.« Es war nicht schwer, zu ermitteln, wer das von sich gab – Hanke. Stummel sog Luft ein und ließ sie im Stoß wieder heraus. Zuletzt hatte er diese Bockigkeitsanfälle bei seinen Kindern erlebt, als sie nicht in die Schule wollten, und das war gefühlte hundert Jahre her. Er kramte das Wissen über Tauschgeschäfte von damals heraus.

»Hanke, wenn du ihn mit Raik nach oben bringst, dann flitschen Hermann und ich den Rest. Wenn du es nicht machst …«

An dieser Stelle der Erwartung sollte stets ein ausreichender Knebel vorhanden sein. Antje hantierte mit dem Besen und horchte auf. Das mit Kleinkindern, Männern und Knebeln konnte sie besser als Stummel.

»Kein Essen. Kein Bier. Kein Bett. Habe ich bereits gesagt. Was heißt: Draußen schlafen, direkt am Wasser. Bei Wind, Kälte und der Angst, dass das Wasser wieder steigt. Schutzlos wilden Tieren ausgesetzt und dem Hungertod nah. Willst du das?« Hanke nörgelte. Stummel versuchte es mit einer rationaleren Anweisung für Erwachsene.

»Ich ordne es an. Ich bin der Arzt und ich entscheide.« Diese Bemerkung verwässerte Antjes Drohungen und der Bauer witterte Morgenluft. »Du bist nur ein Viechdoktor. Du darfst das gar nicht anordnen, weil ich ein Mensch bin und der in der Schubkarre ist auch Mensch.«

»Ich bin auch ein Mensch«, bekräftigte Raik die Ausführungen. »Ich muss das sowieso gar–nie–nicht machen. Viechdoktoren dürfen nur Viechern etwas anordnen. So ist das.« Der Fischer flitschte er weiter. Ein ordentlicher Deckschrubber würde niemals den Posten unfertig verlassen. Blitzeblank. Vorher nicht. Wenn man damit angefangen hatte, musste man es auch zu Ende bringen. Eine Sache der Ehre.

»Hanke Harms«, fing das blonde Wirtinnengeschöpf an, »wenn du nicht sofort mit Raik den Fremden nach oben bringst, dann mache ich Ernst. Ich werfe dir einen Schlafsack nach draußen, wo du dann die Nacht verbringst. Ich mache aus dir ganz einfach ein nasses Bäuerchen. Ach ja, als kleine Zusatzaufgabe: Niemand schläft in meinem sauberen Bett, wenn er völlig verdreckt ist. Ihr duscht die Pudelmütze vorher. Erst danach legt ihr ihn ins Bett.«

»Was?«, jaulte Hanke auf. »Jetzt muss ich ihn auch noch duschen? Warum immer ich? Was habe ich denn getan, dass ich das machen muss? Ich will den Nacktfrosch nicht duschen. Das ist wider das Gesetz und die Natur. Das steht nirgendwo, dass ein anständiger Dithmarschener Bauer fremde Männer duschen muss. Noch nicht mal in der Satzung des Bauernverbandes. Dann muss auch keiner so was Entsetzliches machen.« Antje zog den Kopf ein und die Augen verengten sich. Kein gutes Zeichen.

»HANKE–ICH–WILL–DASS–DU–DAS–MACHST!« Das war deutlicher, als es jemals noch deutlicher werden könnte. Hanke ließ die Flitsche fallen. Raik auch. Nach gut zwei Drittel Flitschung aufgeben, war nicht Raik Deters Ding. Der Fischer wandte ein, dass der Nacktfrosch nicht mehr geduscht werden müsse, da die Füße bereits im Wasser gehangen hatten und dass seine Mutter immer gesagt hätte, dass man mit sauberen Füßen ins Bett dürfe. Somit konnte noch zu Ende geflitscht werden und erst dann würden sie den Kerl an den Armen packen, die Treppe raufschleifen und ins Bett verfrachten. Er setzte noch hinzu, dass dies kein Leichtes sein würde, da er schwer wie ein Sandsack war. Weiter kam er nicht.

Antje Bruns warf den Besen beiseite und ballte die Hände zu Fäusten. Alarmzustand. Sie schnaubte. Nur Helden und Bekloppte mischten sich zu diesem Zeitpunkt noch ein. Gott–sei–es–gedankt, ein Heroe in der Nähe. Der Wirt erkannte sofort das Gefahrensignal, ging auf seine Frau zu und griff sich sie sich. Er nahm die scharfe Granate in den Arm und brummte: »Ganz ruhig, mein kleiner Feuerkelch.« Zu Raik und Hanke sagte er, ebenfalls brummend: »Ich bin hier der Wirt und mein Wort ist Gesetz. Ihr bringt den Fremden nach oben. Das macht ihr ordentlich und nicht raufschleifen. Er wird vernünftig geduscht und dann ins Bett gebracht.« In Peter Bruns Armen schnaubte es. Der Wirt sprach ruhig und aufgeräumt weiter. »Stummel, Hermann und ich flitschen zu Ende und Antje macht das Gästezimmer für den Fremden und die für euch frisch. Wir treffen uns spätestens um einundzwanzigdreißig hier unten zum Abendbrot. Der Einsatzbefehl steht. Wegtreten, Männer und wenn ich wegtreten sage, dann will ich Kondensstreifen an den Hacken sehen!«

Was gab es da noch zu sagen? Vielleicht ein zackiges *Jawoll!*

***

»Ich will die Füße nicht nehmen.«

»Sie stinken nicht mehr, du Dösbaddel.«

»Ich hatte schon mal die Füße und ich will sie nicht mehr nehmen.«

»Du nervst.«

»Ich nerve überhaupt nicht. Du nervst, weil du immer das Sahnehäubchen willst.«

»Findest du, dass der Oberkörper und die ungewaschenen, behaarten Achseln, unter die ich greifen muss, ein Sahnehäubchen sind?«

»Alles ist besser als Füße.«

»Meine Güte, dann nimm die haarigen Achseln und ich nehme die Sauberfüße.«

Raik und Hanke tauschten die Plätze und wie ein ewiger Reigen aus Benachteiligung und schwerem Karma ging es weiter.

»Du gehst voran«, sagte Raik zu dem Achselgreifer.

»Nein, ich will nicht vorangehen. Du gehst voran.«

»Das wäre blöd, da die Beine leichter sind und du dann mehr Last tragen würdest.«

»Ich will endlich auf der Sonnenseite des Lebens stehen.«

»Diesmal ist die Sonnenseite das Vorangehen.«

»Wenn du das sagst, dann hört es sich verschlagen an. Ich will zuletzt gehen.«

»Das ist blöd. Das kriegst du nicht auf die Reihe.«

»Wenn ich auf der Sonnenseite stehe, kriege ich alles auf die Reihe. Dann brauche ich dich nicht.«

Raik Deters verdrehte die Augen und griff sich die Beine. Er ging voran. Es war ein Leichtes. Hanke ächzte. Das ganze Gewicht lag unter den Achseln des Fremden. Ein haariges Vergnügen. Bauernschweiß rann. Hanke wurde rotgesichtig. Ein guter Freund wäre nicht ein guter Freund, wenn er nicht nach dem Befinden fragen würde: »Na, wie fühlt es sich so an auf der Sonnenseite des Lebens?«

∗∗∗

Zum Streiten gehören immer zwei.
Schweigt einer, so ist der Streit vorbei.

∗∗∗

Raik und Hanke bogen in die Zielgerade ein. Erster Stock. Badezimmer. Die Mütze hielt. Schweigsames Handeln war nicht zu erwarten.

»Wie legen wir ihn ab?«, fragte ein verschwitzter Hanke.

»Fallenlassen.«

»Das können wir nicht machen.«

Raik Deters ließ die Füße fallen. Es klatschte. Die Pudelmütze rollte runter.

»Geht doch.« Der Fischer fühlte sich in der unbelasteten Situation sichtlich wohl. Er streckte sich. Hankes Anteil am Körper des Fremdlings hatte sich nicht unwesentlich erhöht.

»Ich kann ihn nicht mehr lange halten.«

»Dann tu das nicht.« Raik lehnte sich tiefenentspannt an die Waschmaschine.

»Ich will ihm nicht wehtun. Hilf mir. Wir lassen ihn gemeinsam runter.«

»Wer auf der Sonnenseite des Lebens steht, kann alles allein.« Hanke pustete. »Sonnenseite … Sonnenseite«, murmelte er. Der Versuch, in die Knie zu gehen, scheiterte auf der Hälfte der Höhe. Mehr Sonnenseite war nicht drin. Der Nackte plumpste auf den Boden. Ein unschönes Geräusch.

»Siehst du, was du angerichtet hast«, rief der Bauer.

»ICH? Du Sonnenseitenmensch hast ihm vermutlich alle Knochen gebrochen.«

»Du bist gemein. Ich wollte das nicht.«

»Aber du hast es gemacht.«

»Weil du mir nicht geholfen hast.«

»Siehst du, du brauchst mich doch.« Antje stand in der Tür.

»Müsst ihr immer streiten? Ich habe Unterwäsche rausgesucht. Die zieht ihr ihm nach dem Duschen an.« Raik Deters straffte sich.

»Flitschen–Duschen–Anziehen und Ins–Bett–Bringen. Bin ich denn hier der Bückling?«

»Ja, Raik. Heute bist du mal mehr Fisch als Fischer. Und mach ihn richtig sauber. Ich will keinen Schlamm in meinem Gästebett.« Antje wartete nicht auf Antwort. Geschäftig ging sie hinaus.

»Meinst du, ich habe ihm die Knochen gebrochen?«

»Nee.«

»Wieso nicht?«

»Von so einem Dösbaddel wie dir würde ich mir auch nicht die Knochen brechen lassen.«

***

Das Wasser rauschte. Badespaß zu dritt. Dampf stieg auf. Der Nackte lag in der Duschwanne und das Wasser rann an ihm hinunter.

»Welches Duschgel soll ich nehmen?«

»Irgendeins«, grantelte der Fischer, der nach einem Waschlappen suchte.

»Butterblümchen mit Honig?«, las der Bauer von einer Quetschflasche vor.

»Das ist ein Kerl.«

»Ich bin auch ein Kerl und ich mag Honig. Warum sollte er nicht nach Butterblümchen mit Honig riechen?«

»Dann nimm es.« Hanke ergriff eine andere Flasche.

»Oder lieber Fresh Forest und Graffiti?« Der Fischer hielt ein.

»Was? Graffiti? Steht da wirklich Graffiti. Das ist doch was zum Häuserbeschmieren und nicht zum Duschen.«

»Das ist aber was für Männer.« Hanke nahm die Packung und ploppte den Verschluss auf. Er drückte nur etwas Duft heraus. »Das riecht auch so.« Er verzog die Nase.

»Irre, das ist bestimmt eine von Peters Flaschen.«

»Er beschmiert also Häuser mit stinkendem Duschgel. Das ist pervers.«

»Er beschmiert doch keine Häuser, da steht doch auch Fresh Forest. Frischer Wald. Ich denke, er beschmiert damit Bäume.«

»Noch perverser. Ein Baumfrevler.«

»Hä?«

»Er treibt es bunt mit Bäumen.«

Immer dann, wenn es überhaupt nicht passte, erschien die Wirtin. Das hatte schon etwas von Methode an sich. Antje Bruns stand in der Tür. Das Wasser prasselte weiter. Der Nackte war gänzlich eingenässt.

»Wer treibt es mit Bäumen?«

»Och«, antwortete Raik Deters, »niemand.«

»Nee, keiner. Ich weiß gar nicht, was Bäume sind. Raik, wir nehmen Butterblümchen mit Honig.« Er stellte die Baumfrevlerflasche weg und ergriff das Frauen-Gel. Antje schien nicht zu verstehen.

»Er meint das Duschgel«, erklärte der Fischer. Die Wirtin entspannte sich und schüttelte den Kopf.

»Raik, gib mir mal vier Handtücher raus. Unter dem Waschbecken. Im Schrank.«

Der Fischer wühlte und fand neben den Handtüchern auch Waschlappen. »Wenn ich Zimmer eins für den Fremden fertig habe, dann frische ich euer Zimmer auf. Es ist das mit der Nummer zwei, und Zimmer drei bekommen Stummel und Hermann.«

Hanke zuckte und drückte an der Butterblümchen-Quetschflasche. Rosa Gel quoll heraus. Das Gel verlor die Aufmerksamkeit, stattdessen pustete Hanke sofort sein dringendes Anliegen heraus.

»Ich will nicht mit Raik schlafen. Niemals. Ich will alleine schlafen.« Antje schnalzte mit der Zunge. Ein schlechter Ausgangspunkt für Verhandlungen.

»Hanke, ich habe kein weiteres Zimmer.«

»Doch, das von Insa ist frei.«

»O nein. Insas Zimmer bleibt Insas Zimmer. Da schläft kein anderer drin.«

»Ein anständiger Dithmarschener Bauer muss nicht mit einem anderen Mann schlafen. Das ist wider die Natur. Echte Männer schlafen alleine. Außerdem schnarcht er.«

»Woher willst du das wissen, ob ich schnarche oder nicht? Du hast doch noch nie mit mir geschlafen«, verteidigte sich der Fischer.

»Alle Fischer schnarchen. Wenn alle schnarchen, dann schnarchst du auch.«

»Ich schnarche überhaupt nicht.«

»Das sagen alle Schnarcher.«

»Ich denke, dass alle Bauern schnarchen.« Geniale Vorwärtsverteidigung, wenn da nicht Antje gewesen wäre.

»Nun mal ganz mit der Ruhe, ihr beiden Schnarchbüddel. Zimmer zwei oder draußen schlafen?«

Nachdenken. Abwägen. Resümieren. Lichtblitz der Erkenntnis. Erstaunlich, wie schnell die sich Hölle zu einem Paradies wandeln konnte und Schnarchen einen lieblichen Klang bekam. Die Sonnenseite des Lebens hatte plötzlich eine Zahl erhalten. Die Nummer zwei.

***

*So manche Niederlage hat sich schon als Sieg erwiesen
und so mancher Sieg als Niederlage.*

***

Hermann, Stummel und Peter, das flitschende Sonderkommando, hatte inzwischen den Fußboden gesäubert. Der Geruch vom Meer hing weiterhin in der Luft und würde auch erst abziehen, sobald das Wasser gänzlich verschwunden war. Den zusammengekehrten Haufen aus Muscheln, Sand und Getier hatten sie vor das Haus gekehrt und wieder dem Wasser übergeben. Ein Blick über das Gelände schaffte Gewissheit. Nur noch ein schmaler Streifen Land rings um das Haus. Das Meer harrte in hörbarer Nähe. Die Männer nahmen die Situation einfach hin. Morgen früh wäre vielleicht einiges anders und man würde die Lage besser beurteilen können.

»Das war anstrengend, aber wir haben es geschafft.« Stummel streckte die Beine unter der Sitzbank aus und Hermann tat es ihm gleich. Peter Bruns stapelte die Eimer ineinander und ging zur Küche.

»Stummel, schaust du dir bitte einmal Molly an. Seit dem verrückten Himmel ist sie nicht mehr sie selbst. Molly will sich immerzu verkriechen. Das kenne ich nicht von ihr, sie ist sonst nicht so ängstlich.« Hermann streichelte die Havaneserin, die im Eckchen der blümchenbezogenen Bank kauerte. Stummel nickte.

»Gib mir sie mal rüber.« Der Veterinär streckte die Arme aus und Hermann kramte Molly aus der Bank.

»Molly, lass dich mal von Stummel anschauen. Das tut nicht weh. Komm, mien Seuten.« Er reichte das zitternde Körperchen über den Tisch. Stummel nahm die Hündin in Empfang.

»Weißt du, wenn Molly nicht wäre, dann wäre ich auch nicht mehr.«

»Hermann, sag so etwas nicht.«

»Unsere Emma fehlt. Molly und ich sind allein. Sie ist mein letzter Halt.« Stummel zog das Stethoskop aus der Tasche. Mollys Herzchen raste. Kräftige Geräusche drangen ans Ohr des Mediziners.

»Dass hört sich gut an. Regelmäßig und deutlich.«

»Wirklich? Das ist schön. Geht es ihr auch sonst gut?«

Stummel tastete den Bauch ab. Ohren, Pfoten und die Zähne der Havaneserin begutachtete er ebenfalls. Molly ließ alles mit sich geschehen.

»Und?«, fragte Hermann nach. »Was meinst du?«

»Alles normal. Sie ist gut in Schuss, Hermann. Nur etwas aufgeregt. Das ist kein Wunder, so wie der Tag heute verlaufen ist. Selbst ich bin unruhig. Molly bekommt von mir eine Beruhigungstablette. Das hilft.«

Stummel kramte ein braunes Fläschchen aus dem Koffer, entnahm eine Pille und reichte sie Molly. Die Havaneserin schnupperte daran. Mehr nicht. Gekrauste Nase – eindeutiger Widerwille. Der Arzt legte die Tablette auf den Tisch.

»Ist wirklich alles in Ordnung?«

»Ja. Du kannst beruhigt sein. Oder willst du auch eine Pille?«

Hermann lachte. Der Rentner tat dies nur noch selten, dabei hatte sein Lachen eine angenehme Modulation. Es ging einher mit sonnenstrahlenförmigen Lachfalten um die Augenpartie.

Peter Bruns griff mit einem großen Serviertablett in das Geschehen ein. Auf dem Tablett standen drei Biere, zwei Likörgläser und ein Wassernapf für Molly. Dazu ein kleiner Teller mit Frikadellen sowie ein Aschenbecher. Er reichte Hermann den Napf, der ihn in Mollys Schutzeckchen stellte. Frikadellenteller auf den Tisch. Die Biere fanden ihren Weg. Direkt vor den Männern. So sollte es immer sein. Stummel bekam zwei Wattenläuper und den Aschenbecher dazu. Das dritte Bier für den Wirt, der vor dem Tisch stehen blieb.

»Liebe Flitschenhelden, ausschließlich Männer wissen um den wahren Wert von Pflanzen. Echte Liebhaber der Botanik sind wir. Drum: Hopfen und Malz – Gott erhalt's!«

Alle erhoben die Gläser des goldenen Gebräus, setzten an und kaltes Bier rann die Männerkehlen hinunter. Glücksgefühle machten sich breit. Peter Bruns leerte das Glas in zwei Zügen. Die anderen nicht.

»So Männer, das war für den Genuss. Nun folgt Arbeit. Abendbrottisch. Ich stelle die zwei Tische da hinten am besten zusammen und dann decke ich ein. Vorausschauend denken und handeln. Antje wird stolz auf mich sein.« Der Wirt grinste. »Den Blick geradeaus und immer auf Zack. Für Molly zaubere ich auch etwas Feines. Antje hat leckeres Hühnchenfleisch im Kühlschrank. Das bereite ich zu.«

»Na, dann man los, Peter. Dein Punktekonto bei Antje will gefüllt werden«, meinte Stummel, der immer Verständnis für die Bedürfnispyramide eines Mannes hatte.

»O ja«, sonorte Peter Bruns. »O ja, absolut. Ein feistes Punktekonto ist verdammt gut.« Mit dieser Erkenntnis zog er von dannen, Richtung Küche. Tellerklappern und Schranktürschlagen zogen anschließend durch den Gastraum.

»Ein eifriger Ehemann. Er hat wirklich großes Glück. Antje steht nicht auf biologisch-dynamisch und Weltenrettung. Sie kennt auch keine Rauchscham und das Punktekonto steht bestimmt nicht auf recycelbarem

Papier.« Der Arzt lachte in sich hinein und wandte sich wieder Molly zu. »Hermann, du musst sie ablenken.«

»Was soll ich machen?«

»Aufmerksamkeit erregen.«

»Ich verstehe. Molly, schau hierher.« Hermann schnippte mit den Fingern und Molly beobachtete sofort ihr Herrchen. Der Rentner hob den Wassernapf an und wechselte ihn von der einen Hand zur anderen. »Wasser, Molly. Da drin ist Wasser.« Instinktiv konnte man erahnen, dass die Havaneserin das Gebaren zunächst seltsam und dann als deppert empfand. Indigniert schaute sie dem Spiel zu. *Was sollte das?* Stummel hatte sich inzwischen eine Frikadelle gegriffen und etwas davon abgenommen. Tablettenmontage.

»So ist es gut, meine Kleine. Für das eifrige Gucken bekommst du jetzt ein Leckerchen von Stummel. Schau mal zu ihm hin.« Der Rentner wies auf Stummel. Die Hündin beäugte den Tierarzt misstrauisch. *Würde auch er Faxen machen?* Molly erfühlte durchtriebenes Handeln. Heute war ein Tag zum Zittern. Stummel hielt das Frikadellenstückchen hoch. Molly schluckte. *Frikadellchen. Wer konnte dazu schon nein sagen? Leckerli. Hunger.* Molly hapste einfach zu.

»So, du kleiner Gierlappen, mehr gibt es nicht. Du kommst jetzt erst mal wieder zu deinem Herrchen und später gibt es eine Portion Hühnchenfleisch.« Stummel ergriff Molly und reichte sie hinüber. Die Havaneserin bezog wieder ihr Eckchen.

»Bald wird sie ruhiger. Die Tablette braucht ein Viertelstündchen, bis sie wirkt. Sie macht nicht schläfrig, sondern dämpft nur ein wenig.« Der Veterinär zog die Arzttasche zu sich heran und öffnete den vorderen Reißverschluss. »Wenn die Tablette zu schwach sein sollte, baue ich auf die Heilkräfte von Antjes Frikadellen. Das sind echte Überlebensbomben.« Der Arzt konnte sich ein Grinsen nicht verkneifen und kramte eine dicke Zigarre hervor. »Meine Sybille und die dicke Madame aus Berlin sind weit weg, somit kann ich jetzt meinen wohlverdienten Arbeitslohn in Ruhe paffen und das alles, ohne vor die Tür zu müssen. So ein Unwetter kann auch etwas Gutes haben.« Der Arzt biss ein Stückchen Zigarre ab, spuckte es aus, zündete sie fachmännisch an und sog Rauch ein. »Ohne Kanzlerin und Sybille kann das Leben richtig schön sein. Wozu brauchen wir eigentlich Frauen?« Der Arzt lehnte sich zurück und schickte einen Rauchring in die Luft. Rentner Hermann genoss die Ruhe ebenfalls, wandte aber ein, dass die Männer schon Frauen bräuchten und dass sie so wichtig seien wie die Luft zum Atmen.

»Findest du? Na ja, manchmal schon. Eine Zigarre paffen ist auch nicht schlecht. Wollen wir nicht darauf anstoßen? Auf die Freiheit, eine Zigarre zu rauchen.« Stummel schob Hermann einen Wattenläuper zu.

»Na, das sollten wir in jedem Fall. Aber noch zusätzlich auf die Frauen, die wir lieben und die nicht bei uns sind.« Hermann erhob das Glas. Stummel tat es ihm gleich. Die honigfarbenen Liköre rannen gerade die Kehlen der Männer hinab, als es ohrenbetäubend knallte. Die Eingangstür flog auf. Heute hatte die Tür so einiges auszuhalten. Das Türglas schepperte und Stummel verschluckte sich.

Etwas Mächtiges betrat den Raum. Siebenhundert Kilogramm. Vier verdreckte Beine. Ein wirrer Blick. Gretel. Die Kuh muhte einen fürchterlichen Schrei aus; was bedeutete, eine Welt ohne Stress würde es heute nicht mehr geben. Die Schwarzbunte wankte weiter vorwärts. Hermann brachte nichts mehr hervor und Stummel legte seine qualmende Zigarre mit unruhigen Fingern in den Aschenbecher. Reflexartig griff er sich die Tasche und ging langsam auf Gretel zu. Siebenhundert Kilo brauchten Besänftigung. Genau in diesem Moment ließ etwas Unbekanntes Gretels Schwanz los und rollte zur Garderobe aus. Hätte es jemand sehen können, wäre ihm das Unbekannte als winziges weibliches Wesen in schwarzem Rock aufgefallen. Peter Bruns rannte aus der Küche herbei. Sah nur die Kuh, den Dreck, dachte an sein Punktekonto und brüllte schon im Lauf die Treppe hoch:

»Es ist alles in Ordnung, Schätzchen. Die Männer machen hier unten nur ihr Späßchen und spielen Blindekuh. Du kannst oben bleiben.« Aus dem ersten Stock drang ein Wort herunter, dass sich wie *Ach herrje* anhörte. Gefahr erkannt, Gefahr gebannt.

»Stummel, du musst sie rausbringen. Egal wie. Wie zum Donner kommt sie überhaupt hier rein? So ein Dreck aber auch. Wir müssen unbedingt alles wegfegen und flitschen. Es gibt gleich Abendbrot und Antje wird nicht amüsiert sein, wenn sie runterkommt und eine dicke Kuh im Raum steht.«

***

»Das ist Gretel«, erkannte Hanke sofort.

»Dumm Tüch. Peter hat doch eben hochgebrüllt, dass die Männer unten sich gerade einen Spaß machen.«

»Das ist meine beste Kuh. Dieses Muhen erkenne ich sofort. Gretel braucht mich.« Hanke riss sich von den ungeliebten Schlussarbeiten los. Der Fremdling lag schon im Bett. Es fehlten nur noch Zudecken und Licht ausmachen. »Gretel«, rief er, »ich komme!« Der Bauer sauste den Flur entlang, die Treppe hinunter. »GRETEL! Mein Liebling!«

Stummel drückte die Kuh gerade ein Stück rückwärts durch den Eingang.

»Was machst du denn da mit ihr?«

»Ganz ruhig, Hanke. Was rein kommt, geht auch wieder raus«, presste Stummel hervor.

»Meine beste Kuh.«

»Hilf mir lieber.«

»Womit?«

»Wonach sieht es denn aus?« Hanke dachte einen Moment lang nach.

»Als ob du Gretel rausdrückst.«

»Ach was?«

»Ja. Genau so sieht es aus.«

Stummel unterbrach seine Arbeit. Siebenhundert unwillige Kilogramm alleine stemmen zu wollen, hatte einfach keinen Zweck. Er atmete schwer ein und pustete wieder aus.

»Würdest du so freundlich sein, lieber Hanke, und mir …« Stummel sagte es in ruhigem Tonfall und mit zusammengekniffenen Zähnen, »… behilflich sein, deine beste Kuh wieder aus dem Gastraum zu komplimentieren? Ich wäre dir unendlich dankbar für diese Güte.«

»Also, wenn du das so sagst. Gretel …« Hanke klatschte in die Hände. »Raus mit dir.« Er trieb sie rückwärts hinaus, ohne sie zu berühren. »Weiter so.« Gretel ging zurück. Stück für Stück. Damenhaft. Das Draußen war nah. Die Eingangstür klappte wieder zu. Stummel sah ungläubig drein und begann, sich an der Stirn zu schubbern.

»Wie schaffst du das?«

»Ganz einfach. Ich sage ihr das und sie macht dann das.«

»Weiter nichts?«

»Nee. Wieso auch?«

***

Treffpunkt: einundzwanzigdreißig.

Peter Bruns hatte den Abendbrottisch fertig gedeckt. Antje stieg langsam die Treppe herunter. Gretel draußen. Männer drinnen. Alles sauber. Perfektes Timing. Als wäre nichts geschehen, saßen die fünf Männer mit unschuldigen Mienen am gedeckten Tisch. Raik und Hanke hatten ihre Gummistiefel ausgezogen. Dicke Wollsocken. Raiks Rotgeringelte stachen hervor. Antje nahm Platz. Sie strich sich über das Haar. Fertig für heute. Nur vor der Tür noch Chaos. *Was war das für ein Tag gewesen?* Für den Moment schob sie ihn beiseite. Abendlicher Friede kehrte ein. Peter Bruns eröffnete das Mahl, wünschte allen *Guten Appetit* und forderte auf, ordentlich zuzugreifen. Antje ergriff das Wort.

»Ihr Lieben, alle Zimmer sind hergerichtet. Wenn ihr nachher wollt, dann könnt ihr schlafen gehen. Der Fremde ist eben noch mal kurz zur Besinnung gekommen. Ich habe ihm gesagt, dass er sich morgen früh Kleidung aus dem großen Wäscheschrank nehmen kann. Ihr könnt euch übrigens auch gern frische Wäsche rausnehmen.«

»Oh, das ist man nett. Hat er was geantwortet?«, fragte Hanke und klaubte sich ein saures Gürkchen vom Holzbrett. Antje seufzte.

»Ich habe es ihm mehr gezeigt, Hanke. Er hat gebrabbelt. Ich denke trotzdem, er hat mich verstanden. Im Schrank liegen Sachen von Kai. Die werden passen. Falls nicht, sind auch noch größere Größen von Peter dabei.«

»Von Kai, deinem missratenen Neffen?«, fragte der Fischer kauend.

Ein urtypisch weiblicher Blick aus Feuersbrunst folgte.

»Kai ist nicht missraten. Er sucht ab und an Schutz bei uns vor familiären Problemen.«

Raik lachte auf und trank einen Schluck Flüssighopfen. Genussgluckern. Er mundete. Der Fischer nahm den Faden wieder auf.

»Seine Frau macht ihm die Hölle heiß, weil er den Weibern nachsteigt. Also ist er missraten.«

»Sag nicht noch einmal, dass Kai missraten ist, Raik Deters. Er ist immerhin mein Neffe. Er ist Familie. Niemand beleidigt meine Familie.« Antjes böser Blick traf ihn und sie klatschte Butter aufs Brot. *Missraten.* Gewaltsame Butterverteilung. Verbissenes verschmieren. Das konnte eine ehrbare Tante nicht auf sich sitzen lassen. *So nicht!* Unverschämtheiten mussten am besten gleich gerade gerückt werden. In eine neue Form gegossen werden. Antje stieß ihren Mann in die Rippen, was bedeutete:

Sag–auch–mal–was–dazu. Peter Bruns sah sich in der Pflicht vor Antje, dem Vaterland und in Angesicht des Punktekontos, das familiäre Treibgut in Schutz zu nehmen.

»Raik! Hör genau hin«, brummte der Wirt. »Antje hat die richtige Meinung zu Kai.« Er knabberte an einer Silberzwiebel. Die spritzte. »Nur weil ein Mann ab und an fremdgeht, ist er nicht missraten. Ganz im Gegenteil.«

Stille. Das war deutlich. Keiner kaute mehr. Nur Peter Bruns. Noch ein Silberzwiebelchen. Ungewollter Eigenbeschuss. Ahnungslosigkeit. Die Worte hatten einen bemerkenswerten Nachklang. Die Gedanken der Männer, die den Inhalt erfasst hatten, schossen über das baldige Ableben des Wirts hinaus. Gab es ein Leben nach dem Tod? War Panik hörbar? Für den, der die Ohren spitzte vielleicht. Es säuselte am reichgedeckten Tisch: *Verehrte Anwesende, erheben Sie sich für Ihre Majestät, die Panikattacke, die Königin der Neurosen möchte sich an ihren Tisch setzen.* Hanke fiepte.

»Das meint Peter nicht so«, sagte Stummel rasch. Ein wenig zu rasch. Das empfand er sogar selbst. Mehr konnte er für Peter Bruns nicht tun. Aus rein medizinischer Neugier betrachtete der Veterinär die Reaktion der Wirtin. Antje hatte die Atmung eingestellt. Lief rot an. Doktor Uhlig konstatierte formalmedizinisch, dass sich Mensch und Tier darin eindeutig ähnelten – lange würde sie nicht durchhalten.

***

Kapitel 3

Ich war hungrig und ihr habt mich gespeist. Ich bin durstig gewesen und ihr habt mich getränkt. Ich bin ein Fremdling gewesen und ihr habt mich beherbergt. Ich bin nackt gewesen und ihr habt mich bekleidet … Die Gerechten werden eines Tages im Himmelreich hierfür das ewige Leben erhalten.

Matthäus 25, Vers 35 ff.

Wenn das Leben auf eine so einfache Formel heruntergerechnet werden könnte, wäre die Welt ein besserer Ort. In Verlängerung der Worte schlummerten Achtsamkeit, Ehrlichkeit, Wohltat und Mitgefühl. Eine wundervolle Allianz. Wer würde liefern müssen? Alle. Wohltäter, Nackte, Angezogene, Hungrige, Fremde, Bekannte, Männlein wie Weiblein. Genau genommen die Summe aller Menschen auf Erden. Die Krux: Bei Erfüllung der Formel barg das Buch der Bücher einen Widerspruch in sich. Wozu ein Leben im Garten Eden anpeilen, wenn es auf Erden schon paradiesisch zuging? Oder war allein ewiges Leben das Geschenk für gute Taten? Immer leben. Niemals sterben. Auf den ersten Blick ein süßer, zart schmelzender Karamellbonbon. Doch wie schmeckte der Kern der Verlockung? Wäre ewiges Leben tatsächlich wünschenswert? So mancher Bonbon sorgte erst am Ende für eine Überraschung.

***

Acht Uhr morgens. Die Sonne hatte bereits vor Stunden ihr Licht über Dithmarschen ausgeschüttet. Orangerot mit einer Nuance Zimt. Rufe von Wildgänsen, die im Formationsflug über das Land flogen, drangen ans Ohr und feuchtigkeitsgeschwängerte Luft hing über der Gegend. Die Feuchte bedeckte die Haut und strich erfrischend übers Haar. Dicht am »Lütt Hüs« Wassergeräusche. Ein hörbares Eindringen in den makellosen

Morgen. Das Meer spielte mit sich selbst. Unschuldig, als ob es schon zu allen Zeiten die Gaststätte auf dem Hügel umspült hätte und freudig, als wäre es völlig normal, unter der Eingangstür ab und an hindurchzukriechen. Für das Wasser schien der fremde Gast, den es zu begrüßen galt, ein alter Bekannter. Doch wer fragte schon das Wasser, ob es etwas zu erzählen gab?

Peter Bruns und Ehefrau pusselten bereits im Gastraum. Lüften, Kaffeemaschine in Bereitschaft bringen, Theke wischen und den Tisch für das Frühstück decken. Ein eingespieltes Team. Vom gestrigen Disput war ihnen nichts mehr anzumerken. Antje hatte hinreichend geklärt, was ein Ehemann zu tun und zu lassen hatte und ab wann er als missraten galt. Die Erklärung hatte einer Brandrede geglichen, bei der niemand brennen wollte und somit keiner eine Gegenrede auch nur in Erwägung gezogen hatte. Niemand und Keiner waren Hasenfüße, aber die zwei durften wenigstens weiterleben.

Stummel und Hermann schliefen noch. Die Senioren hatten es am Abend spät werden lassen. Die merkwürdige Atmosphäre schuf Gedanken, die sie schon lange Zeit nicht mehr gedacht hatten. Draußen das Wasser, das jederzeit wieder ansteigen konnte, drinnen Gemütlichkeit. Das Männerpaar wurde zu Plauderern, die darin schwelgten, längst vergangene und vergessen geglaubte Geschichten ihres Lebens Revue passieren zu lassen. Ein gesponnener Faden aus tausend Erinnerungen als Licht in der Dunkelheit. Die Vergangenheit starb nie, solange es Menschen gab, die sich erinnerten.

Raik und Hanke waren verhältnismäßig früh zu Bett gegangen und mutierten deshalb auch zu Frühaufstehern. Sie hatten zunächst ihren Lieblingsplatz am Fenster eingenommen. Die Männer sahen übernächtigt aus. Von Albträumen heimgesucht, mit vielen Unterbrechungen traktiert, war die erholsame Nachtruhe auf der Strecke geblieben. Raik hatte von den Rolling Stones geträumt und war bei Andy Borg aufgewacht. Hankes Träume von Insa endeten damit, dass er in das Gesicht von Raik Deters starrte.

Bauer und Fischer saßen ermattet auf der Bank und – wie könnte es anders sein – sie fanden noch genügend Kraft, um zu streiten. Nicht erst seit dem Hinsetzen zankten sie. Nein, auch kurz nach dem Aufstehen hatten sie das getan, vor dem Duschen und nach dem Duschen, vor dem Anziehen und nach dem Anziehen. Wo blieb eigentlich Doktor Freud? Immer, wenn er benötigt wurde, machte er sich rar. Der Reigen des Streitens setzte sich fort.

»Ich wusste schon, dass Fischer übel schnarchen, aber dass du auch sabberst … Nee, das ist ja … so eklig.« Hanke schüttelte sich und ließ eine Quintessenz vom Stapel. »Männer sollten nicht mit Männern zusammen schlafen. Das ist schädlich.«

»Ich sabbere nicht.«

»Das stimmt nicht. Du hast in meine Richtung gesabbert. Fischer sind einfach schlimme Sabberer.«

»Dafür kam von deiner Seite ein Gasangriff.«

»Das war ich nicht. Das waren die Frikadellen.«

»Und ich sabbere nicht, das waren die Aliens.«

»Das ist Blödsinn, es sind keine Aliens gewesen. Du machst das. Sogar beides zugleich. Schnarchen und sabbern. Voll gemein. Das ist wie eine Dusche. Ich bin völlig zugesprenkelt worden.«

»Ich sprenkel nicht.«

»Wenn du wenigstens in die andere Richtung sprenkeln würdest, wäre das manierlich. Aber in meine ist voll daneben.«

»Das ist ein Lügengebäude.«

»Nein. Das ist Wahrheit. Nass bin ich geworden. So ging das die ganze Nacht. Sprühregen mit Lärm.« Hanke initiierte ein infernalisches Schnarchen und anhand von Sekret, welches er aus den Speicheldrüsen sog, röhrte er Feuchtigkeit in die Luft.

»Du Puttfarken!«

»Siehst du, du magst das auch nicht.«

Wenn Streiten, wie in diesem Fall, auch nur einen Funken Gutes an sich hatte, war es als Richterskala zu gebrauchen für wesentlich interessantere Geschehnisse. Der Zank hörte auf. Genauso schnell, wie er zustande gekommen war. Auf der Richterskala rastete die Zehn von zehn ein. Etwas anderes zog die Aufmerksamkeit an sich. Die Treppe knarrte. Ein Windhauch zog durch den Raum und gespannte Erwartung stieg empor.

»Siehst du das auch?«, wisperte Hanke. Der Fischer sonderte nur einen Brummton dazu ab. Der Fremdling schritt die Treppe herunter. In Ruhe und mit Bedacht. Bemaß den Raum samt Inhalt und lächelte.

»Antje wird das nicht gefallen« schätzte der Fischer leise. Hanke nickte dazu. So viel Eintracht zwischen den Streithähnen gab es selten. In Gedanken verharrt, stieg das Unglück die nächste Stufe herunter. Antje kam in diesem Moment um die Ecke. Die Köpfe der Männer flogen dem Verderben hinterher. Antje Bruns erfasste die Lage.

»Wer war das?« Die Wirtin stemmte ihre Hände in die Hüften. »Wer von euch hat so dämliche Flausen im Kopf gehabt?« Raik Deters pustete nur aus und Hanke schrie: »Ich–war–das–nicht. Ich–war–das–nicht. So–was–mache–ich–nicht. So weit kann ich gar nicht denken.«

Der Fremdling schien die plötzliche Hektik nicht zu verstehen. Antje zeigte auf ihn.

»Da ist er nicht von alleine drauf gekommen. Raus damit, ihr Dummnüsse. Wer von euch war das?« Fischer und Landwirt schüttelten vehement die Schöpfe.

»Antje, das waren wir nicht. Da hat er wohl selber gedacht«, wies der Fischer die Schuld von sich. Der Fremdling schaute irritiert dem fuchtelnden Finger der Frau hinterher. *Gestreifter Kaftan. Gürtel. Leichte, aber warme Schuhe. Vielleicht etwas zu knapp, aber trotzdem in Ordnung.* Unverständnis im Blick. Antje sah das anders.

»Kein Kerl kommt auf die Schnapsidee, Peters altes Nachthemd anzuziehen, sich den Beerdigungsschlips um die Hüften zu binden und meine rosa Puschelhausschuhe anzuziehen. Wenigstens nicht, wenn er keine Todessehnsucht hat.«

»Vielleicht mag er die Kombination einfach«, erwiderte Hanke kleinlaut. »Solche Männer soll es ja geben. Er durfte sich doch aus dem Schrank einfach was rausnehmen.«

»Peter!«, schrie die Wirtin in voller Alarmstufe.

Der Wirt kam aus der Küche und schoss um die Ecke. Mit einem Fleischerbeil in der Hand. Schwerer Notruf in Kreischmodulation von Antje. Er war bereit, mit Staub an den Stiefeln einen ehrenwerten Männertod zu erleiden und vorher den Widersacher in die Hölle zu transportieren. Keine Gefangenen. Niemals. Die machten nur Ärger, mussten durchgefüttert werden.

»Was ist?«

»Sieh hin!« Antje wies hin. Peter Bruns sah hin. Das Beil sank.

»Oh. Verdammich.«

»Sag ihm, dass man hier so was nicht macht.«

Die Brust des Wirtes spannte sich. Der Fremdling musste sich eines eindringlichen Augenscheins unterwerfen. Zusammengekrauste Augenbrauen.

»So was macht man hier nicht!«, dröhnte es und Peter Bruns zog das Beil zur Verdeutlichung direkt vor die Brust.

Der Mann im langen Nachthemd mit Beerdigungskrawatte ließ sich Zeit. Er schien abzuwägen und einzuordnen. So viel Aufregung. *Was sollte er tun?* Der Augenblick selbst hatte keine Ahnung davon, welche Wichtigkeit in ihm lag. Die Bilanz folgte auf dem Fuß: Der Fremde fand zu einer Lösung. Er nahm ebenfalls die Hand vor die Brust – Spiegelung ohne Beil. So viele Dörfer, so viele Sitten. Gemeinsamkeit war eine Form von Liebe. Er straffte seine hagere Statur und die dunkelgefärbte Stimme sagte:

»Schalom.« Mehr nicht. Was für ein Kraftwort. Welche Auswirkung. Unerwartete Sprachlosigkeit spannte über die Zeit. Die Wanduhr tickte. Meeresrauschen. Lediglich der Fremde bewegte sich. Er setzte sich zu Raik und Hanke auf die Bank.

»Peter, suche was Anständiges für ihn raus«, flüsterte Antje.

»Was soll ich denn raussuchen?«, wisperte der Wirt.

»Etwas Männliches.« Antje wurde noch leiser.

»Mein Nachthemd ist männlich.«

»Etwas anderes Männliches. Was mit Hose«, flüsterte Antje.

»Warum flüsterst du?«

»Nimm das Beil weg.«

»Du flüsterst wegen des Beils?«, tuschelte der Wirt und versteckte die Fleischeraxt hinter dem Rücken.

»Ich flüstere nicht wegen des Beils. Mach es doch nicht immer so kompliziert. Du gehst nach oben und suchst was raus. Wenn du was gefunden hast, dann rufst du runter und ich schicke ihn dir hoch.«

»Wenn du nicht wegen des Beils geflüstert hast, warum hast du dann geflüstert?«

»Du flüsterst doch auch. Warum machst du das?«

»Keine Ahnung. Woher soll ich das wissen?«

»Peter?!«

»Ja.«

»Ich habe ein komisches Gefühl.«

***

Das Gefühl versteht immer, was der Verstand nicht fassen kann.
Bonaventura (1221–1274), Franziskaner

***

»Raik, was meinst du, woher kommt er?«

»Er hat eine Hautfarbe, die nicht von der prallen Sonne der Nordsee stammt und einen Dödel, den man hier nicht hat. Ist also eindeutig: ein Butenlanner. Unser Nacktfrosch ist bestimmt aus dem Schlauchboot gefallen.«

»Aus einem Schlauchboot gefallen? Wie kommst du da drauf? Da war doch gar kein Schlauchboot.«

Raik Deters versuchte, mit körperlichem Einsatz dem Nachthemdträger etwas zu entlocken. Er nahm imaginäre Ruder in die Hände und pullte.

»Schlauchboot? Hä? Nicht wahr, Kumpel? Boot. Schwimmen. Uka–Uka.«

Was Uka–Uka bedeutete, wusste nur Gott allein und ihm würden deswegen vermutlich noch mehr graue Haare wachsen. Natürlich unter Berücksichtigung, dass er überhaupt Haare hätte und die nicht ohnehin schon gänzlich weiß wären, weil es schon genug Verelendung auf der Welt gab.

Gott und Kirche waren dem Fischer in diesem Moment einerlei. Raik Deters ließ nicht locker, er betätigte sich als mächtiger Ruderer. Der Butenlanner sagte nichts. Kein Sterbenswörtchen. Er beobachtete.

»Du bist ein Blödmann; wo kein Boot ist, kann man auch nicht rausfallen. Er ist nicht rausgefallen«, warf Hanke ein.

»Hast du eine Ahnung.« Raik pullte sich die Seele aus dem Leib. Dem Mann aus fernen Landen mit dem vermeintlichen Schlauchbootverlust entfleuchte ein Lächeln. Sanftmütig, mit Interesse unterlegt und plus einer leichten Irritation.

»Hör auf, Raik. Du machst ihn ja ganz fuschig.«

»Fuschig. Wieso? Ich hab ihn gleich. Alle Mann an die Riemen!«

»Womit hast du ihn denn gleich, Raik?«

»Er wird sich outen.«

»Aber er sagt doch gar nichts und wenn er was sagt, dann versteht das keiner.«

»Gleich schon, ich knacke ihn. Ich hab noch was anderes drauf.« Raik Deters hörte auf zu rudern, stattdessen zermahlte er zwischen Daumen und Zeigefinger eine Fatamorgana-Substanz.

»Zaster, Stütze sofort, soziale Hängematte!« Der Mann ohne Schlauchboot schaute nun äußerst verwundert. Es entstand das Gefühl, dass er gerne wissen würde, was sein Gegenüber meinte. Der Fischer rieb fürderhin. Wäre zwischen Daumen und Zeigefinger ein Feuerstein gewesen, hätte Raik Deters inzwischen Brandblasen an den Fingern. Abrupt hörte er auf und trommelte sich auf die Brust: »Kohle!«, rief er aus. Die Spannung stieg. Bauer Harms wollte nichts verpassen und fragte nach: »Sagt er gleich was?«

»Hörst du das nicht?«

»Nein.«

»Ich übersetze es dir gerne: Er sagt, dass er hier nicht zuhause ist.«

»Das weiß ich, dass er hier nicht zu Hause ist. Er ist in der Kneipe. Ich bin ja auch hier nicht zu Hause, sondern bei Peter. Was ist denn das für eine Übersetzung?«

Raik Deters stellte die Lauscher auf.

»Ahhh, ich höre noch was: Er hat Angst, verfolgt zu werden.«

»Angst? Er muss keine Angst haben. Hier verfolgt ihn doch niemand.«

Der Fischer entwickelte sich zu einer wahren Fundgrube menschlichen Schubladendenkens.

»Stimmt. Und deswegen wird er auch nicht mehr dort sein, wo er eigentlich zuhause ist und verfolgt wird. Sondern hier.«

»Bei Peter?«

»Nee, mehr so allgemein.«

»An der Nordsee?«

»Noch allgemeiner.«

»Auf der Welt?«

»Du bist aber auch schwer von Kapee.« Hanke Harms mit schwer von Kapee schwieg. Es war ein langes Schweigen. Zuviel Input. Raik pullte wieder. Beim Basiselement des Pullens schien mehr Emotion im Gesicht des Neuen zu sein als bei den Zasterfingern. Immerhin waren sich der Ruderer und der Fremdling einig, und das ohne vorherige Abstimmung: Ein sprachliches Miteinander würde vieles erleichtern.

»Das hat er alles gesagt? So viel? Wann? Ich hab gar nichts gehört.«

»Nee, du Torfnase, kannst du auch nicht. Er hat es mit dem Blick gesagt.«

»Mit dem Blick?«

»Das ist ein Asylblick.«

»Wie geht denn der?«

»Sieh doch hin.«

Bauer Harms schaute den Butenlanner an. Schaute tiefer und tiefer. Einen Asylblick sah er nicht. Er stand auf und beugte sich über den Tisch. Fokussierte. Der Fremde schaute zurück. Mild und freundlich. Es wurde eine Zeitzone erzeugt, in der das Nichts eine große Rolle spielte. Hanke schärfte seine Sinne. Absolut nichts. Dafür hörte er plötzlich Seltsames. Ein Flüstern drang ihm in die Ohren. Wie ein unheimliches Wispern. Hanke liefen Schauer über den Rücken. Die Armhärchen stellen sich auf. Es wäre eindeutig besser gewesen, nicht die Sinne zu schärfen. Was war das? In völliger Konzentration setzte er sich wieder. Wozu noch nach dem Asylblick suchen? Das Wispern wurde wichtiger. Er hörte zu. Zuerst verstand er den Singsang nicht. Doch dann formten sich Worte. Hanke erhaschte ein Zipfelchen des Verstehens und schaute sich um. Niemand zu sehen. Gruselig. Nicht alles, was sich erlaubte, dem Menschen ins Ohr zu dringen, trug den Stempel der Wahrheit. Er versuchte, Spreu vom Weizen zu trennen.

»Raik.«

»Jau.«

»Ich glaube, er ist nicht aus einem Schlauchboot gefallen.«

»Und ob.«

»Nein. Es kann möglich sein, dass er heruntergekommen ist.«

»Was?« Fischer Deters blickte nun den Freund von der Seite an. Die Gedanken arbeiteten. »Er ist heruntergekommen? Du meinst, er sieht schäbig aus und könnte sich mal die Spaghetti ordentlich schneiden lassen?«

»Nein, das meine ich nicht.«

»Was dann?«

»Er kommt von oben.« Bauer Harms Finger wies an die holzvertäfelte Decke. Fischer Deters schaute hinterher.

»Von der Decke?«

»Nein.«

»Vom Dachboden?«

»Nein. Du bist aber schwer von Kapee. Von ganz oben, Raik. Von absolut oben. Höher geht es nimmer.«

Am Tisch wurde es ruhig. Absolut ruhig. Ruhiger ging auch das nimmer, und hätte jemand eine Feder der örtlichen Pfuhlschnepfe fallen gelassen, wäre ihr Aufschlag hörbar gewesen, gleich einem Donnerhall in einem Schweigekloster.

***

Nichts wirkte seltsamer, als wenn zwei sich über einen Dritten unterhielten, der dem Gespräch beiwohnte und nicht reagierte. Der Mann aus den fernen Landen blieb ein stiller Beobachter. Hanke und Raik redeten umso mehr.

»Was willst du mir damit sagen?«

»Nichts.«

»Was meinst du mit nichts?«

»Gar nichts.«

»Was heißt nichts und gar nichts?«

»Es ist möglich … Ich will ja nicht sagen, dass es so ist … Es kann sein …«

»SPUCK ES AUS!«

»Das er Jesus ist.«

»Jesus?«

»Ja.«

»Welcher?«

»Gibt es mehrere Jesusse?«

»Du meinst *den* Jesus? Aus der Bibel?«

»Ja. Genau den. Der mit dem Kreuz auf dem Rücken und den Latschen an den Füßen.«

»Du spinnst.«

»Nee.«

»Woher willst du das wissen?«

»Eine Stimme hat es mir gesagt.«

»Antje, komm mal bitte her, wir haben hier ein Problem!«

»Ich bin gleich bei euch«, tönte es aus der Küche und Antje Bruns avisierte zudem den ersten Morgenkaffee. Der Fischer nagte an Hankes Vermutung. Er hätte nicht gedacht, dass es noch etwas geben könnte, was ihn in Erstaunen versetzen könnte.

»Jesus?!« Er sondierte Gottessohn und blieb am gestreiften Nachthemd kleben. »Völliger Quatsch. Das soll Jesus sein? Eine Stimme hat es dir gesagt? Er ist niemals Jesus. Nie und nimmer. Schau ihn dir doch an. Jesus in Peters Nachthemd mit rosa Puschelschluppen.« Raik Deters tippte sich mit dem Zeigefinger an die Stirn. »So ein Unsinn. Demnächst siehst du auch den Weihnachtsmann in Antjes Schlüpper? Wieso sollte Jesus überhaupt hier runterkommen? In Arnsiel? Kommt man nicht da runter, wo man gewohnt hat? Wenn er tatsächlich der sein sollte, was du sagst, was ich nicht glaube, womit du spinnst, dann sei mal gesagt – nicht jeder Kerl in einem Männernachtkleidchen ist Jesus. Na ja, es würde zwar das Hebräische und den Dödel erklären. Aber nicht jeder hebräische Dödel ist gleichzeitig auch König der Juden. Und wenn er Jesus wäre, was du sagst, was ich nicht glaube, womit du spinnst, dann hat sich das Gotteskerlchen aber mächtig verflogen. Ich muss mal beizeiten nachschauen, ob Arnsiel und Israel den gleichen Breitengrad haben. Nur so, aus seemännischem Interesse.« Der Fischer pausierte. Brütete er noch etwas aus? »Ich könnte es sogar verstehen, wenn der, von dem du glaubst, das er Jesus ist, was ich nicht glaube, womit du spinnst, hier landen würde. Theoretisch wenigstens. Ich finde Arnsiel auch besser als Israel. Wer will schon nach Israel?«, brummelte der Fischer.

»Raik, wie kannst du so was sagen?«

»Was meinst du? Das mit Israel? Ganz einfach. In Jerusalem fliegen einem Bomben um die Ohren, außerdem haben die eine große Wüste da und das Tote Meer. Im Toten Meer gibt es keine Fische. Was soll ein Fischer mit Wasser ohne Fische drin? Was ein Seemann mit einer Wüste? Bomben mag ich auch nicht, die sind mir zu laut. Ansonsten haben die da Mauern, die man anmeckern muss. Was soll ich mit einer Meckermauer?«

»Eine Meckermauer?«

»Klagemauer.«

»Ach so«, sagte Hanke, doch es sah nicht so aus, als wäre das Thema nun endgültig geklärt.

»Du weißt, was ich meine?«

»Ich bin doch nicht blöd. Klagemauer. Jerusalem. Warum findest du eine Meckermauer daneben?«

»Warum soll ich eine Meckermauer nicht daneben finden?«

»Du meckerst doch immer, also ist das was für dich?«

»Wie geht es dir denn? Aus was für einem dunklen Ei bist du denn heute Morgen geschlüpft? Erst hörst du Stimmen, erkennst einen Jesus und dann werde ich auch noch beleidigt.«

»Ich bin heute ganz normal aus dem Bett aufgestanden und nicht aus einem dunklen Ei geschlüpft. Ich habe dich nicht beleidigt. Mir geht es gut und ich fühle mich geliebt.« Raik Deters presste Luft zwischen den Zähnen hindurch.

»Geliebt?« Er pfiff zwischen den Zähnen. »So was gibt es noch? Sich geliebt fühlen?« Das Gesicht des Fischers wirkte nachdenklich und hellte sich sodann auf. »Weißt du, im Prinzip finde ich das Heilige Land gar nicht so schlecht. Vielleicht sollte ich auch mal dahin. Die stecken dort Zettel in enge Ritzen. Geil, was?« Raik Deters klopfte auf den Tisch und lachte wiehernd los.

»Raik, so wie du das sagst … Nee, aber auch … Das hört sich schmutzig an. Ich glaube, du bist ein Ferkel und ein Frevler. Lass den lieben Gott das nicht hören!«

Antje Bruns trat endlich an den Tisch. Heute Morgen hatte sie sich für ein schlichtes dunkelblaues Trägerkleid aus Leinen entschieden, mit einem weißen Langarmshirt darunter. Die weißen Clogs standen im Einklang dazu. Sie trug keine Schürze, dafür ein Tablett mit drei Kaffeebechern.

»Seemann, was wolltest du von mir?« Sie stellte das Tablett ab, nahm die Kaffeebecher herunter, platzierte sie und räumte die leeren Gläser vom Abend ab.

»Hanke hatte eine Erscheinung. Er meint, dass der Nacktfrosch Jesus ist. Er hört Stimmen.«

Die Wirtin holte tief Luft und schaute kurz den Fremden an, bevor Hanke sie in Beschlag legte.

»Antje, weißt du, was Raik eben gesagt hat, das ist noch viel schlimmer als alles andere, was er jemals gesagt hat. Er will Zettel in enge Ritzen stecken. Das würde ihm Spaß machen. Papier in Ritzen. Du verstehst? Frauen verstehen so was. Das gehört doch da nicht hin. Weißt du, was ich meine?«

Die Wirtin verstand nur allzu gut. Nach viel Bier und Schnaps am Abend waren bei den Herren unbekannte Fantasien entstanden, die noch nie ein Mensch zuvor gesehen hatte und die auch niemand sehen wollte.

»Raik. Da, wo du meinst, etwas hineinstecken zu müssen, steckt keiner was rein. Niemals. Zu keiner Zeit. Wenigstens keine Zettel. Auch du nicht, Raik Deters. Nur, dass du es weißt, und damit ist die Diskussion beendet.« Diese Anweisung hätte die Wirtin auch gleich ins Wasser schreiben können. Der Fischer setzte noch einen drauf.

»Antje, du hast mir nicht zugehört. Der Furchenpflanzer hört Stimmen und meint, dass der Nacktfrosch Jesus ist. Der echte aus der Bibel. Mit Kreuz und Latschen. Außerdem: Auch wenn du es nicht glaubst, Juden tun so was. Die stecken Zettel in Ritzen.« Kein Grinsen kam über die Lippen. Kein Fünkchen Ehrerbietung an die volle Wahrheit. Jesus beobachtete indes das Geschehen. Raik hatte Glück, wer nichts verstand, konnte auch keine Höllenlisten anlegen. Die Wirtin stoßseufzte. Schaute in die Runde.

»Das glaube ich nicht. Weder das eine noch das andere.«

»Frag doch Schlauchboot.«

»Schlauchboot?«, hakte Antje nach.

»Raik nennt ihn Schlauchboot, weil sein Blick so asylig ist«, erklärte Hanke.

»Raik, das lässt du sofort. Arnsiel ist weltoffen und fremdenfreundlich. So reden wir hier nicht. Du auch nicht!«

Der Fischer tat, als würde die Worte verarbeiten. Er kratzte sich am Hinterkopf. Kräuselte die Stirn. Nachdenklichkeit in jeder Zelle des Körpers.

»Wenn ich ihn so im Streifennachthemd sehe, denke ich, dass er ohnehin kein Ritzenfachmann ist. Nachtkleidchenträger sind da keine Experten.«

Antje lief rot an. Puterrot. Zinnoberrot. Explosionsrot. Ihr Zeigefinger stach hervor und bohrte sich in Richtung des Fischers.

»Du sagst jetzt besser nichts mehr, Raik Deters. Weder über unseren Gast noch über das Nachthemd meines Ehemanns oder über Fachmänner von Ritzen. Das geht dich nämlich alles gar nix an.« Raik Deters lehnte sich genüsslich zurück. Verschränkte die Arme hinter dem Kopf. Relaxing in Dithmarschen.

»Reg dich doch nicht so auf. Wir reden hier nur über die Klagemauer, Antje. Die in Jerusalem. Da steckt man Wunschzettel in die Spalten und betet um die Erfüllung.« Raik Deters grinste hinterhältig. »Mehr nicht. Ich bin völlig unschuldig, ich rede nur über eine Mauer, liebste Antje.«

»Ich auch«, zischte die Wirtin, »aber ich meine die in deinem Männerkopp, Raik Deters.«

***

Das Unmögliche ist möglich und
das Mögliche ist manchmal unmöglich.

***

Peter Bruns hatte einen Stapel Kleidung auf das Bett des Gästezimmers gelegt. Jeans und ein weißes T–Shirt von Kai, dazu ein weißes Hemd von sich, das aus einer Zeit stammte, als er beim Duschen noch seine Füße sehen konnte, sowie Antjes handgestrickte blaue Wollsocken. Sogar ein Paar Straßenschuhe in eingeschätzter Größe hatte er herausgesucht. Der Mann im Nachthemd und Beerdigungsschlips stand vor dem Bett und betrachtete den Stapel. Nicht als inneres Bedürfnis oder Eigenidee, sondern weil der Wirt neben ihm stand und mit dem Finger darauf wies.

»Nun hör mal gut zu. Das, was du anhast, tragen echte Männer nur des Nachts. Mein Großvater hat Nachthemden getragen, genauso wie mein Urgroßvater und sein Vater davor. Die stacheligen Kalkstelzen müssen auch mal Luft bekommen. Aber wie du es trägst, so was machen wir hier in Dithmarschen nicht. Das geht überhaupt nicht. Vielleicht machen das die Städter, aber hier wohnen keine Städter. Hier ziehen sich Männer wie Männer an und Frauen wie Frauen. Verstehst du mich?«

Vom Stapel zum Wirt, vom Wirt zum Stapel, der Fremdling schaute auf und nieder. Deutungsnotstand und Erfassungsbedarf. Die himmelblauen Augen blieben an Peter Bruns kleben.

»Min Jung, hat dein Vater dir das nicht erklärt? Väter machen so was normalerweise. Die sprechen mit ihren Söhnen, wenn es um solche grundlegenden Sachen wie Hosen geht.«

Auch diese Mitteilung kam aus erklärlichen Gründen nicht an. Peter Bruns holte Luft. Wo sollte er anfangen? Bei Adam und Eva wäre in jedem Fall zeitraubend. Ergo sprang er mittig hinein und versuchte, das Wort *Vater* und als zweites Wort *miteinander Reden* mit Händen und Grimassen darzustellen. Die blauen Augen des Nachthemdlers grübelten. Der Wirt ahnte, dass er Vater vermutlich falsch gestikuliert hatte, und schraubte an der nächsten Performance. Er drückte den Fremden zum Setzen aufs Bett und strich ihm über das Haar. Die Vollkornspaghetti wurden betütelt. »Vater, du verstehst.« Er strich weiter. Der Fremde schien zunächst verdattert, hernach zog sich die Stirn kraus. Sickerte etwas durch? Er wies nach oben.

»Abba?«

Der Wirt stellte ein Fragezeichen ins Gesicht. Wie konnte man das nur falsch verstehen? Brillante Wiedergabe und höchste Konzentration bei der Darbietung von Sprachteilchen und was kroch dabei heraus? Vier Quaklotten, die allesamt so aussahen, als hätten sie sich auch bei den Klamotten vergriffen.

»Nee, nicht die schwedischen Hupfdohlen. Meine Güte, Junge. Ich meine deinen richtigen Vater. Der sagt einem normalerweise, dass ein Kerl immer die Hosen anhaben muss. Das ist wichtig für das ganze spätere Leben und auch für die Frauen. Die können sich am Sonnenlicht der Hose ausrichten. Deswegen tragen Männer die Büx. Wegen der Ausrichtung und der männlichen Strahlkraft.«

Peter Bruns zupfte an seiner Strahlkraft-Büx und signalisierte die hervorbrechenden Lichtströme, indem er mit den Armen weit ausholte und die Beleuchtungsfäden im Raum verteilte. Trotz allen Einsatzes – kein Leuchtfeuer über dem Zielgebiet. Das Gesicht des Fremden blieb erkenntnislos. Der Strahlenwerfer resignierte.

»Ach, das hat doch alles keinen Zweck. Du kommst bestimmt aus einer Großstadt. Die Städter haben zu viele Wege zur Verfügung. Das ist nicht gesund. Hier, auf dem Land, kennt man nur einen Weg. Immer geradeaus. Und wie soll ich dir das im Schnelldurchlauf beibringen, wo jahrzehntelanger Kuddelmuddel herrschte?«

Der Mann im Nachthemd tat das einzig Richtige. Er zuckte mit den Schultern. Mittlerweile hatte das Niveau der nonverbalen Unterhaltung eine passable Qualität erreicht. Das Antlitz des Wirtes zerknauschte.

»Hast recht, min Jung. Ich verstehe das auch alles nicht. Wieso auch?« Peter Bruns setzte sich zu ihm. So saßen sie minutenlang in völliger Eintracht da, Ratlosigkeit und Unverstand auf einem Bett. Wenn da nicht die Reminiszenz an die Bundeswehr gewesen wäre. Peter Bruns schnellte von den Sprungfedern hoch. Wenn nichts mehr half, dann musste ein klarer Einsatzbefehl her. Die Antwort auf alle Fragen trug oliv-braun. Nur, wenn die Struktur klar war, konnte der Geist erfassen.

»Anziehen!«, brüllte er und auch der Nachthemdler sprang hoch. Herzrasen. Fahles Gesicht. Der Wirt riss die Jeans aus dem Stapel, drückte sie dem Verdutzten in die Hand und richtete sich auf. Dieser erhabene

Moment bedurfte einer Ansprache. »Waffenbrüder, wollt ihr Chaos? Wollt ihr Kuddelmuddel? Nein! Dann erhebt die Schwerter, Brüder. Greift zu den Bögen, ihr Schützen, und steigt auf die Pferde, wehrhafte Ritter. Ein jedweder Bruder muss irgendwann zum Krieger werden. Zieh die Büx an, Junge. Für unser Land. Für den Glauben, die Weiber und unser Leben. Sei ein Mann!«

$$***$$

Die Senioren hatten sich mittlerweile in der Gaststube eingefunden und am Frühstückstisch Platz genommen. Die Alten saßen gegenüber von Raik und Hanke. Molly lag unter dem Tisch und nahm noch einen kleinen Schlummer. Sie schnurchelte. Ein süßer, beruhigender Brummton als Hintergrundgeräusch flog durch die Luft. Der Wissensträger sämtlicher Neuigkeiten, Raik Deters, war damit beschäftigt, die Senioren von allem zu unterrichten. Der Informant senkte die Stimme.

»Stellt euch vor, der Fremde hatte ein langes Nachthemd an, als er die Treppe herunterkam. Mit einem Schlips als Gürtel und rosa Frauenpuschen.«

Sei es gedankt, Antje Bruns hörte von alledem nichts. Sie wischte die Theke ab und sortierte Gläser. Ansonsten wartete die Wirtin darauf, dass die Kaffeemaschine bereit war, Unmengen an braunem Nass für die große Thermoskanne auszuspucken. Raik senkte weiter den Tonfall.

»Ihr hättet Antjes Gesicht sehen sollen. War die sauer. Sie dachte, wir wären das gewesen. Aber das waren wir nicht.« Raik glückste. »Es war ein Streifennachthemd. Eines von Peter. Der trägt so was. Ein Nachtkleidchen.« Der Fischer prustete. »Stummel, was meinst du dazu?«, brach es aus ihm hervor. »Ist das nicht pervers für einen Kerl?«

Stummel nahm die Brille ab und rieb die Gläser am Rand des Pullovers sauber.

»Warum sollte er kein Nachthemd tragen? Das machen viele Männer.« Raik wieherte los. Tränen rannen über das Gesicht.

»Viele Männer? Ein Nachtkleidchen mit schmalen Streifen für Mäuserichs schlanke Linie? Oh, nee …«, er schlug sich auf die Schenkel, »Das geht doch gar nicht. Peter nachts im Fummel. Könnt ihr euch das vorstellen? Da kriegen selbst Gespenster das Grauen.« Rentner Hermann mischte sich ein.

»Ist es nicht egal, was man nachts an hat? Es ist doch dunkel.«

»So was kann ein Mann auch nur im Dunkeln tragen. Stellt euch vor, was Schnuggeliges liegt nebenan. Da sind nackte Männerbrust und Shorts angesagt. Die wollen doch auch mal was zu sehen bekommen.«

Stummel setzte die reinliche Brille wieder auf.

»Ich denke, jeder kann machen, was er will. Das ist doch persönlicher Gusto. Wenn er sich darin wohlfühlt, dann ist es gut. Vielleicht sieht er es auch als kurzen Weg zum Vergnügungszentrum. Oder er ist einfach Traditionalist.« Die wohlwollende Stellungnahme führte bei Raik Deters dazu, dass er nur noch Worte stammeln konnte.

»Wohlfühlen ... M ... Muschikleid ... Peter ... kurzer Weg ... Traditionalist ...« Er wischte mit dem Ärmel die Tränen aus den Augen und jauchzte. Freund Hanke dagegen verhielt sich still und linste lieber zu Antje. Ein Mensch achtete am meisten auf sich, wenn er andere beobachtete.

»Raik. Worüber lachst du so hämisch?«, kam es plötzlich von der Theke. Ein kurzfristiger Schauer nistete sich bei den Anwesenden ein.

»Siehst du, das hast du jetzt davon«, wisperte Hanke. Der Fischer machte ein ernstes Gesicht.

»Nichts, Antje. Das sind Männergespräche. Sozusagen, Moschusaustausch am Lagerfeuer. Nichts für zarte Frauenohren.«

Würde Antje Bruns den Köder schlucken?

»Raik, hör auf mit dem Schweinkram. Egal, welcher Art er ist. Hier gibt es kein Lagerfeuer, Moschus wird auch nicht ausgetauscht und lass meine Ohren aus dem Spiel!«

»Na, das ist doch mal eine klare Anweisung«, meinte Stummel und grinste.

***

Molly erwachte. Ein Tisch, acht Männerbeine. Zwei Frauenbeine. Mollys Augen plinkerten. Das Leben als Havaneserin hätte so gemütlich sein können, wenn da nicht die seltsame Präsenz gewesen wäre, die neugierig und beklommen zugleich machte. Die Hundedame stellte sich auf, tippelte auf dem Kachelfußboden. Wenige Schritte. Nur bis sie die Treppe in Augenschein nehmen konnte. Dort tat sich etwas, sie fühlte es schon. Zunächst erschien Peter Bruns die Treppe herunter. Stufe für Stufe. Der Fremdling hinterher. Einen Wimpernschlag weiter standen die beiden Männer im Raum. Das von den Fenstern ausgehende Licht veränderte sich. Illumination als Empfangskomitee. Sie dämpfte Farben und Töne im Raum, minderte die Eile des Moments und gab der Stimmung eine sanfte Melancholie. Architektur war nur umbautes Licht. Körper auch? Beim Fremden hatte es den Anschein. Er strahlte und dafür war nicht die Büx verantwortlich.

»Na, was sage ich euch, sieht so ein Mann aus oder nicht?«

Das Quartett am Tisch nickte, ebenso Antje. Nur Molly zog es vor, sich wieder unter den Tisch zurückzuziehen.

Bluejeans, weißes Langarmshirt, weißes Oberhemd darüber. Das Hemd hing lose über der Jeans. Blaue Socken, Wolle, neutraler Look. Bart gekämmt. Sogar die Haare hatte Peter Bruns gebändigt. Keine losen Vollkornspaghetti mehr, sondern mit einem Band zusammengebundene Haare. Schleifchendekor.

Stummel klopfte anerkennend auf den Tisch und die anderen taten es ihm gleich. Der Mann sah sehr ordentlich aus. Auch Hanke klopfte, obwohl sofort Kritik aus ihm hinauspurzelte.

»Wenn du mich fragst, ist das Haarschleifchen unmännlich.«

»Dich fragt aber keiner«, wandte Raik ein.

»Wieso nicht?«

Stummel seufzte.

»Schon wieder eine unsinnige Diskussion? Ist es nicht egal, was man trägt. Er hat doch jetzt die richtige Bekleidung an.«

»Außerdem will es keiner wissen«, sagte der Fischer, »weil völlig klar ist, dass Schleifchen Muschi sind. Das muss überhaupt nicht diskutiert werden.«

»Aber Peter hat gefragt, ob so nicht ein Mann aussieht, und ich habe gesagt, dass es nicht so ist. Er wollte wissen, ob es weibisch ist oder nicht. Ansonsten hätte er nicht gefragt. Das heißt, er weiß es nicht, dass ein Schleifchen im Haar nur für Frauen ist. Deswegen hat er gefragt und ich habe es gesagt. Warum sagst du immer, dass mich keiner fragt? Das stimmt doch nicht!«

Peter Bruns räusperte sich.

»Nun mal ganz ruhig. Ich sage euch grundsätzlich, lange Haare hin oder her, sie müssen gepflegt sein. Also: Kämmen und Haarband. Die Schleife ist nicht ganz eine Schleife. Mehr so durchgezogene Schlaufen. Was soll man sonst mit zwei langen Enden machen? Ob das männlich wirkt oder nicht, ist doch egal. Da rütteln wir jetzt nicht dran.«

Raik rüttelte doch.

»Wenn lange Haare männlich zusammengebunden werden sollen, dann hättest du besser ein Gummi genommen.«

»Raik Deters!« Das Femininum des »Lütt Hüs« meldete sich. »Kannst du endlich mit dem schmutzigen Zeug aufhören!«

»Antje, wenn ein Gummi schmutzig ist, dann sollte es sowieso nicht mehr benutzt werden. Auch nicht im Haar. Ich meinte ein frisches.« Antje stemmte die Hände in die Hüften. »Gummiband, Antje. Ich meinte ein Gummiband.«

»Dein Glück, Raik Deters. Ich denke, ich werde mal ein Wörtchen mit deiner Mutter reden müssen und ihr alles erzählen. Absolut alles.«

Konnte das einen Seemann erschüttern? Sobald Fische Fischer fingen, Schiffe unter dem Meer segelten und Regen nach oben fiel. Dann vielleicht. Vorher nicht.

$$***$$

Novemberblues im September. In der Frühe hatte der Tag in Arnsiel nahezu makellos begonnen. Besonders das Himmelsspiel in den Farben von Zimt bis Grellorange bot einen außerordentlichen Reiz. Dem entgegen schlug nun die feuchte Meeresluft in Hochnebel um. Diesigkeit bemächtigte sich des Landstrichs und bedeckte notdürftig die Narben, die das Wasser am Vortag geschlagen hatte. Diese Art von Nebel schenkte ein gedämpftes Gefühl und Zeit für Innenansichten. Das »Lütt Hüs« verweilte ruhig darin und alles Dasein schien gedrosselt.

Nach dem Gummidisput wandte sich die Runde langsam dem Wesentlichen zu – dem Frühstück. Reichlich hatten die Wirtsleute den Tisch gedeckt. Alles, was das Herz begehrte, stand auf einem rot-weiß karierten

Tischtuch. Der Duft von Brötchen zog durch den Raum. Kaffeegeruch als Untermalung und auch das Odeur von Antjes furztrockenen Frikadellen fehlte nicht. Der Wirt eröffnete das Frühstück. Tellerklappern, Besteckklötern und hungrige Stille schlossen sich an. Die ersten Happen wurden eingenommen. Peter Bruns saß am Kopfende, zu seiner Rechten Antje, Stummel und Hermann. Zur Linken, Raik, Hanke und der Fremde. Alle hantierten, nur der Fremdling tat nichts. Er beobachtete. Ein feiner Blick des Mannes über das Gelage. Peter merkte auf und sah ihn direkt an.

»Greif doch zu, Junge. Du musst noch was auf die Rippen kriegen. Na, los …«

Der Wirt zeigte auf den Frühstückstisch. Doch der Fremde nahm nichts.

»Was ist mit ihm?«, fragte Hanke.

»Nix«, meinte Raik. »In manchen Ländern hat man es nicht so mit Messer und Gabel. Ich mach das schon.« Raik Deters legte sein Fleischsalatbrötchen zurück auf den Teller und nahm die Finger der Hand zusammen. Mit den gebündelten Fingerspitzen zeigte er im Stakkatotakt in Richtung Mund.

»Mangare. Du verstehst?«

Alle Augen richteten sich auf den Fremdling. Würde der Einsatz zu Verständnis, Verärgerung oder Verhaltensauffälligkeiten führen? Hanke unterbrach das Beäugen.

»Mangare. Ist das nicht italienisch? Glaubst du, er ist Italiener? Die können doch mit Messer und Gabel essen, oder nicht?«

Richtungswechsel der Augenpaare. Zentrum: Hanke.

»Musst du immer so viel fragen?«, schimpfte Raik los.

»Ich dachte nur, er kann einzig und allein Hebräisch. Warum sprichst du dann italienisch?«

»Das ist Kulturgut, du Horst. Ich mache hier gerade auf Entwicklungshilfe und du störst mit denken. Mangare was, dann hältst du wenigstens den Schnabel.«

Der Mann mit dem Schleifchen im Haar unterbrach die Streithähne auf aktive Art. Er nahm ein Brötchen aus dem Korb. Vollkorn. Bestreut mit Sesam und Mohn. Der Fremde legte das Teilchen auf den Teller. Fragende Stille setzte ein. Plötzliche Erregung auch. Er erhob das Messer. Beim Anstich schrak Antje zusammen. Die anderen konnten sich gerade noch bändigen. Das Brötchen knackte knusprig. Ungelenk sah die

Vorgehensweise nicht aus. Zumindest mit dem Messer konnte er umgehen. Die Frage, ob er doch ein Schlitzer sei, tauchte nicht auf. Andere schon: Welchen Aufstrich würde er wählen? Wie auf dem Brötchen verteilen? Würde er vom Brötchen abbeißen oder es zermusen? Essen oder grunzen?

Der Fremdling schaute zu Hankes Kaffeebecher. Murmelte etwas, nickte und ergriff die Schale mit dem Fleischsalat. Er benutzte den Löffel. Einen Klacks setze er auf das Brötchen, um den Aufstrich anschließend mit dem Messer zu verteilen.

»Meine Schule!« Raik Deters zog die Schultern auseinander und machte sich breit.

»Seht hin, ihr könnt noch eine Menge von mir lernen. Ich bin der geborene Lehrer.«

Von weit her kam der klagende Schrei einer Möwe. Hatte sie die Worte, die gerade der Sonne ausgesetzt worden waren, gehört? Schimpfte sie oder trotzte sie der Überheblichkeit? Ganz egal, wie es die Möwe sah, dem Gast aus dem fernen Lande schien es zu schmecken. Das allgemeine Frühstücksgebabbel setzte wieder ein.

»Habt ihr gesehen, was mit dem Wasser los ist? Ich finde das unheimlich.« Ein Fischer, der Meerwasser unheimlich fand, hatte Seltenheitswert.

»Ich habe das auch bemerkt.« Stummel biss vom Brötchen ab und die nähere Erläuterung verschwand in einem Berg von dünnen Leberkäsescheibchen. Mit einer bloßen Maßregelung von Ehefrau Sybille wäre er nicht davon gekommen. Tagelange Schweigebestrafung hätten in Aussicht gestanden. Umso mehr schmeckte es ihm jetzt.

»Stimmt. Sehr merkwürdig – und dann ist es auch noch diesig geworden.« Peter Bruns beschmierte sich das nächste Brötchen und wurde nicht für den Teewurstbelag von Antje bestraft. Dafür würde ihn die Waage mit solchen Zahlen anbrüllen, die die Welt noch nicht gesehen hatte.

»Was ist mit dem Wasser?« Die Wirtin hatte bisher nur kurz von dem Draußen Notiz genommen. Gestern Inferno, heute schwappte bloß etwas Wasser an die Hauswand. Was machte das schon? Im Gegensatz zur Untergangsstimmung vom Vortag mutete die Stimmung heute geradezu muggelig an.

»Es hat sich nicht zurückgezogen, Antje. Kein Stück. Dabei haben wir nun mal Ebbe und Flut. Keine Ebbe, auch nicht zur rechten Gezeit. Immer nur Wasser. Seltsam.«

»Vielleicht ist es nur ein Problem mit dem Deich«, meine Fischer Raik. »Er ist gebrochen, aber irgendetwas stört den Rückfluss und wir haben Ebbe, aber eben nicht hier, weil es ein mechanisches Problem ist«.

»Na ja, ist doch egal. Deichbruch ist Deichbruch und Wasser ist Wasser. Das Loch im Deich ist in der Nacht sogar noch größer geworden. Wir müssen Hilfe holen. Wer weiß, ob wir nicht wieder überspült werden. Möglicherweise sogar noch stärker als gestern. Hanke, bevor du gleich wieder losheulst. So leicht stirbt es sich hier nicht. Wenigstens nicht, solange ich der Hausherr bin.«

»Wasser. Steigen. Stärker als gestern?« Hanke war ganz Ohr. Das Hirn selektierte gnadenlos.

»Kann sein«, kam lapidar von Raik, was Hanke noch nervöser machte.

»Ganz ruhig bleiben, Hanke«, sagte Antje.

Was meinte Hermann dazu?

»Hanke, du brauchst keine Angst vor dem Tod zu haben, er ist nicht so entsetzlich, wie das Leben manchmal sein kann, und Peterle schützt uns doch. Wir ertrinken nicht.«

»Stärker–als–gestern? Keine–Angst–vor–dem–Tod–haben?« Die logische Folge lief nicht den Beschwichtigungen hinterher, sondern dem Anblick eines Ertrinkenden, der die Hände zum letzten verzweifelten Hilferuf über das Wasser streckte, verkrampfte, um dann im dunklen Schlund des gurgelnden Wassers zu versinken. Hanke schluckte. Grausames Sterben, was nützte einem da ein unentsetzlicher Tod? Aufgerissene Augen. Geöffnete Tränenkanäle. Hanke hob an. Wimmernd.

»Wir–werden–alle–sterben. Wir–werden–alle–sterben. Wir–werden–alle–sterben …« Das üble Mantra schien sich wieder festzufressen. Zum Unglück kam noch eine Variante hinzu: »Grausamer–Wassertod. Grausamer–Wassertod … Grausamer–Wassertod … Grausamer Wassertod …«

»Hanke!«, fuhr der Wirt das beschwörungsformelrappelnde Bäuerchen an. »Wenn du aufhörst mit dem Mist … dann … dann … wir könnten es doch mit der Schrotflinte versuchen, um auf uns aufmerksam zu machen. Dann darfst du auch mit der Schrotflinte ballern. Aber wehe dir, es folgt noch irgendeine Litanei.«

Hanke stockte sofort. Mantra-Aus. Mit der Schrotflinte ballern? Wer hätte gedacht, dass ein zuckersüßer Bonbon niederfiel? Stürmische Fantasieblasen in allen Köpfen entstanden. Am Tisch wurde schlagartig so mancher Kindheitstraum durchlebt. Keiner durfte es, jeder wollte es.

Ballern. Schrotflinte. Megaspaß. Hanke verharrte. Er hörte zu. Wo war das Mantra geblieben? Es wurde durch das Geräusch krachender Schüsse in einsamer Gegend und fallender Tauben unter Hundegebell überschrieben. Peter Bruns bemerkte den Sofortgewinn eines schweigenden Hankes. Dennoch wollte er überprüfen, ob das Geschäft in Gänze stand.

»Werden wir sterben, Hanke?«

Der Bauer nahm Blickkontakt zu dem Geschäftspartner auf. Hanke kniff die Lippen zusammen und schüttelte den Kopf.

»Werden wir elendig ersaufen?«

Hankes Augen wuchsen. Kein Wort. Lippen verschwunden. Eingesaugt.

»Gibt es für uns einen grausamen Wassertod?«

Ein lang gezogener Signalton kam aus der Tiefe der ängstlichen Männerseele. Doch kein Mantra folgte. Schweigen. Das Druckmittel hielt. Peter Bruns atmete auf. Nur die präzisen Modalitäten mussten noch festgelegt werden.

»Fünfzig Schuss. Doppelläufige. Macht fünfundzwanzig Mal laden und Spaß. Mehr gibt's nicht. Ich handle nicht. Und merke es dir: kein Mantra, gleich welcher Art mehr. Null. Sonst hast du mit Zitronen gehandelt und nicht mit einer Wumme.«

Das Bäuerchen nickte. Unfassbares Grinsen folgte. Ein Wort war ihm ins Gesicht geschrieben: Ballern.

***

»Eines ist klar, wir müssen Hilfe holen. Wer weiß, was uns sonst noch passiert. Heute ist Sonnabend. Unser Briefträger kommt sonnabends nie. Somit kann er unsere Notlage auch nicht sehen. Ich erwarte keine Pakete, also kommt heute auch kein Paketbote. Vielleicht werden Gäste, die den Deich längs spazieren, aufmerksam. Ein Deichbruch und ein geflutetes »Lütt Hüs« pikst schließlich ins Auge. Aber wer geht bei solch einem Nebel spazieren? Wir sind also auf uns allein gestellt. Ich ziehe Bilanz: Kein Telefon. Wasserumspült. Nebel. Raik will nicht schwimmen. Hankes Ballern allein wird vermutlich nicht helfen. Gibt es noch irgendwelche Vorschläge?«

Wenn man nicht mehr weiter weiß, bildet man einen Arbeitskreis. Der Rudelführer Peter Bruns hatte beschlossen, seine Entscheidung auf breite Beine zu stellen. Doch der Arbeitskreis wollte nicht so richtig loslegen. Die Gehirne versuchten mitzuhelfen. Scheiterten kläglich. Die Stimmbänder blieben unbenutzt.

»Will denn hier keiner etwas sagen?« Es wollte keiner etwas sagen.

»Vielleicht sollten wir mit einer einfacheren Aufgabe anfangen. Der Fremde braucht einen Namen. Wir können ihn nicht namenlos lassen. Das ist unhöflich. Gibt es dazu irgendwelche Vorschläge?«

Der Arbeitskreis verweigerte sich erneut. Reden kam von der Natur, Schweigen vom Verstand. Niemand wollte sich mit einem Namen ins Wespennest setzten.

»Himmel–Herr–Gott–noch–einmal! Es wird euch doch ein Name einfallen! Muss ich erst Daumenschrauben einsetzen?«

»Wir könnten Jesus *Jesus* nennen, weil Jesus *Jesus* ist. Dass er so heißt und es ist, hat mir die Stimme gesagt.«

»Nicht dein Ernst?«, fragte der Rudelführer nach.

»Ich finde Schlauchboot gut. Das ist so plastisch«, flocht der Fischer ein.

»Raik. Das hatten wir bereits geklärt«, zischelte die Wirtin. Der Rudelführer zog die Augenbraue hoch.

»Antje, mein Täubchen, was meinst du damit? Wieso Schlauchboot? Was wurde geklärt?« Das Täubchen wollte nichts erklären. Es flog einen Angriff.

»Du möchtest doch auch nicht von uns als Abgewrackter–Kahn gerufen werden?«

»Hey, mein Schiff ist kein abgewrackter Kahn. Die ›Nepomuk‹ ist ein moderner Fischkutter. Fast ein Trawler mit Luxus.«

»Fischkutter–mit–Klo ist auch kein schöner Vorname.«

»So. Ich sag gar nichts mehr. Da will man helfen und dann ist es auch nicht richtig.« Raik Deters, der fortan keinesfalls Fischkutter–mit–Klo heißen wollte, verschränkte die Arme vor dem Körper.

»Hat noch jemand eine Idee? Diesmal vielleicht eine brauchbare?«

»Warum können wir nicht einfach bei Jesus bleiben?«

»Han–ke!« Keine der Silben hatte einen gefälligen Ton. Genauso wie: »Nerv–nicht!«

Stummel trat in den Arbeitskreis ein, als Stimme der Vernunft.

»Warum sollen wir ihn nicht Jesus nennen? Immerhin ist der Name im Spanischen und auch in Italien durchaus ein gängiger Vorname. Was macht es, wenn wir auch einen Jesus in Dithmarschen haben? Fragen wir ihn doch einfach.«

»Wie soll das gehen?«, brummte der Rudelführer.

»Ganz einfach.« Stummel stimmte sich ein. Räusperte. Er suchte die Tonlage *Kleinbus in Fahrt. Eichhörnchen auf der Straße. Tierwohl in Gefahr.*

»Jesus …!?«

Der Mann in der Bluejeans wandte sich Stummel zu. Rege Aufmerksamkeit blitzte im Gesicht.

»Siehst du, Peter. Es passt. So leicht kann eine Namensfindung sein.«

Der zweite Tagesordnungspunkt Namensfindung erhielt damit einen Erledigungshaken. Wie stand es um Tagesordnungspunkt eins? Der Rettung von Mensch, Haus und Hof?

»Wartet mal«, sinnierte Peter Bruns. »Da fällt mir glatt etwas ein … Schlauchboot …«

»Mir auch. Ist echt ein schöner Name. Jesus lassen wir. Dumme Idee.« Der Fischer witterte Morgenluft.

»Nee. Nee. Nee. Jesus bleibt. Das meinte ich nicht.«

»Was dann?«

»Garage.«

»Hä?«

»Ich habe noch ein altes Schlauchboot in der Garage liegen. Das könnte unsere Rettung sein.«

»Was meinst du damit?«

»Wir pumpen es auf, schippern bis zur Landstraße. Von da aus per Anhalter nach Wesselburen. Notfallalarm auslösen. Die Bundeswehr rückt an. Mit Sandsäcken, schwerem Gerät und Spaten. Und dann wird alles wieder gut.«

»Was heißt *wir*?

»Raik, du bist Fischer. Du ruderst. Ich bin bei dir.«

»Wie bitte? Zu allererst sollte ich schwimmen, weil ich Fischer bin. Jetzt soll ich rudern, weil ich Fischer bin. Ich muss als Fischer grundsätzlich nicht schwimmen, weil ich ein Schiff dafür habe. Außerdem rudere ich nicht, da ich ein hypermodernes Wasserfahrzeug mit Motor habe. Außerdem ist draußen Nebel. Bei Nebel und ohne Navi schippert ein Fischer nicht. Warum soll ich also etwas tun, was angeblich Fischer machen, was ich aber nicht mache und nicht machen möchte. Ich hasse schwimmen, rudern und Nebel.«

»Nun schmeiß mal deine kleinlichen Vorbehalte über Bord und erinnere dich an die Wurzeln der Seefahrt. Das wahre Denkmal eines Mannes ist sein Mut. Was ist schon Schwimmen und Rudern im Gegensatz zu Ertrinken und Sterben?«

Hanke Harms zog die Lippen ein und Raik Deters wollte ganz und gar nicht ein Denkmal sein.

**

Willst du eine Frau verstehen, so musst du eine Frau sein.
Willst du einen Mann verstehen, so musst du schon der liebe Gott sein.

**

Als Mann der Tat zog es den Wirt vom Frühstückstisch hoch. Bundeswehrkerle–wie–wir–Blick. Bierbauch rein, Brust und Schultern raus.

»Ich kann auf keine Befindlichkeitsstörungen eingehen. Wir rudern! Genauer: Du ruderst. Keine Widerworte.« Der Fischer stöhnte. »Männer! Wir treffen uns um zwölfhundert.« Der Wirt schaute zu Raik Deters. »Für die von der Marine: Acht Glasen. Für Hanke, wenn der große und der kleine Zeiger knuddeln. Treffpunkt: Erdgeschoss. Genau vor der Treppe, auf den Kacheln, aufrecht stehend. Dresscode: manövertauglich. Die Frauen kümmern sich um die Verpflegung.«

»Peter Bruns!«, schrillte Antje los, die sofort erfasst hatte, was das hieß. »Was soll das heißen? Was meinst du mit Frauen. Du meinst wohl MICH. Oder siehst du hier noch ein anderes weibliches Wesen? Soll ich etwa alles alleine machen?« Der Einsatzleiter des Manövers dackelblickte Antje an. Zivilistin und Ehefrau. Glückes Ungeschick. »Ich verstehe dich also ganz richtig. Ich habe die ganze Arbeit in der Küche an den Hacken und ihr geht draußen spielen.«

»Spielen, spielen … Wir retten Leben. Unser Leben«, entrüstete sich der Einsatzleiter heftig. »Der Deich muss gesichert werden. Dazu brauchen wir Unterstützung. Was ist, wenn das Wasser wieder kommt? So lange ist das noch nicht her, mit der Todesangst. Was ist, wenn der schwere Sturm erneut bläst? Die üblen Wolken kommen? Das ist kein Spielkram, so etwas muss in die Hände von erfahrenen Männern gelegt werden.«

»Erfahrene Männer? Und warum macht *ihr* das dann?«

Böse Worte von einer ansonsten lieblichen Maid. Der Wirt suchte eine Entschuldigung für Antjes feindlichen Funkenflug. Wasser. Ertrinken. Kochen. Sieben Hungrige, ein Hund. Burn-out auf Hausfrauisch. Er hatte in der Mehrzahl gesprochen. Woher eine zweite Frau nehmen und nicht stehlen? Der Blick blieb an Jesus hängen.

»Keine Angst, mein Täubchen. Ich habe alles im Griff. Jesus hilft dir. Ist das nicht ein Segen? Für ein hartes Männermanöver ist das spacke Kerlchen sowieso untauglich. Aber er hat so viel Gutes an sich, er ist für die Schwachen und Ausgestoßenen da und kann bestimmt Kekse backen. Mehr erwartet man doch auch von keiner Frau.«

Antje sendete einen Feuerblick und spuckte ein »Was?« aus.

∗∗∗

»Ach, mein Schnuckelpuckel, das war doch nicht so gemeint.« Peter Bruns umarmte die dampfende Zivilistin. Raik und Hanke standen abseits und beobachteten die Einschleimversuche mit Neugier.

»Guck dir das mal an«, raunte Raik Deters seinem Freund zu. »Ist das nicht oberpeinlich.«

»Wieso?«

»Ein gestandener Mann, der jault und kriecht.«

»Mein Honignäpfchen, wer wird denn gleich. Das war doch eher vielschichtig gemeint als beleidigend.«

»Ich denke«, murmelte der Fischer, »das war eher versehentlich mies als gut überlegt. Sein Punktekonto hat er damit leer geräumt und nun muss er kratzen.« Hanke nickte und machte einen gedanklichen Rösselsprung.

»Ich möchte auch irgendwann heiraten.«

»Das wird auch Zeit bei dir, du bist bald fünfunddreißig. Aber empfehlen tue ich das niemandem. Schau dir Peter an. Danach mich. Betteln ist genauso unschön wie geschieden sein.«

»Ich will nicht betteln oder mich scheiden lassen.« Raik Deters lachte bitter auf.

»Da hast du die Rechnung aber ohne den Wirt gemacht. Mein Wirt hieß Mareike. Es sei denn, du kannst gut schleimen. Lerne von Peter und schau dir das Kriechen an. Willst du das?«

»Mein Sahnehäubchen, du bist nicht nur zum Keksebacken gut. Du kannst alles, was du willst, wenn du es willst. So ist das bei den fabelhaften Frauen. Du kannst sogar nett sein zu deinem dich ewig liebenden Ehemann, der dich äußerst verehrt und auf Händen tragen möchte. Bis in alle Ewigkeit.«

»Mann. Mann. Mann. Ich stecke mir gleich den Finger in den Hals.«

»Hutzelputzel, dein Bärchen hat dich lieb.«

»Meine Güte, ist das eklig. Kotz–brech–würg.«

**

Krieg ist scheiße,
aber der Sound ist geil.

**

Kurz nach acht Glasen, dem Knutschen des großen und des kleinen Zeigers, wenige Minuten nach zwölfhundert.

»Männer! Macht mich stolz! Nebel ist das Dessertbesteck des Todes, das ist bekannt. Aber wir fürchten uns nicht.« Peter Bruns stand auf einer umgedrehten Bierkiste in der Garage. Vier Männer schauten zu ihm auf. Torfmoorige Kälte zog ihre Beine empor und der Nebel schuf Grauen. Klamme Hände. Klamme Gedanken. Trümmertruppe. Peter Bruns' Blick breitete sich aus. »Die Welt braucht Helden«, er zog die Hand quer über das Gelände. »Was rufen wir der Welt zu? Hier sind wir, Welt, Helden aus Dithmarschen. Wir trotzen dem Tod, vergessen die Gefahr und stellen uns dem Schreckgespenst des Abgrunds. Redlichkeit ist unser Vorteil. Ein Jeder dient in Treue dem höheren Zweck. Kein Rücken ist von peinlicher Flucht gebrandmarkt und kein Zaudern oder Zagen lodert in den Gebeinen. Was war das Höchste vor Urzeiten, das ein Bürger sagen durfte? Ich bin Römer. Was ist heute die Krönung des Daseins? Ich bin ein Dithmarscher. Männer an die Waffen, es ist Zeit, sich zu beweisen.« Peter Bruns ballte die rechte Faust und streckte sie dem Nebel entgegen. Der Feind erhielt die Faust als Warnung. Die Zeit des Handelns brach an. »Hinten im Verschlag ist das Schlauchboot. Hanke, Raik, ihr holt das Schlauchboot da raus und ich suche die Handpumpe. Irgendwo muss das Ding sein.« Raik und Hanke trotteten los. Laue Einsatzmoral. Der Wirt dagegen stürmte in die Garage und hielt Sekunden später ein. *Was mit Stummel und Hermann machen?* Niemand sollte ohne Auftrag sein. Kein Kamerad sich nutzlos fühlen. Stummel stupste Hermann an, der Molly auf dem Arm trug. Beide hatten schon gehofft, dass der Mobilisierungs-befehl an ihnen vorüberging.

»Ihr beiden habt die wichtigste Aufgabe ...« Die Senioren sackten in sich zusammen. Sollten sie Sandsäcke befüllen? Das Wasser wegeimern? Oder Stege bauen? Molly müsste vielleicht auch mithelfen. Niemand kam hier ohne Aufgabe davon. Egal, wie zittrig oder tierisch er war. Stress lauerte.

»Das Feld sondieren, Männer. Ausschau halten. Seid wachsam. Du auch, Molly.«

Peter Bruns ließ das Gesagte einen Moment wirken und stürmte zurück in die Garage. Stummel bemerkte trocken, dass diese Aufgabe besser war als jede Aufgabe, die er jemals von Sybille bekommen hatte. Zwischen Hauswand, schwappendem Wasser und Nebelsuppe war nicht viel zu son-dieren. Stummel schlug vor, dass sie ab und an ein: »Siehst du das auch?«, rufen sollten. Worauf die Antwort immer lauten würde: »Ist harmlos.« Als Nachweis für die Notwendigkeit ihrer Tätigkeit und als Vorbeugung, um nicht doch noch für härtere Aufträge benutzt zu werden.

In der Garage rumpelte es. Ziehende Geräusche drangen nach draußen. Gezerre und Gezeter. Ein Schlauchbootknäuel trat zutage. Natogrün. Schlaff und luftleer.

Der Wirt fand die Handpumpe. Sichtliche Freude. Frohlocken.

»Wir werden siegen!«, rief er. Hinzu kamen Stimmen aus dem Nebel.

»Siehst du das auch?« Eindeutig Kamerad Stummel. Es folgte »Ist harm-los!« von Waffenbruder Hermann. Peter Bruns registrierte das wohlwol-lend. In diesem wunderbaren Moment war er ganz und gar stolz auf seine

Männer, deren Einsatzfreude und auf das schlaffe Schlauchboot nebst Handpumpe.

Schlauchbootaufpumpen. Einem langen Zischen folgte ein niedergeschlagenes Flatulenzgeräusch. Einsatzleiter Bruns hatte die Handpumpe des Schlauchboots betrieben und dabei den Luftzuführschlauch unzureichend befestigt. Das Boot hatte nur kurz Luft erhalten, wurde abgenabelt und fiel geräuschvoll in sich zusammen. Der Kluge kennt viele Auswege.

»Ich habe noch eine Fußpumpe«, stellte er fest. »Ich weiß nur nicht genau, wo sie ist. Ihr helft mir beim Suchen.« Durchwühlen der Garage. Raik tat so, als würde er mithelfen. Hanke maulte. Bald hieß es unter dem Gerümpel: »Operation Fußpumpe – erfolgreich!«

Der ungebrochene Wille des Teamleiters zu Spitzenleistungen schaffte einen fixen Zugang zum Luftzuführschlauch des Bootes. Mittlerweile pumpte er, was das Zeug hielt. So viel Fitnesstraining bekam sein Körper selten. Hanke stellte fest, dass das Boot sogar einen Namen trug. »Pan« war schon zu sehen.

»Ich sehe nur Pan. Wie heißt es denn?«

»Lass dich überraschen«, meinte der Pumper.

»Das Schlauchboot heißt bestimmt Jesus. Würde passen«, streute Raik Deters ein.

»Wieso Jesus? Warum sollte es so heißen? Außerdem kann ich Pan schon lesen. Somit kann es nicht Jesus heißen.«

»Pan ist ein Hirtengott, so was ähnliches wie Jesus. Somit stimmt es«, raunte Raik.

»Du bist gemein.«

»Vielleicht heißt es sogar Pan, Jesus und Dösbaddel.«

»Gemein und fies. Ich bin kein Dösbaddel.«

»Habe ich nicht gesagt.«

»Hört ihr wohl mal auf. Das ist mein Haus. Mein Land. Mein Schlauchboot. Und hier wird nicht gezankt«, wies der Wirt die beiden zurecht.

»Raik hat angefangen. Er hat gesagt, dass das Schlauchboot Jesus heißt.«

»Nein. Es war Hanke. Dösbaddel wollte es nicht glauben.«

»Ist nun gut?!«

Das Schlauchboot nahm Form an. Hanke las weiter.

»Pan ... zer ... kreuzer Potemkin. Genau. So heißt es: Panzerkreuzer Potemkin. Siehst du, es heißt nicht Pan, Jesus und Dösbaddel. Ich wusste es gleich.«

Was machte der Augenblick mit dieser Erkenntnis? Vom Nebel her war es zu hören.

»Siehst du das auch?« Die Antwort folgte sogleich.

»Ist harmlos.«

✳✳✳

»Ich bin also nur zum Keksebacken gut.« Antje stand vor dem Spülbecken in der Küche und pfefferte den gelb-grünen Schwamm ins Becken. Schaum schlug hoch und fiel wieder zurück. Der Kohleintopf simmerte vor sich hin. »Männer!« Antje nahm den Wutfaden erneut auf. Jesus beobachtete sie. »Als ob das nicht schon genug wäre … Nein … ich soll auch noch für alle Ausgestoßenen und Schwachen da sein. Weil ich eine Frau bin. Und zwar NUR, weil ich eine Frau bin. Das ist doch unfassbar. Bin ich aufgrund meines Geschlechts eine keksebackende Empathieschwachsinnige?«

Antje drehte sich in Richtung Jesus. Er ging einen Schritt zurück. Hilfesuchend schaute er auf den Henkelbecher. Antje guckte ebenfalls den Becher an. »Der hilft dir jetzt auch nicht. Antworte! Sehe ich etwa so aus, als wäre bei mir genetisch ein Riechfläschchen eingepflanzt?«, giftete sie Jesus an. Sie erntete große Augen. Trotzdem Henkelbecherblick. Wortloses Kopfschütteln folgte.

»Kann ich obendrein als Frau nur Kekse backen?«

Kein Becherblick mehr nötig. Eindeutiges Kopfschütteln.

»Muss jede Frau einen Sozialtick haben?«

Vehementes Kopfschütteln. Antje stützte sich seufzend am Spülbecken ab. »So etwas muss ich mir von meinem eigenen Ehemann unterjubeln lassen und hinterher kommt er angekrochen. Und das fühlt sich dann auch noch gut an. Die Kerle drehen einem das Herz im Leibe um.« Antje machte Pause, um negatives Gedankengut nachzuladen. »Ich werde permanent in Richtung einer Ausgebeuteten gedrängelt. *Antje, hast du mal ein Riechfläschchen? Antje, du backst so toll. Wann gibt es wieder was Leckeres zu essen? Antje, ich habe mich geschnitten. Wo hast du den Verbandskasten? Antje, Antje, Antje …* Gleichzeitig Köchin, Bäckerin, Nachtarbeiterin und Krankenschwester. Was ist das denn für ein Frauenbild? Und am Ende steht man für Trockengebäck und Obdachlose. Ich wünschte, ich würde wie ein Mann behandelt werden. Gleichrangig. Ohne Wenn und Aber!« Antje Bruns Augen nässten ein.

Jesus ließ es geschehen. Auch er brauchte eine Pause. Gedankenfluss. Er sah Wut und Ohnmacht, ging langsam auf Antje zu und strich ihr über die Schulter. Flüstern. Gut zureden, auch wenn nichts verstanden wurde. Ein sanftes Wort stillt den Zorn.

***

Panzerkreuzer Potemkin stand in voller Pracht in der Garage. Geflecktes Olivgrün. Altersschwach, mit einigen Flicken, aber er stand.

»Seht her, das ist unser Ticket zur Rettung. Soldaten werden bald kommen. Sandsäcke, Pumpen, Generatoren und ein Feldlazarett. Ärzte, Sanitäter und markige Männer für den Rettungseinsatz.« Peter Bruns sah alles schon vor sich. Raik und Hanke nicht.

»Wieso Feldlazarett?«, schob Hanke in die Rettungsfantasie ein.

»Für die Verwundeten.«

»Gibt es denn Verwundete?«

»Noch nicht.«

Das war Hanke nicht geheuer.

»Wer wird denn verwundet werden?«

»Immer das schwächste Glied in der Kette«, brummte Peter Bruns.

»Ich will keine Wunden.«

»Herrgottnochmal, Hanke. Das musst ja nicht du sein.«

»Dann sage ich am besten Antje Bescheid.«

»Mach das ja nicht. Wenn du sie als schwach bezeichnest, dann haut sie dir die Fleischaxt zwischen die Augen. Merke auf, Soldat: Schweigen macht keine Fehler und ist gesund.«

»Wer ist dann Opfer, wenn nicht Antje oder ich?«

»Ich weiß es nicht«, knirschte es aus den Zähnen des Wirtes. »Das ergibt sich später. Wir handeln jetzt.« Der Wirt legte die Paddel ins Schlauchboot.

»Was machen wir genau?«, warf Hanke ein.

»Rudern.«

»Aber ich baller doch?«

»Ja. Wie abgemacht.« Genervter konnte eine Antwort nicht sein. »Die Wumme liegt auf dem Regal und Raik rudert.«

»Rudern. Wieso soll ich das?«

»Weil ich es so will.« Ein Gelassenheitsgebet in diesem Augenblick hätte dem Wirt gutgetan. Zählen bis zehn auch. »Und weil es einem höheren Ziel dient. Falls du auch wissen willst, ob es Verletzte gibt: Ja. Insbesondere dann, wenn mir noch jemand eine Frage stellt. Genau dann gibt es Verletzte. Ist die Frage länger, vermutlich auch die ersten Toten. Und: Ja ... Tote brauchen das Lazarett nicht mehr. Da hilft nur graben. Wer gräbt? Ich. Persönlich. Weil es mir Spaß machen würde.«

Die Frage aus dem nebligen Hintergrund zählte nicht. Sie war rein rhetorischer Natur. »Siehst du das auch?«

Peter Bruns fluchte trotzdem ein *Verdammichnochmal.* Was sagte ihm die Vernunft? Böse Energie in Muskeln umzuwandeln war immer sinnvoll. Der Wirt schob das Schlauchboot an und ächzte.

»Ist harmlos«, war von fern zu hören.

»Stummel, Hermann, der Spähtrupp muss nicht mehr spähen. Wir lassen das Schlauchboot gleich zu Wasser.« Der Rudelführer drehte sich um. Hanke kam mit Schrotflinte in der Hand und Munition in den Jackentaschen aus der Garage. Die Flinte hatte er abgeknickt. Er blieb stehen, steckte zwei dicke Patronen in den Lauf und schloss ihn.

»Wann darf ich losballern?«

Der Wirt zog die Augenbrauen nach oben. Fragen bildeten das Sargtuch dieser Welt und Kommunikation war eindeutig die dunkle Seite des Universums.

»Peter, welche Aufgaben hat der ehemalige Spähtrupp? Was müssen wir machen? Sollen wir das Nebelhorn sein?«, fragte Stummel und Hermann schlug vor:

»Ich kann auch den militärischen Weckruf nachmachen. Wollen wir den nicht nehmen?«

»Hat sonst noch jemand Fragen? Wir könnten ja ein Katalog anfertigen. Mit Seitenzahl und bunten Hochglanzbildern«, brummte der Wirt. Hanke meldete sich. Er hatte noch eine Frage und gegen Kataloge gab es nichts einzuwenden.

»Bist du jetzt wütend?«

»Ich–bin–nicht–wütend!«

Der Tierarzt nahm den Wirt unter Beobachtung.

»Eidechsen werfen den Schwanz ab, wenn sie Stress haben. Papageien zupfen sich die Federn aus und Hunde zernagen ihre Pfoten. Ich hoffe, wir kriegen gleich nichts Ungewöhnliches von dir zu sehen.«

»Ich habe keinen Stress! Mein Schwanz … Ich meine, alles bleibt da, wo es ist, und ich werde auch nicht daran zupfen oder ihn zernagen. Ich will nur nicht mehr reden. Sondern machen!«, fauchte der Wirt und die Truppe erstarrte. Der Wirt ergriff die Gunst der Sekunde. In die Wortlosigkeit warf der Rudelführer sämtliche Anweisungen. Pfeilschnell. Messerscharf. Bundeswehroliv. Ein Handbuch des Handelns. »Hanke, wenn wir in See gestochen sind, dann kannst du ballern. Immer nach oben. Kopfrichtung und Ziel müssen eins sein. Nebelhorn ist gut. Stummel und Hermann machen ein Doppelhorn. Kein säuselnder Seniorenfunk. Stechend scharf. Verstanden?!« Die Männer verstanden und salutierten. »Der militärische Weckruf ist nicht verwendungsfähig. Wir sind wach. Wir sind doch wach? ODER?« Das *Oder* gellte über die Nordsee. Niemand traute sich, zu antworten.

»Höre ich ein Ja oder ein Ja?« Peter Bruns Stimme machte keine Anstalten, sanft zu wirken. Eher: despotisch deutlich. Nichts für Primadonnen oder Erbsenprinzesschen, weil kein Feenstaub daran klebte. »Was höre ich?« Es brach ein Stimmengewirr los, das von der Gesamtheit grundsätzlich zwar eine Art Bejahung beinhaltete, aber konfus daher kam. Mehr so als Ja–ja–ja. Was bewies: Es war möglich, Steine zum Blühen zu bringen. Wenn nötig, sogar alle auf einmal.

Raik Deters musste trotzdem nachhaken.

»Nur noch mal zur Kenntnis: Ich will nicht rudern und schon gar nicht im Nebel. Kann Hanke das nicht machen? Oder Stummel? Oder Hermann?«

»Nein!«, knirschte der Wirt. »Hanke ist ein Bremsklotz am Siegeswagen des Einsatzes. Er ballert. Die Nebelhörner rudern auch nicht oder hast du schon mal ein ruderndes Nebelhorn gesehen? Du ruderst.«

»Hanke wäre besser. Rudernde Ballermänner sind möglich.«

»Aus jetzt! Wir machen sofort auf Schlauchboot, Raik Deters. Du hast doch kein Problem mit dem Wasserlassen? Oder?«

Null Chance mehr. Raik sagte nichts. Keine Probleme beim Wasserlassen.

Panzerkreuzer Potemkin schwamm auf der Nordsee. Der Kommandoführer saß bereits am Kopfende. Aufrecht und stramm. Der Fischer stand mit den Gummistiefeln im Wasser und hielt die Bootsleine. Ein sehnsüchtiger Blick zurück. Wasser war offensichtlich sein persönliches Schicksal. Ohne Kompass. Ohne Navi. Nur mit dem Seniorendoppelhorn ausgerüstet. Wäre nicht ein schnelles, gnadenvolles Ende besser? Warum nicht gleich den Kopf ins Wasser stecken? Der letzte Funke an Lebenswille riet ihm ab.

»Bis gleich«, sagte Stummel. Der Fischer bewertete Stummels mitleidigen Gesichtsausdruck und verspürte plötzlich noch viel weniger Lust, den Panzerkreuzer Potemkin zu besteigen.

»Und immer schön pullen, mein lieber Raik. Es ist für ein höheres Ziel.« Doktor Broder Uhlig nahm beide Hände als Lautverstärker vor den Mund und intonierte das Nebelhorn. Satter Sound, mit seltsamem Vergnügen im Unterton. Feinsinnige Verspottung. Hermann setzte Molly ab und tat es Stummel gleich. Neutraler Ton. Aufrichtiger Hilfsanspruch. Wie nicht anders zu erwarten war.

Was unternahm Hanke indessen? Es rumste gewaltig. Erster Schrotflintenschuss. Alle zuckten. Mächtiger Zauber. Der Bauer stellte fest: Ballern machte auch ohne Entenjagen Spaß. Vegetarisches Knallen. Broders Frau hätte ihn bestimmt gelobt. Raik hingegen hatte mit dem Leben abgeschlossen. Er gab sich hin und machte dem Schicksal keinen Vorwurf. Alles war so, wie es eben war. Fatalismus pur. Fischer und Wasser gehörten zusammen. Auf ewig ungeteilt. Mit hängenden Schultern erklomm er den Panzerkreuzer Potemkin. Peter Bruns lächelte siegesgewiss. So kurz vor dem Ziel blieb nur eines: in Freude dem Los entgegenzuschippern. Raik nahm die Paddel in die Hand. Er hatte zu alledem eine völlig andere Meinung. Was nützte das? Minderheitenschutz gab es hier nicht. Er begann zu rudern. In den Nebel hinaus. Doppelhorn. Ballern. Mächtiger Zauber. Alles wurde graumilchig.

Wenige Körnchen weiter in der Sanduhr des Lebens. Kurz nachdem der Wirt den Befehl »Schneller Rudern!« erlassen hatte, schlug Kismet zu. Laternenpfahl. Hätte Raik lahmer gepullt und Peter Bruns am Kopfende des Schlauchbootes keine Sichtsperre gebildet, wäre der Zusammenstoß möglicherweise glimpflicher verlaufen. Gevatter Nebel hatte Spaß an der Lage und wallte noch mehr Schwaden hoch. Kollision mit einem Stahlauslegermast. Erschütterung. Der Wirt bölkte. Raik schloss sich an. Hanke hörte die Not, senkte das Haupt. Der Lauf folgte dem Kopf und der Schreck drückte ab. Peter Bruns schrie auf.

»Verdammt! Wir werden beschossen! Von unserem Kameraden! Eigenbeschuss.« Zwei Nebelhörner ertönten. Sodann folgte ein vertrautes Zischen. Panzerkreuzer Potemkin gab auf.

Die Gaststättentür schlug auf. Das Haus erzitterte. Hanke stand im Türrahmen. Breitbeinig. Gehetzt vom Lauf. Angst in den Augen. Nur ein Wort kam über die Lippen des Mannes, schreiend.

»Antjeee!« Er pustete. Beugte sich vor und stützte die Hände auf die Knie. Ein Notschrei kostete Energie. Der Verzweifelte drückte sich mit letzter Kraft wieder hoch. Noch ein Wort entsprang der Männerseele: »Verbandskasten!«

***

KAPITEL 4

Ich bin das Licht der Welt. Wer mir nachfolgt, der wird nicht wandeln in der Finsternis, sondern wird das Licht des Lebens haben. Auch wenn ich von mir selbst zeuge, so ist mein Zeugnis wahr, denn ich weiß, woher ich gekommen bin und wohin ich gehe. Ihr aber wisset nicht, woher ich komme und wohin ich gehen werde.

Johannes 8.12 ff.

»Mir fehlen die Worte«, zürnte Antje Bruns. Dabei fehlten ihr die Worte gar nicht.

Emotionale Dunkelheit herrschte im »Lütt Hüs«. Licht und Liebe waren derzeit nicht zu erwarten. Die Wirtin stand vor ihrem Platz am Tisch. Die anderen saßen mit gesenkten Köpfen da, schweigend. Vor den Männern die gedeckte Tafel, samt gusseisernem Familientopf. »Ich bin einfach unglaublich empört. Wie kann man nur so dusselig sein!«, herrschte Antje die Kerle an. Alle ohne Ausnahme. Hermann zog Molly dichter an sich. Jesus schaute unschuldig drein. »Wer rudert bei Nebel wie der Teufel? Umsichtig, ruhig und besonnen gleitet ein kluger Ehemann und ein ebenso cleverer Bootsmann durch das Wasser, wenn die Sicht schlecht ist. Nur Dösköppe pullen, was das Zeug hält! Und wie verhielt sich das mit dem Deppenballern?«

Die Wange des Wirts zuckte nervös. Raik und er hatten trockene Kleidung von Madame Rappelkopf erhalten. Sie waren froh, am Leben zu sein, und durften sich nun maßregeln lassen. Jedes Überleben hatte einen Preis – den des Lebens. Die männliche Hälfte des Ehepaars Bruns trug ein Pflaster auf der Stirn. Streifschuss. Schrotkörnchen. Eine ehrenwerte Frontverletzung. Akzeptabel, da Zeugnis des Muts. Was hatte die Holde nur? Ein irrtümlicher Beschuss von den eigenen Streitkräften konnte vorkommen. Sogar bei den Besten.

»Außerdem ist es mir völlig schleierhaft, wie ein ausgewachsener Kerl mit einer Schrotflinte auf ein Schlauchboot zielen kann, in dem Freunde sitzen. Dass er aus Versehen darauf zielt, ist noch halbwegs erklärlich, aber dass er abdrückt …« Antjes wutverzerrtes Gesicht sagte den Rest. Hanke dagegen sah aus, als wäre er lieber woanders. Vielleicht bei Gretel? Fluchtblick von unten, hin zum Ausgang. Der Wirt hatte dem Schützen bereits verziehen, wollte dem Kameraden beistehen und hob den Kopf.

»Mein kleines Trotzköpfchen …« Weiter kam der Mann mit der ehrenwerten Verletzung nicht.

»Trotzköpfchen!?«, donnerte es über den Eichentisch. Peter Bruns, der es mit Umsicht und Besonnenheit versuchen wollte, verstummte. Er stellte fest, dass ein Ehemann oft nicht nur eine Ehefrau, sondern damit auch eine Meisterin heiratete – die der Standpauke. Das Haupt des Kneipiers senkte sich. Über allem lag der deftige Geruch eines Kohleintopfs. »Empört bin ich! Absolut empört! Wie kann man nur? Was war mit euch beiden Nebelhörnern? Warum seid ihr nicht eingeschritten? Altersweisheit auf Urlaub? Sogar als Studierter kein bisschen Grips im Kopf?« Antje Bruns wäre nicht Antje Bruns gewesen, wenn sie nicht pragmatisch den Faden in die Zukunft gesponnen hätte. »Ich habe Kohleintopf gekocht. Mit Rinderhackfleisch.« Irgendein Magen knurrte. »Den habt ihr nicht verdient! Ich müsste ihn in die Toilette kippen. Toiletten machen wenigstens, was man von ihnen erwartet. Draufdrücken und das Wasser kommt. Ihr dagegen schmeißt euch idiotischerweise in die Nordsee und beschießt euch, obwohl keiner darum gebeten hat! Habe ich es mit einem Kindergarten zu tun?« Peter Bruns fühlte sich nicht wie in einem Kindergarten. Er wollte gleichfalls kein Klo sein, auch wenn er dafür Kohleintopf bekommen würde. Sein Magen sah das anders. Er knurrte. Der Wille des Wirtes erwog Friedensverhandlungen.

»Ach, mein Puschi …«

»Puschiii?«

Das Ausschicken von Wut schaffte Klarheit. Sofern es sich um reine Wut handelte, konnte sie gleichgesetzt werden mit Ehrlichkeit. Wer annahm, dass makelloser Zorn ungütig wäre, bedachte nicht alles. Wut und Zorn waren nicht das Gegenteil von Liebe, sondern oft ein Teil von ihr. Jemand, der Tempel von Selbstgerechten reinigte, hätte dafür Verständnis. Selbstzerstörerisch waren nur auf Dauer angelegte Stürme. Antjes Wut benötigte Nahrung, um am Leben zu bleiben. Der Mensch auch. Was würde helfen? Jesus stand in aller Ruhe auf und öffnete den Topf mit dem Kohleintopf. Jetzt aufstehen, sich in das Licht setzen? Was sollte das? Antje verlor den Faden und zusätzlich die Aufmerksamkeit der Gescholtenen. Verdattert überblickte sie den Tisch. Dämpfe stiegen auf. Duft nach Würze und Fleisch. Gierige Männeraugen folgten dem Topföffner. Jesus lächelte Antje an. Innerlich noch heißblütig, aber sie hielt ein. Beobachtete den Fremden. Wie konnte er nur in diesem Moment an Essen denken? Langsam befüllte er den nächstbesten Teller. Antje ließ nicht ab vom Anblick der würdevollen Bedächtigkeit, sie machte etwas mit ihr. Antje setzte sich zögernd hin. Jesus reichte der Wirtin den ersten Teller. Antje nahm ihn entgegen. Etwas verwirrt, doch die demonstrative Ruhe steckte an. Dann nickte Jesus ihr auffordernd zu. Sanftmut war nicht nur das Salz des Lebens, sondern zeitweilig auch die Kohlsuppe aus Dithmarschen.

***

Kein Tag ist frei von Kummer.
Seneca

***

»Ahhh!« Hundert Dezibel reine Männerangst. Ohrenbetäubend. Schmerzhaft grell. Was war passiert? Hanke Harms betrachtete den Teller mit Kohleintopf vor sich, den Löffel in der Hand und war im Begriff, den ersten Bissen zu schöpfen. Damit keine Zeit verloren ging, hatte Peter Bruns Bierflaschen ausgehändigt und kein Bier gezapft. Hanke führte den Löffel zum Mund. Dann sah er die Bierflasche, ließ den Löffel fallen und brüllte infernalisch. Der Lauf der Dinge setzte sich fort – er fiel mit dem Kopf in den Teller. Der Eintopf spritzte hoch. Die Wirtin schrie auf. Auch Peter Bruns ließ den Löffel fallen, bevor er überhaupt etwas gegessen hatte, und Hermann fasste sich ans Herz.

»Hanke! Mein Gott!« Antje sammelte sich, lief um den Tisch und klopfte Hanke auf den Rücken. »Was ist mit dir?« Er antwortete nicht. »Oh, mein Gott. Oh, mein Gott. Oh, mein Gott. Ist er tot?«

»Er ist nicht tot«, stellte der Wirt fest. »Er ist nur etwas erschrocken, mein Schnuckelpuckel. Vielleicht warst du eben ein wenig zu scharf.« Antjes Blick, der nun folgte, war es in jedem Fall. Aufkommende Geräusche ließen sie wieder auf den Daniederliegenden fokussieren. Eintopfteller. Blubberblasen stiegen auf. Stummel befand als Medizinexperte, das Hanke tatsächlich am Leben war. Er wandte das Veterinärwissen analog an. Bei einer Ente, die unter Wasser furzte, stiegen auch Blubberblasen auf. Dergleichen sei äußerst lebendig und völlig gesund.

»Er lebt. Ach herrje, was für ein Glück«, stellte Antje fest. Sie fasste Hankes Kopf und hob ihn aus dem Eintopf. Anschließend klopfte sie ihm auf den Rücken. Jesus zog den Teller weg und klopfte ebenfalls auf des Bauern Rücken. Was man hier so machte, das machte man hier so.

»Hanke, sag doch was!« Die Wirtin bemühte sich redlich um den Ohnmächtigen. »Raik, gib mir mal Servietten rüber.« Rübergereicht. Antje putzte das Gesicht vom Kohleintopf frei. Verklebte Hackfleischwimpern. Auch die Haare hatten etwas abbekommen. Das Krümelgulasch zeigte sich widerborstig. Antje wischte wie der Teufel. Jesus klopfte wie ein Heiliger.

»Stummel, mach was! Warum sitzt du so da? Hilf meiner Frau«, befahl Peter Bruns.

»Hanke ist ohnmächtig. Er ist ein kräftiger Dithmarscher. Nur eine kleine Schwäche von kurzer Dauer.«

»Hilf ihm als Medizinmann!«

»Medizinmann? Ich bin kein Indianer und Hanke ist kein Apache.«

»Darf ich etwas dazu sagen?«, warf Raik in die Mitte und erntete ein »Nein« aus mehreren Richtungen.

»Stummel, stell dich nicht so an. Gestern hast du Jesus auch geholfen.«

»Peter! Ich: Tierarzt. Hanke: Mensch. Also: nicht meine Baustelle. Außerdem benötigt er keine Hilfe. Er atmet ruhig und hat eine gesunde Gesichtsfarbe. Hanke braucht nur ein wenig Zeit. So was kommt schon mal vor, bei Stress.«

»Nee, aber auch, Stummel …« Peter Bruns schüttelte mit dem Kopf. »Broder Uhlig, du willst also einem Kameraden in Not nicht helfen? Ebenso nicht einer wischenden Frau und einem klopfenden Jesus?« Luftholen. Schweres Stöhnen. Stirnfaltenwurf. Das hatte Theaterreife. Tragödie, wenn nicht gar schweres Trauerspiel. In jedem Fall – kaum erträglich. Stummel stöhnte ebenfalls.

»In Ordnung, du hast es geschafft. Was kriege ich dafür?«

»Wie meinst du das?«

»Unsinnige Extras kosten extra, mein lieber Gastronom. Ich lerne schnell. Erpressung macht Spaß und vor allem durstig.«

»Wie jetzt?«

»Na, das ist doch nicht so schwer. Alles hat ein Preisschild und Wunder sind teuer.« Stummel kippte ein nicht vorhandenes Glas mit Genussstoff runter.

»Aaah, ich verstehe«, Peter Bruns befand sich in seinem Element. »Zwei Wattenläuper auf Hause?«

»Zwei Gedecke für die Senioren. Je zwei Wattenläuper und je ein Bier für Hermann und mich sowie freien Zugang zu Zigarren und dessen Aufrauchen für alle Zeiten. Sozusagen auf Gaststättendauer.«

Antje zog die rechte Augenbraue hoch und der Wirt bemerkte die Klaviatur seiner Gattin. Offensichtlich war der Preis kein Schnapper. Doktor Uhlig registrierte ebenfalls die Augenbraue der Gemahlin des Kneipiers. Wäre sie eine Kuh gewesen, so hätte er sie als bockbeiniges Biest bezeichnet.

»Dann eben nicht.«

»Halt. Halt. Halt. Du kannst Hanke doch nicht elendig zugrunde gehen lassen?«

»Kann ich nicht?«

»Nein.«

»Schau mal, wie leicht das geht.« Der Tierarzt lehnte sich zurück und pfiff genüsslich eine Murksfassung von Tschaikowskys *Capriccio Italien*. Der Wirt resignierte. Ein besinnungsloser Hanke, ein pfeifender Tierarzt und eine Frau mit Augenbraue. Machte drei und das waren exakt drei Probleme zu viel.

»Vielleicht sollte ich noch mal über den Preis nachdenken.«

»Gute Idee.« Zur allgemeinen Befeuerung kramte Stummel eine Zigarre aus der Tasche und spielte damit. Besah sich die Rauchware von allen Seiten. Zog sie langsam unter der Nase hindurch. Peter Bruns verstand und schaute bittend zu Antje. Sie schnaubte. Rauchen bis der Arzt kam für immer und ewig im »Lütt Hüs« – eindeutig überteuert. Außerdem ungesetzlich. Irgendwann würde es Anzeigen hageln. So viel war Hankes Bewusstlosigkeit nicht wert. Sie schüttelte den Kopf, signalisierte aber, dass alles verhandelbar war.

»Rauchen ohne Limit nur für heute.« Der Wirt machte das Einstiegsangebot. Stummel vernahm es. Stille. Regungslosigkeit. Auf Gaststättendauer war schon eine ordentliche Nummer, das sah er ein. Vorsichtshalber hatte er hoch gegriffen. Die Maxime: Groß einsteigen und mittelgroß abschließen. Der Tierarzt wog ab. Sobald Hanke die Augen aufschlug, wäre das Geschäft vorbei und so eine Spontanheilung konnte ziemlich überraschend daherkommen.

»Morgen und übermorgen auch.«

»Nur noch morgen dazu. Nicht übermorgen. Es ist nur eine Ohnmacht, wie du es gesagt hast. Vielleicht wacht er sogar ganz von alleine auf.«

Der Tierarzt hatte nicht in Erwägung gezogen, dass der Wirt so gerissen war. Ein geistiges Duell entspann sich. Die Rivalen schauten einander tief in die Augen. Es war nicht mehr zwölf Uhr mittags, aber es roch nach Mündungsfeuer. Stummel dachte an das Sprichwort: *Lieber einen Spatz in der Hand, als die Taube auf dem Dach.* Peter Bruns an die Weisheit: *Niemand weiß, was einer drauf hat, bevor er nicht jemanden über das Ohr gehauen hat.* Die Zeit entwickelte eine zäh fließende Dynamik. Doktor Broder Uhlig knickte zuerst ein.

»Ist gut!«

Schnell verderbliche Ware musste ebenso schnell verkauft werden.

»Na, dann ist ja gut!«, meinte der Wirt und schaute zur Herrscherin über die rauchfreie Zone. Antje nickte gnädig. Na, dann war ja wirklich alles gut.

Doktor Broder Uhlig entnahm der Ledertasche eine steril verpackte Einmalspritze. Zuerst löste der Arzt den zylindrischen Hohlkörper aus der Folie. Nach erstem Augenschein hatte das Teil die Größe für ausgewachsene Mammuts. Peter Bruns sah den Mammutkolben und schluckte. Der Tierarzt entwickelte die Nadel. Knistern. Kolben und Nadel wurden fachmännisch verbunden. Noch führte die Nadel eine Schutzkappe, aber es war schon ersichtlich, dass für den bloßen Anblick der Nadel sowohl Tapferkeit als auch Überlebenswille von Nöten waren.

»Stummel, muss das denn wirklich sein? Geht es nicht eine Nummer kleiner?«

Der Tierarzt sagte nichts. Er entnahm ein Arzneimittelfläschchen aus der Tasche, stellte es auf den Tisch und zog die Schutzkappe der Nadel ab. Er hielt die Spritze hoch. Bei diesem Anblick wagte niemand mehr ein

Wort. Doktor Uhlig erhob sich. Totenstille. Er steckte die Arznei in seine Hosentasche, umrundete gemessenen Schrittes den Tisch, schob Antje beiseite und atmete tief ein.

»Die Medizin«, hob er feierlich an und die Anwesenden klebten an den professionellen Worten des Heilers, »ist eine Geschichte voller Missverständnisse.« Dann stach er zu. Ohne Arznei. Nur mit der Spritze. Dafür tief in den Oberschenkel. Das stramme Fleisch knackte förmlich. Hanke schrie und lebte auf. Mit Rindfleischkrümeln im Gesicht und aufgerissenen Augen, aber eindeutig vital. Stummel grinste. Heute und morgen Zigarrenrauchen bis zum Abwinken, ohne dass eine Klimaaktivistin sich in seiner Kehle verbiss und dazu noch zwei feiste Herrengedecke. Für ein wenig Hokuspokus. Die ganze Plackerei des Studiums hatte sich doch irgendwie gelohnt. Wer hätte das gedacht?

»Warum hast du mich gestochen?« Der Bauer rieb sich den Oberschenkel. »Nee, aber auch. Tut das weh.«

»Das ist ganz einfach. Wer ohnmächtig in einen Kohleintopf fällt, braucht ein Erweckungserlebnis. Nach meinem genialen medizinischen Eingriff bist du gesund und munter. Das alles für einen kleinen Pieks.«

»Hast du kleiner Pieks gesagt? Du hast mich gerammt! Bin ich etwa eine Kuh?«

Hanke wackelte mit dem Kopf. Eine offensichtliche Hörschwäche. Er rieb nicht mehr am Oberschenkel, dafür prökelte er Rindfleisch aus dem Ohr.

»Hanke, wer heilt, hat recht.«

»Hä?«

»Wer heilt, hat recht«, erklang diesmal etwas lauter. Der Bauer pulte ein fettes Stück Fleisch aus der Ohrmuschel und legte es auf dem Tellerrand ab. Antje schluckte und stand auf.

»Ich werde mal deinen Eintopf entsorgen und die anderen wieder in den Topf zurückgeben und noch mal heißmachen. Kalter Eintopf schmeckt nicht.« Antje nahm die einzelnen Teller vom Tisch und schüttete den Inhalt zurück in den Topf. Bis auf den von Hanke, bei dem griff die Sonderentsorgungsregel. Jesus erhob sich und ergriff den gusseisernen Topf. Er wog schwer. Peter Bruns rückte an und stand ihm bei. Die Wirtin sprach noch eine Anweisung aus, bevor sie in Richtung Küche ging.

»Hanke, geh nach oben und wasch dir die Haare. Das Zeug geht mit Pulen nicht raus.«

»Hanke, geht es dir wirklich wieder gut? Was war denn los mit dir?«, fragte Hermann, als Antje entschwunden war. Der Bauer nestelte weiter an seinen Haaren.

»Mir geht es gut.«

»Das freut mich. Dann trinke ich jetzt auf deine Gesundheit.« Hermann erhob das Bierglas, prostete ihm zu und nahm den Erstschluck. Hanke ließ das Pulen sein. Aussichtslos. Dafür ging er dem Durst hinterher und griff ebenfalls zum Glas. Dann überrollte ihn wieder alles. Es glich einem Film. Warum war er überhaupt ohnmächtig geworden? Er wusste es. Warum hatte er geschrien? Es wurde ihm klar. Was war gewesen? Genau das Gleiche wie in diesem Moment. Er sah wieder SIE. Eine kleine Frau, nur zwanzig Zentimeter groß, schmächtig, schwarzer Rock, schwarze Bluse. Am Bierglas. Haare: Dutt, streng zusammengebunden. Rohrstock in der Hand. Hanke fiepte. Salzsäulen waren Salzsäulen, Bauernbeton war Bauernbeton. Die kleine Frau bewegte sich auf ihn zu. Er dagegen bewegte sich nicht. Sie sagte, dass ihr Name Frau Müller-Brase sei. Tränen stiegen in Hankes Augen hoch. Die Stimme, die zu ihm sprach, kannte er – sie hatte ihm verkündet, dass Jesus *Jesus* sei. Er beäugte das kleine Ding.

»Wenn du glaubst, nur weil ich klein und weiblich bin, bin ich harmlos …« Der Rohrstock zischte. Genau auf die Fingerspitzen. Schmerz. Aufschrei. Rentner Hermann verschluckte sich am Bier.

»Was ist?«, hustete Hermann hervor. Hanke antwortete nicht. Das erste Tränchen kullerte.

»Ich bin in himmlischer Mission unterwegs. Als Übersetzerin für unseren Erlöser. Gibt es noch Fragen, Knabe?« Die kleine Frau mit der großen Schlagkraft begann, auf dem Tisch einen Bogen zu laufen. Die Absätze der Stiefelchen klackten auf der Platte. Direkt vor dem Bauerknaben blieb sie stehen. *»Noch Fragen, habe ich gefragt?«*

Keine Fragen. Hanke schüttelte den Kopf.

»Nur zur Ergänzung: Ich bin Lehrerin an einem Gymnasium gewesen, bevor ich heimgeholt wurde. Hebräisch, mein Hauptfach. Latein und Deutsch als Nebenfach. Gibt es Verständnisschwierigkeiten?«

Hanke schüttelte den Kopf. Hermanns Worte drangen schwach zu ihm durch.

»Was ist mit dir los, Hanke? Warum schüttelst du immer den Kopf?«

»Siehst du sie auch?«, flüsterte das Knäblein. Hermann schaute sich um.
»Wen?«

»Vor dem Bierglas.« Der Rentner beugte sich vor. Bieglasbegutachtung.
Leerer Tisch. »Was meinst du?«

»Die kleine Frau. Ungefähr zwanzig Zentimeter groß.« Hermann zog
die Hand vor den Mund.

»Welche kleine Frau?«, ängstigte es unter der Hand hervor.

»Die da«, Hanke zeigte auf unbewohntes Gebiet.

»Stummel! Ich brauche dich. Hier wird es gerade schwierig.« Der Tierarzt hatte sich aber gerade mit Raik in ein Gespräch verhakt. »Stummel!«
Hermann stieß den Tierarzt in die Rippen und bekam endlich Aufmerksamkeit. »Hanke sieht eine kleine Frau. Ist das normal?«

»Eine kleine Frau?«

»Ja.«

»Wo?«

»Auf dem Tisch.« Die Goldrandbrille des Mediziners ruckelte.

»Du meinst auf dem Tisch? Wie – auf dem Tisch? Diesem Tisch?«

»Ja.«

»Da ist keine Frau.«

»Es ist eine kleine Frau, sagt Hanke.«

»Wie klein ist sie denn?«

»Circa zwanzig Zentimeter.« Stummels Gedanken simmerten vor sich hin.

»Da fehlt mir doch glatt das *Ach herrje* von Antje«, sagte er leise.

Hanke Harms hatte sich gänzlich in Bauernbeton transformiert. Brennpunkt: Bierglas. Lauschen. Befehlsempfang.

»Hanke? Was ist los mit dir?«

Der Beton bekam erste Risse.

»Psst, Stummel, ich höre gerade der ehemaligen Gymnasiallehrerin Frau
Müller-Brase zu. Sie ist bestimmt gleich am Ende. Glaube ich wenigstens.
Sie redet sehr viel. Von hier aus der Gegend kann sie nicht sein.«

Sofern das aktuelle Problem eine Farbe tragen würde, so wäre es Rot,
befand Stummel. Hanke schrie auf. Der Tierarzt zuckte.

»Was ist denn jetzt?« Inwendig korrigierte er sich bereits: Knallrot.

»Sie hat mich wieder gemaßregelt. Mit dem Rohrstock.«

»Wofür?«

»Ich habe gesagt, dass sie zu viel redet.«

»Das ist böse?«

»Ja.«

Zunderrot in Feuersbrunst.

»Jesus ist Jesus, sagt Frau Müller-Brase und sie soll für ihn Übersetzerin sein. Über uns meint sie, dass wir alle stümperhafte Ignoranten sind. Wir sollten zu Boden sinken, Jehova schreien und ihn lobpreisen.« Stummel lachte auf.

»Geht es deiner Pygmäin nicht gut? Zu Boden sinken? Lobpreisen?« Der Tierarzt rieb sich das Ohrläppchen. »Meine Güte, ist die Maul- und Klauenseuche schon wieder unterwegs?« Die Frage verhallte. Rentner Hermann beobachtete zurückgezogen das Problem, dafür drängte Raik Deters in das Gemenge.

»Du siehst einen Wicht? Bist du blöd?«

»Frau Müller-Brase ist kein Wicht, sie ist ein Vorengel in Ausbildung.«

»Ein was?«

»Vorengel in Ausbildung.«

»Du hast sie doch nicht mehr alle.«

»Vorher war sie Gymnasiallehrerin für Hebräisch, Latein und Deutsch.«

»Geht's noch?«, Raik wurde laut. Stummel hingegen dachte still vor sich hin: Jalapeño-Chilirot, fünftausend Scoville.

»Gibt es sonst noch was? Willst du nicht das niedere Volk an weiteren Weisheiten des großen Zwergs teilhaben lassen?«

»Jetzt sage ich überhaupt nichts mehr.«

»War auch schon vorher nix, wenn du mich fragst.«

»So. Jetzt sage ich erst recht nichts mehr. Du ziehst alles nur in den Schmutz.«

»Hast du etwa Angst, dass sie dir mit dem Rohrstock wieder eins überbrät?«

Stummel hatte das Jalapeño-Chilirot, fünftausend Scoville, seufzend beiseitegeschoben und revitalisierte den fürsorglichen Arzt.

»So, nun seid ihr beide mal ganz ruhig. In der Ruhe liegt die Kraft.« Er griff nach unten, zog eine Zigarre aus der Ledertasche und legte sie auf den Tisch. Die Handlung badete in Gemächlichkeit. »Siehst du, mein lieber Hanke, das ist eine Zigarre. Betrachten wir uns das gute Stück doch einmal.« Acht Augen hafteten an dem Objekt. Stummel rollte den Schmauchkolben hin und her. »Sie ist dickblättrig und dunkel. Mithin sehe ich sie. Wenn ich das gute Stück in meiner Hand drehe, dann knistert es und ich fühle das Tabakblatt.« Stummel hob die Zigarre hoch, rollte die Rauchware zwischen den Fingern. Eindeutiges Knistern. Nichts dran zu deuten. Dann zog der Tierarzt die Rauchware unter der Nase durch. Ein delikater Moment. »Ich kann die Köstlichkeit sogar riechen«, stellte er fest. »Und nun komplettiere ich alles.« Stummel griff abermals nach unten und kramte eine Streichholzschachtel hervor. Das Ritual des Anzündens begann und am Ende sog der Mediziner den Rauch ein. Er liebte es, Ringe zu formen. Diesmal fünf an der Zahl. Olympische Qualität. »Sie schmeckt einfach überirdisch.« Er schmökte, genoss zutiefst und drehte die Augen nach oben. Nach dem Genussanfall zog er Bilanz. »Damit ist alles vorhanden. Ich sehe, höre, rieche, schmecke und taste – ich kann den Kolben mit allen Sinnen wahrnehmen. Ich erfahre es, also ist es. Mit welchem Sinnesorgan kann ich die Pygmäin wahrnehmen?«

Hanke antwortete nicht. Nachdenken. Hin und her wenden in Verbindung mit Brüten. Null Erkenntnis. Sackgasse. Er suchte erneut Blickkontakt zum Bierglas. Großes Unglück – Frau weg. Der Bauer hob das Glas an. Schaute nach. Die Gymnasiallehrerin hatte sich in Luft aufgelöst.

»Ist der Zwerg entschwunden?«

»Lass mich in Ruhe. Das ist intim.«

Stummel grinste und entließ die nächsten Ringe in die Luft.

»Ich sollte mich Messias nennen«, sagte er tiefenentspannt. »Ich heile Ohnmächtige. Ich kann aus Rotwein gelbes Wasser machen und Zwerge hinter Biergläsern verschwinden lassen. Ich muss mir nur noch ein weißes Nachtkleidchen anziehen. Vielleicht hat Peter eins für mich.«

»Damit macht man keinen Spaß«, mahnte Hanke schrill und setzte eine Duftwolke aus Kohl und Krümelhack frei. In Richtung Tierarzt.

»Mein lieber Hanke«, schluckte Stummel. »Du müffelst langsam. Wenn ich dich auch noch zum Haarewaschen bewegen kann, dann ist das ein wahres Wunder. Nennt mich Stummel, den großen Messias.«

***

Wer nicht aus dem Rahmen fällt,
begrenzt sich selbst.

***

»Raik, ich habe Schaum im Auge«, jaulte Hanke und rieb daran. Raik Deters stand im Türrahmen des Badezimmers im ersten Stock und bewachte den Freund auf Geheiß von Stummel. Als behandelnder Arzt hatte er verordnet, dass er auf Hanke acht geben sollte.

»Bist du zu blöd, um dir die Haare zu waschen?«

»Ich habe auch noch ein Fleischbrocken im Ohr.«

»Dann mach ihn raus.«

»Aber ich habe Schaum im Auge.«

»Macht nichts. Du kannst sowieso nicht in dein Ohr gucken, also brauchst du dein Auge nicht.«

»Aber das Auge ziept.«

»Dann wasche es aus.«

»Und das Ohr?« Raik stöhnte. »Gut. Dann mache ich zuerst das Auge.« Raik brummte. Hanke spülte. Nach dem Spülen schaute er in den Spiegel. Blinkerte.

»Ich glaube, es ist gut.«

»Na, dann ist ja gut.«

»Jetzt mache ich das Ohr.« Raik brummte. Hanke machte das Ohr. Der Fischer verzog das Gesicht.

»Ich kann wieder!«

»Was?«

»Hören.«

»Dann rubbel dir die Haare trocken.« Raik griff ein Handtuch vom Haken und warf es Hanke zu.

»Puh, ist das anstrengend. Waschen und so.« Der Bauer turbanisierte die nassen Haare.

»Kein Hütchen machen. Rubbeln, sonst werden wir hier nie fertig. Wir wollen gleich Kohleintopf essen. Ich habe Hunger.«

Der Bauer löste den Turban und rubbelte. Strubbelhaare. Rotblond und halbfeucht. »Ahhh!« Urschrei. Panischer Männerschrei. Raik schlotterte.

»Mann! Du Nuss – musst du immer so schreien? Das nervt langsam!«

»SIE ist wieder da.« Hanke zeigte auf die Waschbeckenablage.

»Wer?«

»Frau Müller-Brase.«

»Der große Zwerg?«

»Sie ist kein Zwerg. Sie ist ein Vorengel in Ausbildung.«

»Vorengel, du bist echt bescheuert!«

»In Ausbildung.«

»Wo ist sie?«

»Da!« Hanke zeigte auf die Waschbeckenablage. Adrenalingesteuert riss der Fischer die Rückenbürste von der Wandhalterung und hieb auf das Waschbecken ein. Kein guter Tag für das Inventar. Das Becken knirschte.

»Was machst du da?«, brüllte Hanke.

»Engel.«

»Hä?«

»Gleich ist sie oben.« Frau Müller-Brase rannte über das Waschbecken. Ekstase in Dithmarschen – die Frisur hielt.

»Wo ist sie jetzt? Habe ich sie getroffen?«

»Nein.«

»Wo ist sie, du Nuss?«

»Links.«

»Du linke Laus, ich mach dich platt«, brüllte Raik Deters. Hörbar sogar im Erdgeschoss. Er drosch wie von Sinnen auf das Waschbecken ein.

»Habe ich sie erwischt?«

»Ja.«

»Wirklich?«

»Ja.« Kleine Lügen erhielten das Seelenheil. Große Lügen bewahrten vor Schuld.

Frau Müller-Brase hechelte. Raik Deters auch.

»So. Jetzt ist Schluss mit dem Schreien aus der Hüfte. Das kann das süßeste Lämmchen erschrecken und in Wut versetzten. Hast du mich gehört?«

»Ja.«

»Hast du das auch wirklich verstanden?«

»Ja, aber du bist kein süßes Lämmchen.« Raik Deters Blick spitzte sich zu. Das Bäuerchen erfasste die derzeitige Explosionskraft nicht vollständig. Noch hatte der Fischer die Rückenbürste in der Hand. Die Erkenntnis überfiel ihn. Hanke begann eifrigst, eine Wende einzuleiten.

»Ganz klar, du bist ein süßes Lämmchen.«

»Gut, dass du das endlich auch so siehst.«

»Ein süßes kuscheliges Lämmchen.«

»So ist es.«

»Knuddelig, fellig, mit Knopfaugen. So ein süßes Lämmchen.«

»Ja.«

»Ein Schnuddel-di-Buddel-Lämmchen mit ...«

»Ist jetzt gut!«

Es schien auf Anhieb gut zu sein. Raik Deters pustete aus. Engelmachen war anstrengend. Der Fischer hängte die Bürste wieder an die Wand und ging in den Flur. Er setzte sich auf den Fußboden. Hanke kam auch in den Flur und nahm neben dem Freund Platz. Vereint saßen sie da. Frau Müller-Brase ploppte auf. Plötzlich stand sie auch im Flur. Sie setzte sich. Gegenüber den Männern und beobachtete nur. Nach einigen Minuten bemerkte Hanke den Vorengel und unterdrückte einen Schrei. Lämmchen konnten verdammt fies sein.

»Raik«, sagte er ängstlich.

»Ja.«

»Bist du ganz ruhig?«

»Fast.«

»Sag ihm, dass er sein Ziel nicht erreicht hat. Setzen Sechs – für Lausbub Raik. Vorengel kann keiner mehr erledigen, denn sie sind schon tot.«

»Raik.«

»Ja.«

»Ich muss dir was erzählen.«

»Was?«

»Sie ist nicht tot, weil sie schon tot ist. Sie sitzt uns gegenüber.« Raik Deters schaute zum Gegenüber. Nichts. Dann wandte er sich Hanke zu.

»Was meinst du damit?«

»Du kannst sie nicht erwischen. Nur durchdringen.«

»Wie bitte? Du hast mich also eben angelogen?«

»Nur zu deinem Besten – dem Seelenheil.«

»Was zum Donner wollen Jesus und der Beelzebub im Miniformat überhaupt hier?«

»Nicht so laut, sie hört uns. Und du meinst sicherlich: Jesus und der Vorengel.«

»Bursche, erkläre dem Trottel, was ich dir erklärt habe. Er muss nicht auf ewig ein geistig Armer bleiben.« Doch der Bursche litt unter einem Wortnotstand. Nullum im Cerebrum. *»Meine Güte, heilige Pädagogenvereinigung, mit deiner Leere im Hirn können noch zehn andere durch die Prüfung fallen! Soll ich dafür sorgen, dass du in der Hölle schmorst?«*

»Jesus ist hier, weil Gott wissen will, ob die Menschen schon für die Erlösung bereit sind«, plapperte Hanke los. »Er will herausfinden, ob es wirklich gute Menschen gibt.«

»Geht doch!«

»Was? Das Paar des Grauens sucht einen wirklich guten Menschen? Eine Nummer kleiner geht's nicht? Aber wozu suchen? Hier bin ich – ein wirklich guter Mensch und nun können Jesus und Klein-Beelzebub wieder verschwinden!«

»Raik!« Hanke schüttelte tadelnd den Kopf. »Das stimmt doch nicht.« Raik Deters schnappte nach Luft.

»Wieso bin ich kein guter Mensch?« Hanke Harms kam aus dem Kopfschütteln nicht mehr heraus.

»Weil du kein guter Mensch bist.« Hanke sagte das ganz einfach – als Tatsache. Was machte Raik Deters damit? Er versuchte, sich zu beruhigen. *Was für eine Unverschämtheit!* Die Versuchung war fast übermächtig, mit der schlagkräftigen Hand wieder nach der harten Rückenbürste zu greifen.

***

Wut auszuleben bedeutete, bei Orkanstärke in See zu stechen. Doch jeder Orkan flaute auch wieder ab. Raik Deters setzte mit dem Verstand ein Zeichen. Die Wellengänge wurden nach und nach flacher und das Gefühl, eingreifen zu müssen, entschwand langsam. Raik und Hanke saßen einfach nur so da. Auf dem Fußboden im Flur. Bei Windstille. Unter der Decke der Flaute stichelte die Neugier.

»Wie ist der große Zwerg eigentlich gestorben?«

»Es war ein Unfall.«

»Was war das für ein Unfall?«

»Das weiß ich nicht.«

»Dann frage.«

Hanke Harms erkundigte sich bei Frau Müller-Brase, die sich mittlerweile an die Seite des Burschenbäuerchens gesetzt hatte, nach ihrem Unfall. Die Lehrerin hielt inne. Senkte den Blick, strich über die Scheitelfrisur und überlegte, ob sie die Auskunft überhaupt erteilen sollte. Es war ihr anzusehen, dass sie mit der Frage rang. Der eigene Tod – eine vertrauliche Angelegenheit. Sie kam zu dem Ergebnis, wohl oder übel

Rede und Antwort zu stehen zu müssen und keinen Deut vom ehrlichen Pfad abzuweichen, wenn sie vom resozialisierten Vorengel zum Engel aufsteigen wollte. Jede Falte der Denkerstirn wies diesen Konflikt auf. Die Nähe zum Sohn des Gerechten stand als Stolperstein des Verleugnens und Schönredens im Weg.

»Was sagt sie, Hanke?«

»Noch nichts. Sie guckt nach unten und streicht über die Haare.«

»Und jetzt?«

»Immer noch nix. Sie atmet schwer. Warte ab. Sie wird es schon sagen und dann sage ich es dir.«

Frau Müller-Brase kniff die Lippen zusammen.

»Es war ein autoerotischer Unfall«, sagte sie schnell. Nun war es heraus. Geschwindigkeit überwand Peinlichkeit.

»Sie hatte einen autoerotischen Unfall«, gab Hanke trocken weiter.

»Echt jetzt?« Raik gluckste. »Einen autoerotischen Unfall.« Er ließ es genüsslich über die Zunge gleiten.

»Ja.« Der Bauer grübelte. »Wieso ist ein autoerotischer Unfall eigentlich so gefährlich? Man muss doch nur vorsichtig sein, wenn man auf der Rückbank Liebe macht.« Raik Deters grinste.

»Du hast es also mit Insa im Auto getrieben.«

»Das habe ich gar nicht gesagt. Überhaupt nicht und wie du es sagst, hört es sich richtig dreckig an. So nach Gosse. Aber das war es nicht. Getrieben ... Getrieben ... Nee, so was aber auch ...«

Frau Müller-Brase bekam den Mund nicht mehr zu. Was in aller Welt hatten die Erziehungsberechtigten in dieser beider Leben angerichtet? Eine Lehrkraft konnte es nicht gewesen sein. Lehrer hatten einen Lehrauftrag und keinen Erziehungsauftrag, der war für die Eltern da. Und dieses Pärchen schien in einem Weidenkörbchen ausgesetzt und von Wölfen großgezogen worden zu sein. Frau Müller-Brase griff ein und kniff Hanke in den Arm.

»Aua!«, jaulte er auf.

»Es war ein autoerotischer Unfall, du Holzkopf. Strenge deine Gehirnwindungen ein wenig an.«

»Was sagt sie?«

»Ich soll meine Gehirnwindungen anstrengen. Es war ein autoerotischer Unfall.«

Raik kam auf dem Grinsen nicht mehr heraus. Er hüstelte.

»Mit Auto meint sie nicht Auto, sondern sich selbst.«

»Hä?«

Frau Müller-Brase kniff erneut zu. *»Willst du wohl denken. Ich bin nicht gewillt, mehr zu erklären.«*

»Auto ist nicht Auto? Sondern sie selbst? Sie ist ein Auto.«

»Folgerichtig falsch«, schnaufte die Lehrkraft.

Hanke wollte begreifen, strengte sich an und dachte laut: »Sie ist ein Auto, das mit sich selbst einen Unfall hatte. Richtig?«

Raik brach in schallendes Gelächter aus.

»Du beklagenswertes, minderbemitteltes Kind, folge deinem untalentierten Freund, der weiß es.« Die Lehrkraft trat zur Bekräftigung in Hankes Arm. Musikknochen. Wer nicht hören wollte, musste fühlen.

»Ahhh!«

»Hör auf zu schreien! Musst du denn immer so laut sein? Sie hat es sich selbst gemacht, du Bauer«, erlöste Raik den Bauern und zeigte ihm eine imaginäre Lustwurzel, voll ausgefahren und rieb an der Fata Morgana.

»Oh. Ach so, DAS.«

»Meine Güte … Männer … DAS verstehen sie alle. Insbesondere wenn sie minderbegabt sind.« Frau Müller-Brase begann, aufgeregt mit dem Füßchen zu wippeln. Wartend auf eine unziemliche Vorverurteilung weiblicher Lust, brachte sich die Lehrerin in Stellung. Nur eine einzige Schwachmatenäußerung und der ungebrochene Wille zum Schutz der Unversehrtheit einer zarten Lehrerinnenseele würde mit empfindlicher Bestrafung enden. Geröstet, zwischen zwei Toastscheiben zum Mittag verspeist – das passte.

»Davon kann man sterben?«

»Wenn man es nicht richtig macht.«

»Also, meine Mutter hat immer gesagt, dass man blöd wird, wenn man es zu oft macht. Aber dass man DAS nicht richtig machen kann und stirbt …«

»Schräge Technik, denke ich. Vielleicht hättest du nicht so oft zugreifen sollen, dann würdest du es verstehen.« Hanke rechnete nach.

»Was willst du denn damit sagen?«

»Deine Mutter hat ganz recht gehabt.«

Bevor es schwierig wurde, drehte das Schicksal am Rad. Antje rief von unten. »Essen!«

Gefüllte Teller. Kohlsuppe. Wiederholungsschleife. Diesmal mit einer Modifikation:

Vor dem ersten Bissen erklärte Hanke Harms feierlich, dass er Jesus als den Erlöser anerkenne. Außerdem stehe er zu Frau Müller-Brase als Vorengel und erklärte die Aufgabe, derentwegen die zwei von Gott heruntergeschickt worden waren. Für die Suche nach einem wirklich guten Menschen. Niemand sagte etwas. Die anwesenden Gehirne antworteten nicht, obwohl ein Notruf einging. Warteschleife.

Hanke nutzte die ruhende Zeit, um darüber nachzudenken, wie viel christliches Leben er selbst tatsächlich lebte. Zunächst fiel ihm wenig ein, dann noch weniger. Er trug alles zusammen und kam zu dem Schluss, dass er sein Dasein bisher nur spärlich unter den Parametern des wahren Christentums gelebt hatte. Was folgte? Ein Höllenmantra.

»Wir–kommen–alle–in–die–Hölle. Wir–kommen–alle–in–die–Hölle. Wir–kommen–alle–in–die–Hölle.« Die Beschwörungsformel schien endlos.

»Stummel, er wollte doch mit den Mantrassen aufhören. Weißt du, wann Schluss ist?«, raunte Hermann seinem Sitznachbarn zu und begann, den ersten Löffel Kohlsuppe zu essen. Stummel tat es ihm gleich.

»Das wird wohl noch dauern«, meinte er kauend und fuhr fort. »Ich vermute, Hanke sieht, in seinen psychopathologischen Gewaltfantasien, was ein enttäuschter Jesus alles für ihn bereit hält. Hölle, Feuer, Schwefel und ewige Folter. Das ist einerseits nachvollziehbar, andererseits ist es so dümmlich, dass die Schweine pfeifen.«

»Ach, Jesus!« Hanke schaute den Heiland mit in Falten geworfenem Gesicht an. Jesus schaute zurück. Himmelblaue Augen verweilten auf dem Bauern.

»Ich habe Schlimmes getan. Kannst du mir meine Schuld vergeben, dann kann ich auch den anderen vergeben, die Schuld daran haben. Manchmal habe ich die Steuern nicht gezahlt und auch nicht alles angegeben. Außerdem fahre ich schon eine Weile auf Heizöl.« Hanke schniefte und jaulte sich hoch. »Wir–kommen–alle–in–die–Hölle. Wir–kommen–alle–in–die–Hölle. Wir–kommen–alle–in–die–Hölle. Wir–kommen–alle–in–die–Hölle …«

Peter Bruns schluckte. Steuern. Der ohne Sünde ist, werfe den ersten Stein. Niemand sündenlos. Keine Steine da. Glück gehabt. Stummel schwieg auch dazu und löffelte lieber.

»Hanke, das ist nicht gut, dass du unehrlich zum Finanzamt gewesen bist. Aber wenn du es das nächste Mal besser machst, dann verzeiht dir Jesus bestimmt«, meinte Hermann, der nichts zu versteuern hatte.

»Jesus verzeiht möglicherweise. Das Finanzamt nicht«, brummte Stummel.

»Lass gut sein, Hanke. Wir haben Verständnis«, schob der Wirt ein.

»Außerdem«, zeterte der Sünder weiter und der Atem der Anwesenden stockte vor dem nächsten Sündenfall.

»Ich liebe …« Die Lücke, die einsetzte, war zu groß, um nur eine kleine Sünde zu sein. »Ich liebe …«

»Ach herrje«, raunte Antje ihrem Mann zu. »Ich hoffe, er ist nicht schwul oder beidseitig.«

»Höllenfeuer ist nicht gut für die Zapfanlage«, brummte Peter Bruns.

»Glaubst du, man kommt dafür in die Hölle?«

»Nein. Jeder nach seiner Façon.«

»Warum sagst du es denn?«

»Ich will auch mal empört sein und ich weiß nicht, wie Jesus das sieht.«

»Aber du glaubst doch auch nicht, dass es Jesus ist?«

»Nein.«

»Das verstehe ich nicht. Wenn Jesus nicht Jesus ist, dann ist es doch auch egal, was er denkt und wenn Hanke so ist, dann ist es doch seine Façon.«

»Ich verstehe es auch nicht. Es ist halt Kuddelmuddel.«

»… ich liebe ein Mädchen«, outete sich Hanke lauthals und alle Beteiligten atmeten sichtlich auf.

»Na, Gott sei Dank«, murmelte Antje.

»Zapfanlage gerettet.«

»Insa auch.«

»Was hat Insa damit zu tun?«

»Das erzähle ich dir später.«

Hanke legte die Hände über seine Augen. Scham hatte eine innere und äußere Haltung.

»Wir haben so getan, als wären wir verheiratet, ohne verheiratet zu sein. In Sünde. Unzüchtig.«

»Antje«, flüsterte Peter Bruns, der das Fiasko schon roch, »meint er etwa unsere Insa damit?« Der Wirt legte den Löffel auf dem Tellerrand ab.

»Peterle, bleib ganz ruhig.«

»Verstehe ich das richtig? Mit meiner Tochter?«

»Reg dich nicht auf.«

»Er und Insa?«

»Hanke ist ein anständiger Kerl mit einem großen Hof und einem ebenso großen Herzen.«

»Anständig? Hörte sich das gerade nach anständig an?«

»Peterle, es ist nicht viel passiert. Mehr so ein bisschen. Er macht es größer, als es ist. Männer halt. Immer das größte Schwein im Stall. Na ja, du weißt schon.«

»Ich weiß gar nichts. Mir sagt man ja nichts. Liebt Insa ihn?«

»Vielleicht.«

»Also: nein.«

»Ich weiß es nicht. Sie ist noch nicht so weit. Sie mag ihn, soviel weiß ich.«

»Sie mag ihn? Obwohl er so schräg ist?«

»Vielleicht gerade deshalb. Schräg und lieb ist heute selten.«

»Das Ganze muss Insa von dir haben.«

»Wie meinst du das?«

»Dieses ... Du bist ...«

»Ja?«

»Ein Wildfang«, kam es ärgerlich heraus.

Antje Bruns verdaute den plötzlich angesteckten Orden, der eigentlich nicht so ordentlich gemeint daherkam. Sie schaute ihren Mann lange an. Ein gewagtes Lächeln kroch hoch.

»Ich bin ein Wildfang für dich? Wirklich?«

»Immer.« Die Wirtin setzte ihr Lächeln fort.

»Peterle!?«

»Ja.«

»Du bist aber auch für mich ein Wildfang.«

Das Gesicht des Wirtes stoppte. Wildfang? Er? Gerade noch war er der Depp, der sich beschießen ließ, einen Stahlauslegermast gerammt hatte und nun solche Worte. Die Echtzeit schlug Wurzeln. Peter Bruns erkannte, dass ihm eine Ehre zuteilwurde. Sogleich erahnte er die Reichweite. Der Wirt griente. Strich sich über den Bart.

»Wenn du es so siehst ...«, sagte der Wirt in einem Tonfall mit leicht frivoler Note. »Was habe ich doch für ein Glück, so eine kluge Frau geheiratet zu haben. Mein süßes, kleines Schnuppelhäschen.«

***

Nichts verdunkelt die Erkenntnis mehr
als der Glaube an sich selbst.

***

»Das wird mir langsam zu bunt. Ihr denkt doch nicht wirklich, dass ein Vorengel und der Heiland am Tisch sitzen, die als Team nach guten Menschen suchen?«, fragte Stummel in die Geräusche des Essens hinein. Tellerklappern. Löffeln. Schmatzen. Niemand reagierte. Dafür grub sich die Frage in jedes Hirn ein und wurde dort vorgekaut.

»Nein. So etwas glaube ich nicht«, sagte Peter Bruns. Die Mitesser schauten hoch. »Guckt mich nicht so an. Ich denke, wenn einer mit Jesus und Engeln redet, dann ist er gläubig. Und das ist auch gut so. Wenn Jesus und Engel aber mit ihm reden, dann hat er echt einen an der Klatsche. So einfach ist das.« Jesus schaute etwas ungläubig drein und murmelte Hebräisch.

»Ich habe keinen an der Klatsche«, wehrte sich das Bäuerchen. »Aber mit so viel Unglauben, wie ihr habt, können noch zehn andere in die Hölle kommen. Nur, dass du es weißt: Es ist nie zu spät umzukehren, Peter Bruns.« Der Wirt schubberte sich den Bart.

»Hat sie das gesagt?«

»Nein.«

Der Wirt wusste nicht warum, aber er atmete erleichtert auf.

»ER hat das gesagt und sie hat es übersetzt.«

»Hanke, nun mal ehrlich, hat er das wirklich gesagt?«

»Ja, das mit dem Umkehren. Mit den zehn für die Hölle, kommt von ihr.«

Peter Bruns stand auf.

»Wehrhafte Männer! Holde Frauen! Es drängt die Zeit, sich zu erklären. In einer Stund', wo Glaube schwindet, gibt es auf Erden unser Land. Dithmarschen. Es ward kein treurer Diener je gefunden, als der, der in Sturm und Meere wandelt. Treu sind wir und stolz. Nicht als Wurm wird einer dienen. Aufrecht stehend, im Licht des Kreuzes, reden wir ein freies Wort und halten unser Herz stets für den Herrn bereit. Gehorsam und selbstbewusst sind wir bis zur letzten Stund', auf dass das heilig Himmelreich dereinst uns hole. So soll es ewig sein. So sind wir hier.«

Lebensversicherung gratis für jedermann im Land. Andacht herrschte. Peter Bruns setzte sich wieder. Große Worte wirkten nach. Hermann wischte sich die Rührung aus dem Gesicht.

»Peterle, das hast du schön gesagt.«

»Wir können es auch von einer anderen Seite betrachten«, wandte die Wirtin ein, der anscheinend der wahre Glaube fehlte. »Hanke, war das in letzter Zeit zu viel für dich? Ballern, Freunde erschießen, Massenmörder und Schlitzer? Ich habe dafür Verständnis. Da kann es schon mal passieren, dass man dann kleine Frauen am Bierglas sieht und einen Messias. Es ist schon in Ordnung, wenn sie mir dir reden. Du musst keine Angst davor haben. Jedem von uns ist so was schon mal passiert.«

Für eine Frau, die um keinen Preis eine Empathieschwachsinnige sein wollte, klang das bemerkenswert empathieschwachsinnig.

»Mir nicht«, bemerkte Raik Deters pfeilschnell, »an meinem Bier klebte noch nie so ein Wicht. Das wäre auch noch schöner. Mein Bier ist mein Bier. Da hat so ein Ding, das man noch nicht mal plattmachen kann, nichts zu suchen.«

»So etwas ist mir auch noch nicht passiert. Weder am Bier noch an meiner Zigarre. Außerdem bin ich überzeugter Atheist«, wandte Stummel ein.

»Wollt ihr wohl mal aufhören! Ihr macht mir alles kaputt«, zischte Antje. Hanke begann sich weinerlich hochzuziehen.

»Antje, sie ist doch da und Jesus auch. Hilf mir! Ich–komme–in–die–Hölle. Ich–komme–in–die–Hölle …«

»Ganz sachte, lieber Hanke. Erkläre doch mal deiner Antje in aller Ruhe, warum kein anderer das so sieht?«

»Ich habe wirklich keine Ahnung, Antje. Ich glaube, ich bin der Auserwählte.«

Raik Deters prustete los und ein *Ach herrje* war zu hören. Von wem das *Ach herrje* kam, musste wahrlich nicht zugeordnet werden.

***

Man kann nicht immer ein Held sein,
aber man kann immer ein Mann sein.
Johann Wolfgang von Goethe

***

»Du bist der Auserwählte? Meinst du das im Ernst?«

»Ja, natürlich. Was soll ich denn sonst sein?«, verteidigte sich Hanke Harms, der Auserwählte.

»Ein Oberschnacker?«

»Wie ist dir denn, Raik Deters? Redet man so mit dem Auserwählten?«

»Nee, so redet man mit einem Oberschnacker.«

»Das werde ich einfach überhören.«

»Du hörst nix? Hast du wieder einen ekligen Fleischbrocken mit Schmalz im Ohr?«

»Nein, aber Klugheit im Kopf.«

»HA!«

Antje Bruns brachte sich in Position.

»Wollt ihr zwei wohl mal aufhören.« Das Duo stoppte und zog sich ins Schweigen zurück. »Wir werden erst einmal gemeinsam nachdenken. Das ist das Beste.« Die Großwetterlage änderte sich. Antje Bruns war es leid, sie wollte das alte Leben wieder zurück. Koste es, was es wolle.

»Hanke, was meinst du, wann ist Jesus hier fertig? Dreht es sich alles um die Missionserfüllung?«

»Ich denke schon.«

»Gehe ich recht in der Annahme, dass die Flut und das Infernowetter zu deinem Jesus gehören?«

»Kann sein.«

»Hört alles auf, wenn wir die Aufgabe erfüllt haben? Nimmt er dann auch seinen Vorengel wieder mit und zieht das Wasser zurück?«

»Könnte ich mir vorstellen.«

»Dann sage uns doch mal genau, was Jesus möchte. Ganz speziell, in allen Einzelheiten.« Alle blickten Hanke an. Nur Hanke sah auf den Tisch, direkt vor sich. Hauptaugenmerk Topf. Detaillierter Befehlsempfang.

Frau Müller-Brase lehnte am Behältnis. Sie begann zu reden. Hebräisch. Jesus hörte und antwortete. Der Klang seiner Stimme hallte durch den Raum. Unbekannte Worte, wohlklingend und warm. Frau Müller-Brase nahm alles auf, übersetzte und repetierte. Dann wandte Hanke sich an Jesus.

»Ja. Das verstehe ich«, sagte der Auserwählte ruhig zum Herrn. Jesus verneigte sich.

»Er möchte wirklich gute Menschen auf Erden treffen. So viele wie nur möglich. Er hat vor, mit ihnen zu reden. Jesus und sein Vater wollen wissen, ob wir schon so weit sind, in das Himmelreich einzuziehen. Deswegen möchte er in Erfahrung bringen, wie viel wir gelernt haben und was umgesetzt wurde. Das sollen ihm die wirklich guten Menschen sagen. Jesus wird genau zuhören, dann wird er mit Frau Müller-Brase wieder gehen und dem Vater berichten, auf dass wir bald aufsteigen und mehr werden, als wir derzeit sind.«

Stummel griff zu der Ledertasche. Ohne Drogen konnte das ein ausgewachsener Mensch nicht ertragen.

»Ich brauche etwas mit Dampf, der mir den Sauerstoff nimmt und das Denken schwächt. Nur ein Bier zum Kohl reicht nicht für eine Betäubung. Das ist höchstens zum Durchspülen.« Stummel wühlte in der Tasche und wurde fündig. »Massenhysterie. Eine üble Form davon«, murmelte er Hermann zu.

»Aber du musst zugeben, er sieht schon so aus wie Jesus. Mit den langen Haaren, den blauen Augen, Bart und hagerer Figur. Er könnte es sein.«

»Was? Bist du auch infiziert?«

»Na ja, ich glaube an Gott, Stummel. Ich weiß nur nicht, ob es dieser Jesus ist, an den ich glaube. Aber glauben heißt nicht wissen. Somit vergebe ich mir nichts, weil ich es sowieso nicht weiß. Dennoch wäre es schön, wenn er es wäre. Ich hätte so viele Fragen, auf die mir das Leben keine Antwort gegeben hat.«

»Ich bin auch gläubig. Ich glaube daran, dass es keinen Gott gibt. Auch ein Nicht-Glaube ist ein Glaube.«

»Das stimmt«, flüsterte Hermann. »Aber wenn es ihn doch gibt, bist du schlecht dran.«

»Mein lieber Hermann, ich drösel dir das mal auf: Nimm alles Leid auf Erden. Wo ist dein Gott? Wenn der Schöpfer allmächtig ist, warum hilft er nicht? Er könnte es doch. Es gibt drei Lösungen. Nummer eins: Er ist zu schwach und kann es eben nicht. Dumm gelaufen. Nummer zwei ist auch nicht besonders prall: Er ist nicht gütig, sondern boshaft. Beides passt irgendwie nicht zu einem Gott. Oder ist der Gott, an den du glaubst schwach oder herzlos? Sicherlich nicht. Er kann alles, sieht alles und ist weise. Siehst du, somit gibt es keinen Gott.«

»Sag das nicht zu laut. Vorsichtshalber«, wisperte der Rentner. »Was ist das Dritte?«

»Es wird dir nicht gefallen.«

»Sag schon, Stummel. Es bleibt unter uns.«

»Das Dritte ist: Die Menschen sind ihm schnurz-piep-egal. Das wäre noch schlimmer, als wenn er schwach oder boshaft wäre.« Der Tierarzt holte Luft. »Ich habe es als Atheist einfacher: Warum soll ich mir Gedanken über etwas machen, was nicht existiert. Was ich nie verstanden habe, ist, einer Nichtexistenz Handlungsweisen zuzuschreiben. Das ist stille Post für Blöde. Entschuldigend füge ich für Christen hinzu: Wer es nicht schafft, Logik und Ratio in sein Leben zu bringen, hat keine andere Wahl, der muss wohl beten. Aber das hat er dann auch verdient.«

»Stummel, das darfst du nicht so sehen. Gott will uns prüfen.«

Der Tierarzt seufzte. Er steckte sich die Zigarre in den Mund.

»Peter, ich brauche einen Doppelten. Egal welchen. Hauptsache stark und umdrehungsfreundlich.«

***

Willst du Weisheit dir erjagen,
lerne Wahrheit erst ertragen.

***

»Ich, ich bin ein guter Mensch!«, rief Raik aus. Diesmal versuchte der Fischer es mit Nachdruck.

»Peter, bitte noch einen Doppelten. Ist dieser Rachenkratzer, den ich gerade hinuntergespült habe, etwa dein Betäubungsmittel mit den höchsten Prozenten?« Stummel schaute das Glas missbilligend an. »Das ist doch nur ein Doppelkorn. Hast du nicht so einen ordentlichen Nierentritt? Für Notfälle? Ich will das sediert erleben.«

Peter Bruns räusperte sich.

»Habe ich. Will noch jemand mithalten?« Antje meldete sich.

»Mir auch, bitte.«

»Du? Seit wann magst du harte Schnäpse?«

»Auch mir tut manchmal etwas gut, wenn nichts gut ist. Die Aufgabe zu erfüllen ist schwierig. Er will viele wirklich gute Menschen treffen. Ich denke schon die ganze Zeit darüber nach. Mir fällt noch nicht mal einer ein. Frag nicht weiter – mach einfach Schnaps.«

»Hallo! Warum reagiert niemand? ICH bin ein guter Mensch!«

»Peter, beeil dich«, herrschte Antje ihren Gatten an. »Bring am besten die ganze Flasche mit. Das wird sonnig.« Der Wirt tat, wie ihm geheißen.

»Warum, bin ich etwa kein guter Mensch?«

Stille.

»Weshalb sagt keiner was?«

Ein Tablett, unzählige Gläser. Feuerwasser. Der Geruch von Schnaps hing trocken in der Nase – *Friesengeist*. Peter schenkte ein. Ordentliche Füllhöhe. Stummel in freudiger Erwartung. Antje war schneller im Zugriff und der Wirt formulierte schon an einem passenden Trinkspruch, der dieser Unannehmlichkeit entsprach.

»Wehrhafte Männer! Holde Frauen! Ich sage nur eines: Bei Schnaps und Menschenstreit ist Satans Arsch nicht weit. Gebt acht auf eure Seelen. Lauft, wenn ihr Schwefel riecht und bei Geruch von Schnaps haut ihn weg!«

»Ey hallo! Ich verstehe nicht. Keiner nimmt mich wahr und es fängt ein Besäufnis an. Wieso? Ich habe doch nur gesagt, dass ich ein guter Mensch bin. Jesus kann mit mir anfangen.«

Stummel stürzte den Geist hinunter, alles war ihm gleich, solange er nicht antworten musste.

»Bin ich etwa nicht gut, weil ich geschieden wurde?«

Antje kippte den Stoff ebenfalls die Kehle herunter.

»Das hat keiner gesagt«, stellte Hanke nüchtern fest.

»Aber gedacht. Alle haben es gedacht. Geschiedene kommen nicht in den Himmel. Hölle hier unten ist gleich Hölle da oben. Um es deutlich zu sagen:

Ich wollte mich nicht scheiden lassen. Ich nicht, aber Mareike. Die wollte mehr Leben im Leben. Warum schmort Mareike nicht? Sie wollte unbedingt nach Hamburg. In die sündige Stadt. Genauso wie Insa.« Hanke schluckte.

»Sündige Stadt? Insa? Wieso?«

»Ich sage nur: Reeperbahn.«

»Da arbeitet Insa doch nicht. Sie macht eine Zusatzausbildung im Kindergarten. Da ist nichts verdorben, da sind nur Kinder.«

»Allein durch Hamburg wird sie verdorben. Mareike macht auf Fußpflegerin. Als ob es hier in Dithmarschen nicht genügend Füße gibt. Da müssen es Füße aus dem Moloch sein. Sind hamburgische Füße etwa mehr Leben im Leben? So bekommt ein Nordseefischer niemals eine zweite Chance – wegen der Käsemauken der Pfeffersäcke.«

»Warum erzählst du immer so etwas Fieses? Du bist deshalb kein guter Mensch, weil du immer Giftiges im Kopf hast.«

»Ich? Giftiges? Hamburg ist ein verkommenes Nest, das uns die hübschesten Frauen klaut.«

»Klauen, so wie du das sagst, hört es sich nach einem Verbrechen an. Insa will etwas Neues lernen und Mareike arbeitet in einem anständigen Beruf. Was ist falsch daran?«

»Das wirst du schon sehen, was das Sündenbabel anrichtet. Einmal Hamburg. Immer Hamburg. Unsere Frauen kommen nicht wieder. Sage Tschüss zu deinen Träumen. Das muss ich auch.«

»Tschüss?«

»Es heißt nicht umsonst: In Hamburg sagt man Tschüss.«

»Aaantje?«, Hanke setzte an, sich hochzujaulen. »Kommt Insa wieder zurück?«

Die Wirtin handelte und griff sich das nächste Glas. Gegenmittel zum Problemballungszentrum – Druckbetankung.

»Nicht so schnell die Batterien abklemmen, min Seuten. Das Zeug ist mehr als rosa Prickelbrause«, warnte der Wirt.

»Aaantje? Sag was!«

»Mir geht es gut«, sagte Antje und strich über das blonde Haar.

»Aaantje???«, wimmerte Hanke.

Einer ist keiner, zwei sind einerlei, drei und der Geist wird frei. Antje griff zu und kippte. Gleich hinterher die Nummer vier – ich bin nicht mehr hier. Was passiert? Dem Wirt stand der Mund offen. Feuerwasser-Antje gluckste. Festplatte im Löschvorgang. Getränkeunfall.

134

»Ich möchte ein Nickerchen machen«, tönte es verwaschen von der Wirtin.

»Ach, mein Hasenöhrchen, ich bringe dich rauf. Ich habe es dir doch gesagt, dass es keine Prickelbrause ist. Verdammichnochmal.«

Antje Bruns stand auf. Für vier Turbo-Doppelte als Ungeübte eine gradlinige Leistung. Der Wirt hakte seine Frau unter. Gemeinsamkeit in schweren Zeiten. Auf der Hälfte der Treppe – Pupillenstillstand. Hasenöhrchen musste auf den Arm. Ein echter Kämpfer beugte sich niemals, auch nicht unter schwerer Last. Er ging nur etwas in die Knie. Peter Bruns mit Gattin auf dem Arm schnaufte die Treppen hoch. Er zählte im Geiste die Stufen, bemaß sein Durchhaltevermögen und hoffte inständig, dass ihn nicht ein Infarkt vor der Zeit ereilen würde.

Unterdessen ging der Streit am Tisch weiter. Stummel hatte eine entspannte Haltung eingenommen und folgte seinem Lieblingshobby. Rauchringe machen. Sie rollten gemächlich in Richtung Jesus, der sich darüber freute.

»Hanke! Warum schlägst du mich nicht vor?«

»Weil das nicht geht«, sagte Hanke.

»Wenn der Auserwählte Steuern hinterziehen kann und auf dem Autorücksitz fummelt, dann darf ein Guter auch geschieden sein.«

»Niemals.«

»Niemals wegen geschieden oder niemals, weil du es nicht vorschlagen willst?«

»Egal.«

»Wieso egal? Schlage es ihm doch wenigstens vor.« Erfolglosigkeit suchte Unterstützer. Raik Deters nahm den Tierarzt ins Visier.

»Stummel, was meinst du, kann ein Geschiedener ein guter Mensch sein?«

Die Augen des Arztes ruhten in glasigem Glanz. In aller Seelenruhe zog er einen großen Teil vom Zigarrenrauch ein, richtete den Kopf in die Höhe und entließ einen Rauchkringel direkt über sich. Stummel grinste. Sogleich duckte er sich und platzierte den Kringel mittig des Hauptes. Ein größer werdender, weißgrauer Heiligenschein, der sich niedersenkte, bis er auf Halshöhe verblasste. Jesus klatschte. Hermann staunte. Nur Raik resonierte.

»Nimmt mich hier denn keiner ernst?«

Der Heiligenscheinmacher griff zum Sedierungswasser.

»Aus Fünf und Sechs, so sagt die Hex, mach Sieben und Acht, so ist's vollbracht«, nuschelte er.

»Stummel, Geschiedene können auch gute Menschen sein. Das geht doch?«

Der Arzt versuchte, die Augen offenzuhalten.

»Misch dünkt, der Fischer schpricht im Fieber«, lallte er und versuchte, sich aus dem Sitz hochzudrücken. Vergebene Liebesmühe, die Schwerkraft war ein böses Ding.

»Ich habe kein Fieber!«

Volle Konzentration. Komplizierte Kommunikation mit Stolperwörtern. Stummel sammelte alle Kraft und brachte es raus:

»Gut sooo, Groschtierthermometer passen nicht in Mänschenhintern von Scheidungschfrevlern.«

»Was?« Hanke schlug schnell eine Schneise in das drohende Gefecht und schuf einen Weg in die Verzeihung.

»Raik, ich kann ein gutes Wort für dich einlegen. Das würde ich tun. Aber dadurch wirst du nicht automatisch ein wirklich guter Mensch. Daran musst du noch arbeiten. Lange. Vielleicht zuerst mit einem Ave Maria. Am besten auf den Knien«, sprach der Auserwählte.

»Seid ihr alle irre?«

***

Es klopfte an der Fensterscheibe. Das Klopfen war stark und ließ das Glas erschüttern. Alle drehten sich dem Lärm zu. Der Streit pausierte. Gretel, die Kuh, lugte von draußen herein.

»Da ist Gretel!«, rief Hanke aus. »Mein Milchmädchen.« Die Kuh hatte sich tagsüber auf dem schmalen Streifen zwischen Haus und Nordsee durchgefuttert, das Gras hinter dem Haus verspeist und an den Rabatten geknabbert. Zusätzlich hatte Hanke ihr zwei Zinkeimer mit Wasser hingestellt. Gretel ging es gut. »Was machst du hier, meine Hübsche?«

Gretel muhte, als ob das eine Antwort wäre. Handeln folgte. Ihr Kopf holte aus und schlug erneut gegen das Fenster. Es dröhnte. Selbst Molly, die unter dem Tisch lag, erwachte und sprang auf. Ein paar Schritte. Die Havaneserin beblickte die aushäusige Kuh und dann ihr Herrchen.

»Alles gut, Molly. Nur Gretel. Die ist lieb«, sagte Hermann und Molly schien ihm zu glauben. Peter Bruns kam die Treppe herunter.

»Ich habe euer Streiten bis oben gehört und nun das Donnern. Was ist denn das für ein Lärm?« Der Wirt betrat die letzten Stufen. »Hanke, was macht deine Kuh mit meinem Fenster?«

Hanke musste nicht mehr antworten. Gretel traktierte das Fenster abermals. Es sprang auf. Nebelluft quoll durch den Raum. Jesus stand auf und erhob den Arm. Eine seltsame Geste. Er hielt den Arm weit ausgestreckt, knapp über dem Kopf. Unwirkliches Flattern. Noch war nichts Weitreichendes zu sehen. Wie sollte es auch, bei Nebel? Nur das Erspüren blieb. Ein Moment des Dräuens. Nichts war schlimmer als das Erahnen von Unbekanntem, das Erzittern vor dem Mysterium. Flattern. Das Geräusch kam näher. Was würde gleich passieren? Über Gretels Kopf brach es herein. Drei weiße Tauben im Zielanflug. Ein aufgeregtes Unternehmen, das den Weg genau kannte. Jesus. Die Tauben flogen eine Runde um den Landeplatz und ließen sich dann auf dem Arm nieder. Unruhig bewegten sie die Köpfchen, gurrten und trugen etwas im Schnabel. Jesus senkte den Arm. Die Last der Tauben wog. Er sagte etwas zu dem Federvieh. Obwohl der Inhalt nicht zu Gebote stand, der Sinn lag nicht im Verborgenen. Die Tauben beruhigten sich, das Gurren ließ nach und sie entwickelten Geduld. Anerkennend nickte Jesus. Wertschätzung zu geben hatte den Ursprung im Herzen.

Der Wirt, Stummel, Raik, Hanke und Hermann – fünf Männer, die Tauben anstarrten, als hätten sie noch niemals welche gesehen. Jesus sagte etwas. Die Tiere flogen auf. Kein Wort kam aus der Männertruppe. Was würde jetzt geschehen? Nicht viel. Die Vögel ließen sich auf dem Tisch nieder. Hanke beugte sich vor.

»Was haben die Tauben im Schnabel?« Stummel hielt sich wacker und richtete die Augen aus.

»Geschtrüpp.«

»Nein, das ist ein Zweig mit Blättern dran«, verlautete Peter Bruns und Hermann brachte murmelnd die Lösung unter die Männer.

»Es ist ein Ölzweig.« Wer gut handeln wollte, musste zuerst nachdenken. Das benötigte Zeit, die sich die Männer nahmen. Der Moment zog sich dahin.

»Ich glaube«, sagte Hanke nachdenklich, »wir sollen nicht so viel streiten.«

»Ich streite nicht. Wenn einer streitet, dann bist du das«, barschte Raik den Auserwählten an.

»Ich sage doch gar nichts.«

»Dein Nichts ist schlimmer als alles.«

»Gar nicht.«

»Doch.«

»Nein.«

»Ihr streitet euch immer«, ging der Wirt dazwischen. »Immer und überall.« Raik und Hanke starrten Peter Bruns feindselig an. Beide, was selten vorkam, dachten das Gleiche, meinten das Gleiche und wollten das Gleiche.

»Ach, halt dich da raus!«, brandete dem Wirt im Duett entgegen. Peter Bruns wäre fast der Unterkiefer ausgerastet. Er hielt sich an der Stuhllehne fest.

»Ihr sitzt an meinem Tisch, in meinem Haus und ich halte mich da nicht raus. Ich bin hier der Wirt!« Hermann hatte die Tauben nicht aus dem Blick gelassen. Die drei liefen umher.

»Seht ihr, ihr streitet und sie sind deswegen aufgeregt.« Stummels Hirn blieb bei der Eingangsproblematik.

»Es ist Geschtrüpp.«

»Es ist ein Ölzweig«, meinte Senior Hermann ruhig. »Ein Wunder. Das Ölzweig-Wunder von Arnsiel.«

»Flugviecher mit Geschtrüpp sind keine Wunder.« Stummels Körper drehte sich.

»Du musst genau hinschauen.« Hermann versuchte, dem Trunkenen die Augen zu öffnen. Stummel lugte die Tauben an. Blinzelte. »Was siehst du?«, hakte Hermann nach.

»Tauben.«

»Was genau?«

»Tauben.«

»Was siehst du mit dem Herzen?«

»Mit dem Herrrzen?«

»Ja.« Eindringliche Herzbeschau – Stummel machte es sich nicht leicht.

»Taubenbruscht im Schpeckmantel mit Rahmwirsing.«

»Stummel!«

»Sybille ist nischt da, da kann isch sehen, was isch will.«

»Das ist nicht richtig«, mahnte Hermann sanft.

»Sagt Grün-Sybille auch immer. Ich muss Schalat sehen. Örgs.«

»Du musst ehrlich mit dem Herzen hinschauen. Versuche es noch einmal.«

»Ohne Speck. Dafür in Portwein geschmooort?«

»Ach, Stummel, Tauben sind doch ein Friedenssymbol. Ein Ölzweig ist es auch. Jesus will keinen Streit zwischen uns. Es ist ein Wunder.«

Der Tierarzt richtete sich und schüttelte den Kopf. Wachwerden für weitere Worte. »Ein Wunder ischt, wenn Tauben Polka tanzen und Sybille misch zum Steak einlädt. Ich wünschte, meine Gurkendomina täte das mal. Geschtrüpptauben ohne Rib-Eye sind eine Nullnummer.«

Jesus lauschte dem Dialog, empfing die Übersetzung und erhob den Kopf. Blaue Augen gen Zimmerdecke. Darüber das Schlafzimmer, in dem Antje schnarchte. Der Radiowecker sprang an. Antje schnarchte weiter. Die Männer samt Hund hörten von oben die »Pennsylvania Polka«. Erweckungssekunden verstrichen. Stummel ruckelte am Ohr. Vernahm er die Musik richtig? Hermann nickte weise. Der Wirt schluckte, Hanke hielt sich die Ohren vorsichtshalber zu und schloss die Augen. Konnten Tauben überhaupt Polka tanzen? Parallel dazu huschte Frau Müller-Brase auf Befehl über den Tisch. Auch Wunder benötigten manchmal Nachhilfe durch eine versierte Pädagogin. Zwanzig Zentimeter Lehrerenergie, die endlich ein Engel werden wollten, kamen in Wallung. Sie stürmte wahllos auf eine der Tauben zu. Riss das rechte Füßchen des nächstbesten Täuberichs in die Höhe, dann das linke. Unsichtbar im Wechsel. Die Taube murrte nicht, sie gurrte entrüstet. Aber gut sah er schon aus, der Taubentanz und er ließ keinen Raum mehr, am Wunder von Arnsiel zu zweifeln.

***

Was vom Tage übrig blieb, war nicht mehr viel. Die intensiven Stunden hatten jeden geschwächt. Schießerei, Manöver, Maßregelung und Wunder kosteten Kraft. Die weißen Tauben waren ebenfalls müde geworden und davongeflogen. Selbst Stummel hatte aufgegeben und erschöpft den Kopf auf die Tischplatte gelegt. Er zog mit Antje gleich und schnarchte. Hermann versuchte, ihn zu wecken, was sich als aussichtsloses Unternehmen herausstellte. Irgendwann würde Stummel sein Bett schon finden, nur nicht im Moment.

Hermann und Molly drehten zum Abschluss eine Runde ums Haus. Gassigehen auf dem schmalen Streifen, den die Nordsee übrig gelassen hatte. Neblige Abendstimmung aufsaugen und Gretel begrüßen. Molly wollte reichlich laufen. Eine Runde nach der nächsten. Es gefiel ihr, Gretel jedes Mal aufs Neue zu begrüßen, als wäre die Schwarzbunte ein alter Freund, den sie lange nicht gesehen hatte. Molly wedelte mit dem Schwanz und Gretel machte es nach. Das kleine Glück hatte viele Facetten. Auch Peter Bruns hatte sich frühzeitig in das eheliche Schlafgemach zurückgezogen. Sein persönliches Glück schnurchelte neben ihm. Der gleichmäßige Ton ließ ihn schnell in Morpheus' Arme sinken. Kraft schöpfen für den nächsten Tag.

Wie sah es mit Jesus aus? Er redete mit dem *Friesengeist*. Frau Müller-Brase saß auf dem Tisch und lehnte an der Flasche. Was ging zwischen den beiden vor? Das wusste mit Sicherheit nur Gott allein. Für die, die Interessantem gerne hinterherspüren, war es spannender, Raik und Hanke im Bett zuzuhören.

***

»Raik.«

»Ja.«

»Weißt du, was?«

»Nee.«

»Ich finde das schön, mit der Aue.«

»Aue?«

»Ja. Du weißt schon …«

»Nee.«

»Die in der Bibel. Und er weidet mich auf einer grünen Aue.«

»Ach, die Aue aus dem Konfirmationsunterricht.«

»Gibt es denn noch andere?«

»Jau. Die normalen. Warum willst du auf eine Weide?«

»Nicht Weide. Aue. An einem Fluss mit grünem Gras.«

»Du willst ein Schaf auf grünem Gras sein?«

»Nicht als Schaf. Das meine ich nicht. Mehr so das ganze andere.«

Raik Deters dachte tatsächlich nach.

»Welches ganze andere?«

»Na, mehr so als Mensch mit Gefühl.«

»Auf einer Weide?«

»Aue.«

»Du hast doch eigene Weiden, sogar mit einem Rinnsal am Rain. Wenn du also auf eine Weide willst, die man auch Aue nennen kann, warum gehst du dann nicht auf deine Weideaue? Da kannst du völlig Mensch sein, auch mit Gefühl. Sogar muhen und blöken, wenn dir mehr nach Tier ist. Von morgens bis abends und es wird keine Sau stören.«

»Ach, hör doch auf. Du verstehst das nicht.«

»Sag mal. Nun mal Ernst. Wo willst du weiden?«

»Ich will nicht weiden.«

»Kein Weiden. Schaf willst du auch nicht sein. Wie geht das weiter in der Bibel?« Der Fischer war nah dran. »Er weidet mich auf einer grünen Aue und führet mich zum frischen Wasser. Willst du frisches Wasser? Peter hat Wasser da. Musst du nur sagen, sogar mit Sprudel. Kistenweise. Das schleppst du auf deine Weidenaue und schon kann die Glückseligkeit anrollen.«

»Manno, ich will doch kein Wasser.«

»Lass mich mal zusammenfassen: keine Weide, kein Schaf, kein Wasser. Du findest also etwas schön, was du gar nicht willst. Oder möchtest du von seinem Stab und Stecken getröstet werden?« Raik Deters grinste. Bauer Harms sah dem Fischer direkt ins Gesicht.

»Raik. Nee, aber auch … Das ist ja … so, wie du das sagst …«

»Schmutzig? Hä? Ich schwimme gerade in deinem Faselmorast und außer, dass du irgendetwas schön findest, kommt nix dabei rüber.« Der Fischer guckte sein Gegenüber herausfordernd an.

»Es ist mehr so das Gefühl, das dabei rüber kommt.«

»Und welches ist das?« Nun war es klar. Entweder schweigen oder dazu stehen. Flüchten oder standhalten?

»Naaa?« Hanke Harms hob an und ließ wieder los. »Uuund?«

»Raik!«

»Jaaa?«

»Es ist das Gefühl …«

»Ich höre …« Hanke senkte den Kopf. Bedächtig wählte er die Worte.

»… beschützt zu werden. Ich möchte beschützt werden.«

Jetzt Raik Deters war verdattert. *Beschützt zu werden.* Der Satz rollte in sein Denken und haftete dort an. *Ich möchte beschützt werden.* Raik hatte nicht erwartet, dass Hanke jemals etwas sagen würde, was über Allgemeines hinausging. Er hatte auch nicht mit einer ehrlichen Antwort gerechnet. Genaugenommen war er der Ansicht gewesen, Hanke würde sich wieder nur herauswinden. Ehrlichkeit machte zuweilen betroffen. Wo sonst Jux und Häme vorherrschten, nahmen Freundschaft und Verständnis Platz.

Ein gestandener Bauer sehnte sich nach Schutz. Eigentümlich. Gelegentlich lernte man Freunde erst richtig kennen, wenn die Welt unterging. Jedwedes Gute hatte auch eine schlechte Seite und Schlechtes oft auch eine gute. Gefühle teilen zu können, auch wenn der Himmel auf die Erde fiel, war eines davon.

»Ja«, sagte der Fischer leise und machte das Licht aus, »du hast recht. Das ist wirklich schön. Wer möchte nicht gerne beschützt werden.«

Die Dunkelheit umarmte beide mit wohliger Wärme.

»Schlaf gut, Raik.«

»Du auch, Hanke.«

***

KAPITEL 5

Jesus legte ein Gleichnis vor und sprach: »Im Himmelreich ist es wie mit einem Menschen, der guten Samen auf seinen Acker säen ließ. Während die Knechte schliefen, kam sein Feind, säte Unkraut unter den Weizen und ging wieder weg. Als die Saat aufging und sich die Ähren bildeten, kam auch das Unkraut zum Vorschein. Da gingen die Knechte zu dem Gutsherrn und sagten: Herr, hast du nicht guten Samen auf deinen Acker gesät? Woher kommt dann das Unkraut? Er antwortete: Das hat ein Feind von mir getan. Da sagten die Knechte zu ihm: Sollen wir gehen und es ausreißen? Er entgegnete: Nein, sonst reißt ihr zusammen mit dem Unkraut auch den Weizen aus. Lasst beides wachsen bis zur Ernte. Wenn dann die Zeit der Ernte da ist, werde ich den Arbeitern sagen: Sammelt zuerst das Unkraut und bindet es in Bündel, um es zu verbrennen; den Weizen aber bringt in meine Scheune.«

Matthäus 13.24 ff.

Morgenstimmung. Der Nebel hatte sich gelichtet. Eine einzige Sichteinschränkung hielt an – der Deich blieb unsichtbar. Die Nebelbank bedeckte in der Ferne alles mit einem grauen Tuch. Leichter Dunst lag über dem restlichen Land. Schwaden schlichen um Bäume und Hecken und ein feiner Nieselregen gesellte sich dazu. Arnsiel zeigte sein kühles Herbstgesicht und bald würde unter den Bewohnern der Wunsch nach einem heißen Kakao mit Dampf über der Tasse vorherrschen. Dicke Socken und ein wärmender Ofen wären ebenfalls gefragt. Mehrere Krähen schrien als Hintergrundmusik. Sie saßen in den Blutbuchen. Nebel war an Windstille geknüpft, doch in den letzten Tagen schienen die Naturgesetze ins Stolpern geraten zu sein. Zwischen dem Dunst krochen Sonnenstrahlen hervor. Regen, Sonne, Nebel – alles auf einmal. Nur noch Schnee fehlte. Wer genau hinsah, konnte sogar weitere Kuriositäten entdecken: Zum zweiten Mal erblühten Spalierrosen vor dem Eingang des Gasthauses, unter ihnen Maiglöckchen in voller Pracht. Kinder der Pflanzenwelt, die einander sonst niemals sahen. Die Maiglöckchen verkündeten in weißer Unschuld, wer da im Haus logierte, und die Spalierrosen baten vorsichtshalber um Gewährung von Vergebung. Der üppig verströmende Duft, das Bukett der Süße und ein Farbrausch kündeten von einem kraftvollen Einsatz der sensiblen Seele Floras.

Ebenso ergriffen: die Nordsee. Wenigstens vor der Haustür des »Lütt Hüs«. Das wässrige Element hatte sich abermals nicht zurückgezogen und glich einer beharrlichen Wächterin, die Kostbares zu bewahren versuchte. Das Gleichmaß von Welle auf Welle erschöpfte sich nicht. Tosend, schäumend und sich gegen das Schicksal aufbäumend, so verhielt sich das Meer des Nordens im Normalfall. Doch es blieb derzeit zahm, nahezu demütig. Ein leichtes Schwappen. Mehr eine Mahnung, dass es auch anders ging. Keine Drohung. Eine alte, weise Kämpferin zeigte sich still im Glück.

Gelber Schein. Ein Streifen Helle zog über die Wasseroberfläche als Bruch in der Morgendämmerung. In den Räumlichkeiten auf dem Hügel hatte das Licht bereits vor einer Stunde Einzug gehalten. Ab und an wurde der Lichtstrahl von der Geschäftigkeit einer Person unterbrochen – Antje Bruns, der Wirtin.

Alka-Seltzer. Zischen. Eine weiße Brausetablette löste sich langsam im Wasserglas auf. Das Glas stand direkt vor Tierarzt Doktor Broder Uhlig; dieser hielt sich den Kopf und stöhnte. Laute Nachwehen des Friesengeists.

»Ach, Antje …«

Die Wirtin lief hin und her. Sie deckte den Frühstückstisch ein und sah kurz zu dem Leidenden hinüber, der am Tisch neben der Tür saß. Heute hatte sie ein dunkelgraues Leinenträgerkleid mit rosafarbenem, langärmeligem Shirt gewählt. Dunkelgrau passte zur Stimmung und rosa symbolisierte Hoffnung auf bessere Zeiten – rosarote Zeiten. Auch der Reif, der ihre blonden Haare zurückhielt, strahlte in Rosa. Wo viel Wunsch war, war auch viel Leid.

»Stummel, guck mich nicht so an. Ich habe auch schon zwei von den Dingern hinter mir. In meinem Magen befindet sich nichts mehr. Ich habe alles feierlich der Kanalisation übergeben. Aber es geht voran. Mir ist nicht mehr speiübel und der Kopfschmerz hält sich im Hintergrund. Vielleicht hätten wir gestern Abend doch mitmenschlicher reagieren müssen und Raik eine Chance geben sollen. Möglicherweise ist er doch ein guter Mensch? Wer weiß das schon genau? Und Jesus, der Erlöser, erlöst uns durch ihn.«

»Antje! So viele Kopfschmerzen kann ich gar nicht haben, als dass ich nicht merke, was für einen Nonsens du redest. Niemand erlöst einen. Weder ein Fischer noch ein Nacktfrosch aus dem Schlick. Nur wir selbst können uns erlösen, von jedwedem Unsinn dieser Welt. Wir Menschen müssen einfach nur unsere Gehirne benutzen.« Stummel stöhnte. »Mein Schädelbrummen ist übrigens noch ein Grund mehr, keinem religiösen Wahn zu folgen – als Christ hätte ich nicht nur einen dicken Kopf, sondern auch noch zusätzlich Schuldgefühle. Alkohol und Tabak gelten schließlich als Satanswerk. Satanswerk?! Das ich nicht lache.« Stummel lachte. Sein Schädel quittierte es mit stechender Pein. War das ein Zeichen? Der Arzt rieb sich vehement die Schläfe.

»Es gibt keinen Satan und keine Hölle. Nur die Kopfschmerzen nach dem Suff sind höllisch. Aber das war es wert. Ein wenig Abwesenheit von dieser Welt hat eben ihren Preis.« Die Reste des Alka-Seltzer stiegen hoch, zerkrümelten, um sich dann gänzlich aufzulösen. Zahltag für Abwesenheitsgelüste. Der Schmerzstiller stand bereit, um hinabgestürzt zu werden. Stummel nahm heldenmütig das Glas in die Hand und leerte es in einem Zug. Er verzog das Gesicht. »Wenn Tabak und Schnaps Satanswerk sein sollen, so frage ich mich, sofern man überhaupt diesem Götterquatsch folgen will, warum kommt vom Himmel kein brauchbarer kulinarischer Gegenschlag? Alka-Seltzer ist es jedenfalls nicht.« Stummels Gedanken torkelten vor sich hin. »Christstollen vielleicht?!« Er lachte. Aufflammende Häme. »Der ist ganz bestimmt das Gegenteil von Tabak und Schnaps. Er kommt vermutlich sogar von ganz oben und weil der Weg so lang ist, sind die Stückchen darin so hart.« Doktor Broder Uhlig zerfaserte den eigenen Unsinn und zog alles in Betracht, was das schmerzende Hirn hergab. »Ach, was rede ich denn? Nichts kommt von oben«, er ließ nicht locker, »und so, wie das Zeug schmeckt, stammt der Christstollen sowieso eher aus dem finsteren Schlund der Verdammnis.« Er nickte. »Genau!« Das Feuer der kulinarischen Emotion loderte noch.

»C-h-r-i-s-t-s-t-o-l-l-e-n.« Broder Uhlig ließ das Wort mit Abscheu über seine Zunge gleiten. »Antje, wusstest du eigentlich, dass er ein Sinnbild für das Christuskind in der Wiege sein soll? Puderzucker als Symbol für die Windeln des Scheißerchens? Dabei ist der dröge Kuchen ein Massenvernichtungsmittel.«

»Ein was?«, tönte es geschäftig vom Frühstückstisch.

»Ein Massenvernichtungsmittel. Antje, du hast ganz richtig gehört. Iss niemals Christstollen vor dem Heiligen Abend. Der Sage nach stirbt dann ein Familienmitglied. Willst du Oma und Opa sargen, schneid früh ab vom Kargen. Ganz schön christlich, nicht wahr? Dann lieber ein Schnäpschen, eine dralle Gedrehte und die liebe Verwandtschaft darf weiter vor sich hin nerven.«

»Christstollen nach Weihnachten ist aber gefahrlos?«

»Ja.«

»Immerhin macht er keine Kopfschmerzen.«

»Nein. Nur klötriges Erbrechen.«

»Stummel!«

»Ja.«

»Sei entspannter.«

***

Das Schlafgemach der Herren Raik Deters und Hanke Harms friedete vor sich hin, genau bis zu der Sekunde, als der auserwählte Bauer seine Augen aufschlug. Durch die zugezogenen Gardinen drang ein grauer Schein. Das verschlummerte Bäuerchen schien noch ohne Orientierung zu sein. Nur langsam entließ ihn die Traumwelt. Wo war er? Was hörte er für ein Geräusch? Nicht im heimischen Bett? Wer röchelte? Die Fragen erhielten sogleich eine Antwort. Sein Bettkumpan Raik Deters pustete aus und eine Dunstwolke von Antjes verdauten Frikadellen müffelte durch die Luft. Hanke verzog das Gesicht. Auf der anderen Seite stellte sich der Geruch als praktisch heraus, er fand sich sofort wieder in der Realität. Nicht mehr im Traum namens Insa und Hanke. In der Illusion hatte es nach frischem Wind, Salzwasser und grünem Gras geduftet – Insa saß auf dem Trecker. Andere Aromen waren hinzugekommen. Insa am Herd mit Grünkohlduft. Insa nackt unter der Dusche in einer Vanillewolke. Letzteres ließ ihn verstört aufwachen. Insa nackt. Vanille war egal. Sein Herz wummerte. Die Luft wurde knapp. Und dann DAS – Zwiebelraik im Auspustemodus. Sämtliche Fantasien fielen zusammen. Hanke jaulte. Er versuchte, sich abzulenken, und streckte die Glieder. Für immer und ewig im Paradies mit Insa auf dem Trecker. Das wäre ein wirkliches Paradies. Der Bettnachbar pustete immer noch. Hanke schnupperte. Paradiese rochen mit Sicherheit anders. Fazit: Raik müsste somit vor der Himmelstür bleiben. Nach dem Recken starrte Hanke den Zwiebeldünstler an. Minutenlang. Als könne er damit etwas bewirken. Starren half nicht. Immer noch Zwiebeldampf. Was tat ein Bauer, wenn die Kartoffeln nicht zu ihm kommen wollten? Dann ging er zu den Kartoffeln und machte ihnen klar, dass das eine ziemliche Unverschämtheit war. Hanke hielt die Nase des Stinkenden zu. Raik japste. Verzweifelt versuchte er, einen Lufthappen zu erschnappen, erwischte ihn nicht und wachte auf. Im Gegensatz zum Bäuerchen raste er sofort in die Gegenwart.

»Ey, was soll das? Geht's noch?« Hanke griente und ließ nicht von der Nase ab.

»Es geht.«

»Mann, ich schlafe noch. Warum hältst du mir die Nase zu?«, näselte der Fischer.

»Lass mich los!« Der Fischer fuchtelte mit den Armen.

»Du schläfst ja gar nicht mehr.« Hanke hielt immer noch fest, was nicht festgehalten werden wollte.

»Kannst du endlich meine Nase loslassen!« Von null auf hundert – der Fischer robbte sich hoch. Luft war ein wundersames Ding; eines, das jeder brauchte und niemand rühmte, es sei denn, es wurde abgeklemmt. Hanke ließ los. Raik zog Schlafzimmerluft ein.

»Was ist mit dir los? Willst du mich umbringen?«

»Du hast mich angepustet.«

»Was?«

»Mit Zwiebeldunst.«

»Hä?«

»Antjes Furztrockene hast du mir ins Gesicht gepustet.«

»Und deswegen willst du mich umbringen?«

»Nein.«

»Was dann?«

»Wecken. Damit es aufhört.«

»Bist du mall?«

»Nein. Klug.«

»Mann, Mann, Mann. Solche Freunde wünscht man sich.« Der Stinkende versuchte, sich dem frühen Morgen zu überlassen. Er rieb den

Schlaf aus den Augen. Der graue Schein durch die Gardine spielte Erweckungshilfe im Gesicht des Fischers. Ihm blieb nichts anderes übrig, als endgültig den Tag anzunehmen. Er atmete ein, um zu gähnen.

»Nicht auspusten!« Er pustete nicht aus. »Du stinkst!« Raik wandte sich ab und gähnte in die andere Richtung. Dann drehte er sich seinem persönlichen Quälgeist zu.

»Das sage ich Antje. Alles.«

»Mir doch egal.«

»Dann nicht mehr.« Pause. Stille im Schlafgemach. Null pusten. Zartes beatmen der Atmosphäre.

»Raik!?«

»Jaaa.«

»Ist ein Paradies auf Erden besser oder das im Himmel?«

»Das fragst du mich?«

»Wenn es hier schon schön ist, dann brauche ich den Himmel doch nicht?«

»Hier ist es aber nicht schön.«

»Doch. Man kann es sich schön machen.«

»Kein Mensch auf Erden lebt im Paradies.«

»Mit Insa könnte man das.«

»Mit einer Frau? Hast du Morgendruck oder warum redest du blöd?« Hanke stoßseufzte. »Insaaa.«

»Alles klar, Morgendruck.«

Hanke ließ den Namen noch über sein Herz laufen. Doch Raiks Genatter holte ihn ein.

»Was? Wie? Morgendruck? So was habe ich nicht. Was willst du damit sagen? Morgendruck? So, wie du das sagst … ist es schmutzig. Nee, aber auch …«

»Geh duschen. Ist gut gegen Morgendruck.«

»Kannst du nicht einmal, wirklich nur einmal, vernünftig mit mir reden?«

»Geh KALT duschen.«

»Ich will das Paradies!«, rief Hanke aus.

»Da bist du auch gleich, wenn du weiter so brüllst!«, brüllte der Fischer.

Frühmorgens in Dithmarschen. Menschen wie du und ich. Zwischen dem Du dem Ich entwickelte sich etwas Ungewöhnliches: Flaute im Männerschlafzimmer. Lastendes Schweigen. Für einen kurzen Moment.

»Raik!?«

»Jaaa.«

»Glaubst du, dass …?« Der Fischer unterbrach seinen Freund mit einer Extraportion Angriffslust.

»Es ist ganz einfach, Dösbaddel: Du musst zuerst sterben, um in das Paradies zu kommen. Jeder will dorthin, aber keiner den Preis dafür zahlen. So sieht es aus. Anders geht das nicht. Im Himmel ist jede Frau ein Paradies. Auf Erden hält es sich in Grenzen. Also stirb oder sei still und leide.«

»Raik, das stimmt doch gar nicht. So ist es bestimmt nicht. Aber, das wollte ich auch nicht wissen. Es ist was anderes. Du musst mich nur mal ausreden lassen. Nie lässt du mich ausreden!«

»Komm auf den Punkt. Was willst du?«

»Kann ich im Himmel wieder Bauer sein? Wenn das Paradies mit Insa auf der Erde zu Ende ist und oben wieder neu mit ihr anfängt?«

»Du willst noch mal Bauer sein? Echt jetzt? Oh Mann, ist das kraus. Ich will auf gar keinen Fall wieder Fischer werden. Nicht schon wieder. Das ist langweilig.« Raik Deters dachte tatsächlich über eine künftige Berufswahl nach. »Was völlig anderes muss es sein. Ich könnte im Himmel zum Beispiel Jungfrauen beglücken. Das wäre doch mal was. Berufszweig: Jungfrauenbeglücker.«

»Raik – das ist unglaublich …«

»Schmutzig. Hä?« Raik kratzte sich hinter dem Ohr. Er griente. »Jau, das ist voll schmutzig.«

»Davon will ich nichts hören. So was ist nicht gut. Ich will wieder Bauer werden, weil es einfach schön ist. Gretel und ihre Schwestern melken, mit dem Trecker in die aufgehende Sonne hineintuckern, frischgemähtes Gras und vollfette Milch. Kälbchen sind niedlich. Sie glucksen, wenn sie am Euter hängen und meine Hennen sind fleißige Eierbienchen.«

»Samenstau. Du hast eindeutig einen Samenstau.«

»Raik! Ich–habe–gar–nie–nicht–so–was. Gar–nie–nicht, hörst du? Ich bin einfach nur gerne Bauer. Das gibt's.«

»Geh duschen.«

»Warum redest du nicht anständig mit mir?«

»Geh KALT duschen.«

Hanke Harms riss die Bettdecke zur Seite und schwang sich hoch. Er stampfte mit dem Fuß auf.

»Du verstehst mich nicht. Bauer sein und Insaglück – das will ich. Im Himmel wie auf Erden. Und nun gehe ich duschen! Und dann kümmere ich mich um Gretel«, brüllte er und zeigte auf den Kontrahenten. »Das hast du jetzt davon!«

***

Jesus stieg die Treppe hinunter. Der Frühaufsteher schien erfrischten Mutes. Unten angekommen, legte er eine Hand auf die Brust und verneigte sich leicht.

»Guten Morgen«, erwiderte Antje und stellte eine Flasche Selter vor Stummel ab.

»Ich bringe dir auch ein Glas«, sagte die Wirtin zu Jesus und wies ihn an, sich zum Tierarzt zu setzen. Folgsam nahm er Platz und betrachtete Doktor Uhlig. Verkatert – seit Jahrtausenden ein sichtbarer Zustand alkoholischen Elends und in allen Ländern der Erde ein bekanntes Übel. Jesus verstand auch ohne Worte. Stummel schüttete Selter in sein Glas, setzte es an den Mund und sog das Nass förmlich ein. Wein machte Spötter und starkes Getränk machte wild: Wer davon taumelte, würde niemals weise.

»Wäre ich ein überirdisches Wesen, gleich welchen Ursprungs – es könnte auch das fliegende Spaghettimonster sein«, sagte Stummel zum Ankömmling als Essenz der letzten Gedanken, »dann würde ich Orangeat und Zitronat verbieten. Ganz einfach.«

Jesus schaute über den Tisch. Frau Müller-Brase noch nicht im Einsatz. Ohne Übersetzerin blieb nur übrig, sich den kommenden Dingen freundlich zu nähern und zu empathisieren. Stummel füllte erneut das Glas.

»Es gibt so viele Dinge, die auf Erden besser gemacht werden können, und das steht ganz oben, auf einer langen Liste.« Doktor Broder Uhligs Hirn schuf gerade Basiselemente des menschlichen Zusammenlebens nach einem paranormalen Eingriff. »Spinat zum Beispiel«, fing er an. »Es ist Kinderquäleressen und ein Schandmal für die Erziehungsfantasien von Erwachsenen. Spinat würde ich dem Verderben aussetzen und die Reste im Weltall verklappen. Was würde passieren?«, fragte er sich selbst und die Antwort stand für ihn auch schon fest: »Woher soll ich das wissen? Ich bin ein Mann im Alkoholentzug und mit Kopfschmerzen. Nur eines ist sicher: Spinat muss weg. Weit weg.« Antje stellte wortlos das Glas für Jesus auf den Tisch. Nahm die Selterflasche, goss ein und warf eine weitere Alka-Seltzer in Stummels Trinkgefäß. Jesus schaute die zischende Brausetablette an. Sein Antlitz sprach Bände. *Lautes Wasser*, stellte der Ausdruck verwundert fest. *Zischen*. Das war spannender als Wasser teilen oder drüberlaufen. Gleichfalls schaute Stummel das Glas an, dann Antje.

»Noch eine Alka-Seltzer?« Die besten Ärzte waren die schlechtesten Patienten. Antje nickte. »Meinst du, dass wir grüne Sonnenuntergänge hätten, wenn wir Spinat im All verklappen?«

»Nicht ablenken. Nimm die Schmerztablette. Trink!« Antje Bruns befand sich genau an der Stelle, an der sie eigentlich nicht sein wollte – Krankenschwester, Psychologin, Seelsorgerin, Pflegerin und Kinderbetreuerin.

»Vielleicht nachher.«

»Jetzt!«

»Ich bin der Arzt.«

»Für Viecher, wie du immer gern betonst.«

»Analoges anwenden.«

»Analog zieht nicht. Trink!«

»Bist du immer so hart?«

»Beinhart.«

»Was hältst du vom Verbot von Orangeat und Zitronat?«

»Stummel!«

»Was würdest du denn verbieten?«

»Nervige Männer. Runter damit!«

Der Viechdoktor maulte, aber er schluckte brav die bittere Medizin. Jesus schaute lächelnd zu. Trotz Kopfschmerz und Bitterkeit sprang Broder Uhlig sofort wieder in das Umerziehungslager der Menschheit. Wo war er stehen geblieben? Richtig, Spinat. Grün. Grün war ohnehin eine abscheuliche Farbe. Alles an Grünzeug. Sogar Sanktionen hatte er schon in petto.

»Menschen, die Salat essen, müssten den Spaß am Sex verlieren. Sofort. Es müsste sie kalt erwischen. Eiskalt. Genial, nicht wahr? Eindeutig ein klassisches Bestrafungsmodell. Pflanzennager würden sich nicht mehr fortpflanzen und es gäbe bald keine Sybillen mehr. Es sei denn, sie würden im doppelten Sinne die Fleischeslust wiederentdecken. Sex und

Koteletts. Oder ein strammes Rib-Eye.« Der Arzt belächelte die geniale Taktik. »Ach, Antje«, sagte er zufrieden mit sich, »ich bin so gut. Meine Welt wäre lecker und sinnlich.«

Die Revolutionierung der Menschheit stockte plötzlich. Das Wort *sinnlich* schien irgendetwas anderes auszulösen. Wirkte die zweite Brausetablette, gab es Nebenwirkungen oder begann ganz einfach männliches Spontankino? Stummel leckte sich die Lippen. Ein sinnliches Steakessen mit Sybille. In Strapsen. Mit einem saftigen Rib-Eye nicht unter vierhundert Gramm. Die Gedanken schweiften weiter ab, schlugen einen Purzelbaum und knallten an die Hardcoremauer. Was waren Orangeat, Zitronat oder Spinat? »Strapse«, sagte Tierarzt plötzlich. Weiter kam er nicht. Er schluckte. Für den Augenblick schien es nur noch ein Wort auf der Welt zu geben: »Strapse.« Ihm lief das Wasser im Mund zusammen. Störte irgend jemanden die Anwesenheit des Heilands? Des Sohnes vom Vater? Dem König aller Könige? Stummel jedenfalls nicht. »Schwarz müssten sie sein und der Schlüpper dazu knapp. So ein Spitzenzeugs. Das Steak englisch. Winzige englische Schwärze. Klitzekleine Dunkelheit und ein sündiges Kichern.« Stummels Kehlkopf zitterte. Er suhlte und aalte sich in wohligen Gelüsten. Das Paradies konnte sehr wohl auf Erden sein, als Blubberblase des kurzen Glücks. Schließlich war alles möglich, wenn rege Fantasie im Kopf waberte, Alka-Seltzer im ganzen Körper wirkte, Jesus mit am Tisch saß und ein spezielles Glück bewirkte, dass der Heiland nur Hebräisch verstand.

***

Antje Bruns stapfte zur Küche und drückte die Schwingtür auf. Ihr Mann werkelte konzentriert am Herd. Ein Drehknopf hatte sich gelockert. Der Wirt schraubte. Sie blieb stehen und beobachtete ihn. Aus der Tasche des grauen Leinenträgerkleides zog sie ein Taschentuch. Leise liefen Tränen. Einem unbestimmten Gefühl folgend, drehte sich der Wirt zu seiner Gattin und sah das laufende Nass.

»Ach, mein Zuckerblümchen …« Er legte den Schraubendreher zur Seite. »Was ist denn los?« Er nahm sie in den Arm.

»Ich will, dass alles wieder normal wird. Das Wasser muss endlich weg, unsere Insa soll wieder hier sein, Jesus kann seinen Gutmenschen bekommen und meinetwegen soll er uns alle erlösen«, schluchzte die Wirtin.

»Erlösen? Muckelchen, nun mal ganz sachte. Nicht so schnell mit den jungen Pferden.« Peter Bruns wischte ein Tränchen von der Wange der Gattin. »Schätzelchen, weißt du, was das bedeutet? Erlöst zu sein? Wir kommen dann in den Himmel. Willst du das?«

»Na und? Meinetwegen kann er Himmel machen, wenn dann alles wieder normal ist.«

»Du verstehst mich nicht. Dafür müssen wir tot sein.«

»Tot?!« Antje blickte ihren Mann an.

»Stimmt. Tot.« Die Tränen versiegten schlagartig. Dunkle christliche Glaubensgrundsätze sickerten durch. Nicht nur Raik und Hanke im Männerschlafzimmer hatten mit dem Stirb- und Werdegesetz ein Problem. Nun gesellte sich auch das Refugium der Brunsschen Küche hinzu. *Tot* – das Wort krallte sich in der Wirtin Hirn fest.

»Auf keinen Fall. Das will ich nicht. Jetzt noch nicht, später auch nicht, aber das lässt sich irgendwann wohl nicht vermeiden.«

»Mein Schnuppelpuppel, ohne Tod keine Auferstehung und Erlösung.«

»Können wir das mit dem Tod nicht gleich sein lassen, wenn wir sowieso wieder auferstehen? Tot–Auferstehen–Himmel. Das ist doch vergeudete Energie. Wenn wir schon mal hier sind, können wir doch auf Erden einen Himmel haben. Das ist doch ansonsten ein unnötiges Hin und Her. Wozu braucht man den Himmel oben eigentlich? Ich muss sagen: Als Wirtin finde ich das unwirtschaftlich.«

»So läuft das aber nicht. Es gibt ein kompliziertes Regelwerk, da kannst du nicht dran rütteln. Am Ende werden wir alle nackig rumlaufen.«

»Nackig? Wie kommst du denn da drauf? Ich will nicht nackig rumlaufen!«

»Engel sind nackt oder hast du schon einmal einen Engel in Blümchenschürze gesehen?«

»Nein, das habe ich nicht. Aber der Vorengel ist sicherlich auch nicht nackig, sonst hätte Hanke uns bestimmt was erzählt. Nackt. Das wäre ihm aufgefallen.«

»Weil sie nur ein Vorengel ist, mein Hase, und damit haben wir unendliches Glück.«

»Peter!«

»Ist doch wahr. Bestimmt ist sie genau so ein Hungerlappen wie meine Lehrerin damals. So sind alle Lehrerinnen. Zuviel Bildung bei Frauen macht dröge. Die will niemand tuchlos sehen, weder im Himmel noch auf Erden. Ich habe mir sagen lassen, dass ein anständiger Mann vom Anblick eines Gerippes sogar blind werden kann. Wir Kerle sind da äußerst sensitiv.« Peter Bruns nahm die Holde in den Arm und drückte ihr ein Küsschen auf die Stirn. »Gegen etwas Saftiges ohne Hüllen hätte ich dagegen nichts einzuwenden.« Der Wirt fuhr an der appetitlichen Form der Gattin entlang.

»Ach, Peterle«, seufzte Antje, »das macht mich ganz wild.«

»Mein Antjelein, wirst du für mich auf der Flöte spielen?«

»Flöte?« Antje Bruns dachte an alle dreihundertfünfundsechzig ehelichen Stellungen und bekam eine Schnitte Stress ab. Glückes Geschick stellte sich ein. Die Erklärung folgte auf dem Fuß.

»Engelinnen sind zwar in natura, aber sie haben immer eine Flöte zur Hand und musizieren darauf. Wenigstens auf den Bildern im Museum. Zur Freudenspende.«

»Ach so, ich verstehe.« Das klang auf eine besondere Art und Weise erleichtert. »Wenn das so ist, dann spende ich dir gerne Freude auf einer Flöte.«

»Mein süßes Flötenschnütchen, ich kann es kaum erwarten.« Er zog seine Gattin dichter zu sich heran. Antje nickte und wurde großherzig.

»Fein. Dann soll Jesus seinen Gutmenschen bekommen. Ein einziger wird uns ja wohl einfallen. Gegen das sofortige Sterben musst du aber was unternehmen, Peter. Das gefällt mir noch nicht.«

»Zu Befehl, Frau Bruns. So soll es sein«, meinte der Wirt gestärkt. »Wir werden feilschen müssen. Zuerst der Gutmensch, anschließend die Jesus-Erkenntnis, dass wir Menschen gelernt haben und sensationell sind. Dann müssen wir alles ein wenig herunterrechnen, schließlich hat nicht jeder in gleichem Maße gelernt. Folglich bedingen wir uns eine Probezeit für die Nachzügler aus. So fünfzig Jährchen, dann kann es losgehen mit dem obigen Himmel.«

»Das ist eine gute Idee.«

»Aber natürlich ist das eine gute Idee. Wir Bruns sind schließlich kluge Geschäftsleute, mein seutes Engelchen. Erst machen wir es uns hier gemütlich und dann eine Etage höher. Ich glaube, wir sollten noch einen Bonus sichern. Jesus bekommt schließlich bei uns kostenlos Kost und

Logis. Dafür bedingen wir uns aus, dass es auf Erden für die fünfzig Jährchen ein wenig schöner werden soll. Das formulieren wir noch genauer aus. Kein Krieg, kein Hunger, keine Krankheiten fürs Erste. Mehr folgt. Vielleicht noch einen Lamborghini. Wir nennen es den Brunsschen Plan. Mein kleines Paradiesschnuffelchen, alles wird gut. Für uns und die gesamte Menschheit. Eigentlich müssten wir ein Denkmal bekommen.« Peter Bruns sah im Geiste schon das Monument und hatte indes die Pobacken der Gattin erreicht. Er schob das knackige Paket näher an sich heran. Antje machte einen Hüpfer und kiekste.

»Du Rabauke! Aber was wollen wir mit einem Lamborghini?«

»Fahren, mein Lotterlieschen. Mit dreihundert Sachen auf dem Deich, das macht Spaß und er muss gelb sein.«

»Wieso gelb?«

»Rot ist prollig.«

»Ach herrje, prollig wollen wir nicht.«

»So ist es, Pussykätzchen.«

Szenen einer Ehe. Raik Deters hätte sich, sofern er anwesend gewesen wäre, spätestens in diesem Augenblick den Finger in den Hals gesteckt und die Augen nach oben verdreht.

∗∗∗

Nur ein halbes Stündchen später: karierte Tischdecke, frisch aufgebackene Brötchen, Vollkornbrot, Aufschnitt, Marmeladiges, Milch und Frikadellen. Die Wirtsleute hatten dem Frühstück den letzten Schliff verpasst. Jeder bekam ein Frühstücksei. Gekocht fünf Minuten, Bioanbau. Hermann und Molly, die Spätaufsteher, saßen auch schon auf ihren Plätzen. Nach der Runde um das Haus, mit Gretelbegrüßung, freuten sie sich auf das erste Mahl des Tages. Molly erschnupperte bereits das Hühnchenfleisch, das noch in der Küche stand. Sie begnügte sich vorerst mit dem Wasser. Unter dem Tisch gab es schlabbernde Geräusche.

»Das Frühstück ist eröffnet«, teilte der Wirt kurzerhand mit und ergriff eine Schrippe. Sogleich nahm sich der Fischer auch ein Brötchen und zerteilte es. Selbst Jesus am Ende des Tisches wusste mittlerweile, was zu tun war. Ganz ohne Vorengel.

Brötchenbelegend begann der Fischer, über das Wetter zu reden. Peter Bruns hörte zu. Raik Deters befand, dass der Nebel sich fast ganz verzogen hatte, und stellte in den Raum, dass man versuchen könnte, einen erneuten Rettungsversuch zu starten. Antje trug ihren Teil zum Vorschlag bei und äußerte sich dahingehend, dass das Telefon immer noch nicht funktionieren würde und gar niemand es wagen solle, noch mal einen Rettungsversuch über das Wasser zu machen, da sie nicht fortwährend Krankenschwester sein wolle. Sie erläuterte genau, was sie am Dasein einer Krankenschwester im Hause der Bruns nicht mochte. Die Tätigkeit war zutiefst frauendiskriminierend, da es auch Krankenpfleger gab und sie trotzdem immer als Einzige herhalten musste, weil es von ihr als Frau erwartet wurde. Vertieft in die Unterhaltung, nahm niemand die leise Kommunikation zwischen dem Tierarzt und Hanke wahr.

»Stummel, du bist doch ein Studierter: Ich habe da mal eine Frage«, läutete Hanke das Thema ein. Stummel brummte. Schweinebraten mit Kruste pur. In der allergrößten Not schmeckte Wurst auch ohne Brot.

»Kann ich im Himmel wieder Bauer sein?«

»Hanke, ich habe studiert und somit gebe ich zu bedenken, dass ich nicht verblödet genug bin für solche Fragen.«

»Raik beantwortet mir das auch nicht. Er meint, ich habe einen Samenstau. Dabei habe ich den gar nicht. Du bist ein Doktor, da weiß man doch so viel. Kannst du mir das nicht sagen?« Der Tierarzt hatte noch Gegenwehr in den Adern.

»Mein Guter, ich habe nicht Theologie studiert, sondern Tiermedizin. Theologiestudium – auf so etwas würde ich im Albtraum nicht kommen, deswegen bin ich auch kein Theologiefachmann. Es ist ohnehin fragwürdig, dass Aberglaube ein Studienfach sein kann. Richtig kluge Menschen werden richtig böse hinter die Fichte geführt. Warum nicht gleich ein Hochschulfach für Horoskope? Oder Hellsehen? Aber das sei mal dahingestellt.« Doktor Uhlig rollte noch eine Scheibe Schweinebraten auf und biss herzhaft zu.

»Stummel, bitte. Denk doch mal darüber nach und rede mit mir. Raik findet zum Beispiel, das Tierärzte unnütz sind. Tiere kommen meistens allein zurecht und wenn sie krank werden, reicht ein kundiger, liebevoller Mensch. Tierärzte stellen nur horrende Rechnungen aus. Trotzdem redet er mit dir und hilft dir, im Alltag zurechtzukommen.« Doktor Broder Uhligs Brille rutschte tiefer. Nur eine Nuance. Immerhin blieb der Bissen nicht stecken.

»Ach, findet er das. Unnütz – so, so. Und in welchem Alltag hilft er mir denn?«

»Na, wenn es um Fische geht.«

Der Tag schien schon am frühen Morgen für den Hochschulabsolventen in Veterinärmedizin eine komplexe Herausforderung darzustellen.

»Da bin ich aber froh, an einen Fischexperten geraten zu sein, der meinen Alltag bereichert und mir behilflich ist. Ohne ihn würde ich ja überhaupt nicht zurechtkommen.«

»Ja, das denkt Raik auch. Außerdem ist er der Ansicht, dass du nicht viel klüger bist als ein Fischer. Er meint damit sich. Ja, das meint er. Du bist nur besser bezahlt, sagt er. Ich finde dagegen, du bist schon ziemlich sehr klug. Mehr als Raik.«

»Danke.«

»Hilfst du mir jetzt?«

»Hanke!«

»Vielleicht hat Raik doch recht. Er sagt ja immer, dass er recht hat.«

»Womit?«

»Damit, dass du auch nicht klüger bist.«

Die Gegenwehr schmolz mit dem Gefühl, irgendjemanden gleich umbringen zu müssen und dafür lieber fünfzehn Jahre herzugeben, als sich den Quatsch weiter anzuhören.

»Mein lieber Hanke«, holte der Mann aus, dessen Alltag der Hilfe eines klugen und umsichtigen Fischers bedurfte und dem fünfzehn Jahre derzeit als kurze Zeitspanne vorkamen, »vom medizinischen Grundsatz her, unter der dusseligen Annahme, es gäbe einen Garten Eden, bedeutet die Auferstehung des Leibes, dass dieser anschließend auch ernährt werden muss. Körperlichkeit gleich Energiezufuhr. Unter Ausschluss der Theorie, dass es Lichtnahrung geben wird, einen göttlichen Zauberantrieb oder nahrhaftes Manna mit Spinatfüllung zur Verfügung steht, ist die wahrscheinlichste Annahme, sofern man Bullshittheorien folgen möchte, dass es im Paradies durchaus Ernten geben wird, allerdings ohne vorheriges Säen. Sonst wäre es kein Paradies. Dies lässt den Schluss zu, dass Bauern nicht mehr benötigt werden. Die Trauben rutschen einfach in den Mund und die Bananen fallen so mir nichts, dir nichts von der Staude in den Rachen. Du kannst dich also entspannen und freudig auf den Ruhestand warten.«

»Aber ich will wieder Bauer sein!«

»Dann hast du schlechte Karten.«

»ICH–WILL–BAUER–SEIN!«, rief Hanke.

Peter Bruns ließ das Käsebrötchen sacken. Bei Antje war es das Marmeladenbrot.

»Herrgottnochmal! Hanke, hör auf zu schreien. Du bist kein Neugeborenes mehr. Meine Güte, mit dir am Tisch bekommt man Verdauungsschwierigkeiten und Windbildung.«

Doktor Uhlig schob die Goldrandbrille hoch. *Wieso wollte eigentlich jeder den Rat eines Studierten, um anschließend damit nicht zurechtzukommen?* Der Tierarzt wählte einen niedrigschwelligen Einstieg zur Glückseligkeit des Bauern.

»Hanke, wenn du weiterhin als Bauer arbeiten willst, empfehle ich dir, die Religion zu wechseln. Wie wäre es mit Buddhismus? Da wirst du wiedergeboren. Unter der Voraussetzung, dass du in diesem Leben artig gewesen bist und reiche Ernte eingefahren hast, kannst du im nächsten Dasein wieder das Gleiche oder etwas Höheres sein. Religionswechsel ist leicht. Leichter, als ein Hemd zu wechseln – das nennt man konvertierten. Du konvertierst und bekommst dann das, was du möchtest. Es ist im Grunde genommen alles ganz einfach, man muss nur ein wenig anpassungsfreundlich sein.«

Raik Deters nahm sich eine Frikadelle und biss zu.

»Bei der Ernte, die Hanke einfährt, wird er im nächsten Leben ein Wattwurm.« Der Fischer kaute am Fleischklops.

»Ich–will–Bauer–sein. Ich–will–Bauer–sein. Ich–will–Bauer–sein …«, jaulte das Bäuerchen.

Peter Bruns schob den Kaffeebecher beiseite. Sodbrennen und Mantrapest.

»Raik, verdammichnochmal. Kannst du Hanke nicht einmal in Ruhe lassen? Sitze ich hier denn mit Kleinkindern zusammen? Mit euch ist es schlimmer als einen Sack Flöhe zu hüten.« Stummel hatte ihn fast. Das Ding mit dem Hemdwechseln war gut. »Du bist schuld, dass er wieder Mantrasse macht.«

Im Hintergrund murmelte es: Ich–will–wieder–Bauer–sein. Ich–will–wieder–Bauer–sein …

Schuld von sich zu weisen war eine Kunst. Schuld besser zu verteilen – Virtuosität. Der Fischer regte sich.

»Von wegen, ich soll ihn in Ruhe lassen. Wenn du das Versprechen mit dem Ballern gehalten hättest, würde er jetzt nicht jaulen. Deswegen macht er auf Bandwurmjammern. Hätte Hanke alle fünfzig Schuss gehabt, würde er niemals wieder jaulen dürfen. Versprechen ist Versprechen und du hast es nicht gehalten.«

Peter Bruns holte angesäuert Luft.

»Wenn Hanke alle Schüsse verballert hätte, dann wären wir schon da, wo er anschließend wieder Bauer sein will. Er hätte uns nach und nach alle erledigt. Willst du das? Wenn ja, sag das ruhig, dann erledige ich es selbst. Völlig kostenfrei. Und damit endlich Ruhe ist, es gibt einen Brunsschen Plan, wie wir alle gerettet werden und wie es uns anschließend sogar noch besser geht. Genau den Plan werden wir befolgen. Weil ich, Peter Bruns, hier Wirt bin! Und nix anderes.«

Mitten im Wortschwall ertönte ein Schrei. Wessen Stimmbänder wohl hierfür verantwortlich waren? Alle blickten Hanke an, nur Hanke starrte auf die Butterdose.

»SIE ist wieder da!«, kreischte er.

»Na und, du Nase«, rief Raik Deters, der sich gerade vom Angebot einer kostenfreien Erschießung erholt hatte. »Dann ist sie eben wieder da! Warum bölkst du immer so. Das kriegt man nicht aus dir raus. Hast du das Brüllen auf dem Acker gelernt? Im Morast? Regenwürmer und Käfer lassen wohl alles mit sich machen. Bei den Fischen würde das nicht funktionieren, die würden abtauchen und du müsstest verhungern.«

Hanke ließ den Blick nicht von der Butterdose. Immerhin verbreitete er keine Mantrapest mehr. Frau Müller-Brase gähnte ausgiebig. Erziehung in der Frühstunde hatte ihr noch nie gelegen. Hanke griff nach dem letzten Strohhalm, ehe der Vorengel endgültig erwachte.

»Wie geht denn der Brunsche Plan? Können wir den JETZT machen?«

Peter Bruns strich sich über den Bart. Die Situation war jetzt knifflig. Feind Vorengel hörte mit.

»Später«, brummte der Wirt.

»Ist später jetzt?«

»Nein. Später ist später.«

Hanke Harms beobachtete, wie Frau Müller-Brase sich die Haare ordnete, Dutt und Mittelscheitel glättete. Die dünne Gestalt zog am Rock und richtete die Manschetten der Bluse. Eine Befürchtung stand im Raum: Gleich würde er wieder gemaßregelt und mit dem Rohrstock verprügelt werden.

»Später ist zu spät.«

»Später ist aber keinesfalls jetzt.«

»Können wir dann nicht aus dem Später ein Gleich machen?«

»Dann wäre es kein Später mehr.«

»Warum erschießt du ihn nicht kostenlos?«, nörgelte es aus dem Hintergrund.

Molly machte sich am Bein des Wirts bemerkbar. Manchmal waren Störungen herzlich willkommen. Der Fokus richtete sich auf die Havaneserin. Zwei hungrige Augen starrten ihn an.

»Ach, Molly. Richtig. Dich haben wir ganz vergessen.« Der Wirt stand auf. »Ich hole dir gleich mal das Schüsselchen mit dem Hühnchenfleisch. Was Feines für dich.« Der Wirt strich beschwichtigend über das Hundeköpfchen. Weiches Fell, sanfte Natur – Molly blieb trotz Hunger eine freundliche Seele. Indes ratterte Hankes Verarbeitungszentrum:

»Warum geht bei Molly ein Gleich und bei mir nicht?« Der Wirt wandte sich zu ihm.

»Hanke, du bekommst auch gleich ein Gleich. Der Fairness halber.« Der Wirt machte sich gerade. »Bis gleich, Hanke.« Gemächlich wanderte der Wirt zur Küche. Hanke schaute dem Wirt hinterher, dann in Richtung Butterdose. Am Tisch wurde ungerührt weiter gegessen. Eine dominante Stimme ertönte.

»*Was sagt man zur Begrüßung, Bursche?*« Hanke bekam große Augen.

»Guten Morgen?«, flüsterte er.

»*Was noch?*« Der Rohrstock wurde eingespielt. Er zischte durch die Luft.

»Frau Müller-Brase?«, fragte er vorsichtig.

»*Richtig und nun in einem vollständigen Satz.*«

»Guten Morgen, Frau Müller-Brase.« Keine Maßregelung. Enorme Erleichterung. Die Gewissheit schloss sich an, dass die Sache nicht lange gut gehen würde. »Antje. Wie ist der Brunssche Plan?«

Die Wirtin hatte das Marmeladenbrot mittlerweile verspeist und widmete sich hingebungsvoll einem leicht gesalzenen, biologisch-dynamischen Ei.

»Einen kleinen Teil davon kann ich schon verraten. Wir werden mit absolutem Hochdruck daran arbeiten, einen Gutmenschen für Jesus zu ermitteln.«

»Das wollte Jesus doch von Anfang an. Wo ist da der Plan?«

»Ab sofort wollen wir es auch. Mit aller Kraft.«

»Das ist alles?«

»Den Rest später.«

»Das Später, das Peter meint?«

»Genau das.«

Vorengel Frau Müller-Brase entfernte sich von der Butterdose und stellte sich vor dem Auserwählten auf. Aufmerksamkeitsüberschüttung. Sie war ganz Ohr.

»Das mit dem Gutmenschen ist doch einfach«, sagte Hanke mit zittriger Stimme, »wir nehmen einfach unsere Bundeskanzlerin und schon hat sich das Problem erledigt.«

Stummel hatte den Unterhaltungsfetzen mitbekommen und lachte auf. Hanke reagierte widerborstig.

»Stummel, warum lachst du? Lachst du über mich? Oder über unsere Bundeskanzlerin? Darüber darf keiner lachen. Sie ist gut, wir haben sie doch gewählt. Wenn sie kein Gutmensch wäre, hätten wir das doch nicht getan. Man wählt doch nicht mies. So blöd ist doch keiner. Somit muss sie der Gutmensch von ganz Deutschland und auch von Dithmarschen sein.«

»Hanke, verehrter Auserwählter, lieber Bauernvertreter, willst du wirklich, dass ich schon am frühen Morgen mit dem Saufen anfange?«

»Nee. Nee. Nee, Stummel, das kannst du so nicht meinen. Man wählt doch den Menschen, von dem man annimmt, dass er gut ist. So ist es doch?«

»Das ist richtig, Hanke. Zumindest im Ansatz. Der Wähler erwartet aber ein anderes Gut, als das Gut, welches du meinst.«

»Gibt es denn zwei Gut?«

»Selbstverständlich. Sogar noch viele mehr. Das Gut, was Jesus meint, ist ein Gut-Gut. Ein absolut reines Gut-Gut. Nichts dran zu deuten. Die Politiker unserer Regierung sind mehr ein Naja-Gut. Das ist wahrlich nicht das Gleiche. Politiker sind außerdem auch nur unter den günstigsten Voraussetzungen dieses Naja-Gut. Mehrheitlich reicht es eher für ein Oweia-Gut oder ein zufälliges Ups-Gut. Das Ups-Gut bestätigt die Formel, der zufolge blinde Hühner auch manchmal ein Körnchen finden. Das Oweia-Gut erkennst du immer dann, wenn der Wähler sich an den Kopf fasst, sobald ein Politiker den Mund aufmacht. Und das geschieht leider sehr oft. Du siehst also, es gibt viele Gut.«

»Meinst du, das wissen alle Wähler?«

»Ich denke schon.«

»Ich wusste das nicht.« Der Tierarzt lächelte.

»Komm schon, Hanke. Das ist nicht dein Ernst? Hast du wirklich angenommen, dass unsere Kanzlerin ein Gut-Gut-Mensch ist?«

»Ja, das habe ich gedacht, Stummel.«

»Peter! Bringst du mir einen *Friesengeist*?« Eine Auftragsbestätigung ertönte aus der Küche. Stummel legte nach. »Am besten: ZWEI!«

Wer konnte schon auf nur einem Bein stehen, wenn das Weltverständnis wackelte?

Währenddessen hatte der Vorengel nicht nur seine Ohren gespitzt, sondern auch Teile der Unterhaltung an Jesus weitergegeben. Insbesondere den Part mit der Bundeskanzlerin. Es dauerte nicht lange und Frau Müller-Brase beendete die hebräische Indoktrination. Sekunden später verfinsterte sich die Helligkeit. Das Lampenlicht über dem Frühstückstisch trat in den Vordergrund. Flackern. Ein Blitz schlug in die Nordsee ein und alle schauten zum Fenster. Nur Molly nicht, sie verkroch sich in Windeseile hinter Herrchen Hermanns Bein. Ein zweiter Blitz. Grelle Helle. Mächtiges Donnergrollen. Das Deckenlicht erlosch. Ein durchdringender Schrei. Möwen im Hintergrund kreischten ebenfalls. Als würde das Licht dies als Warnung verstehen, erhellte es sich träge. Die Gruppe am Tisch beäugte sich gegenseitig. Nachzählen. Einer fehlte. Jesus. Hanke vermisste noch jemanden. Frau Müller-Brase.

Die Havaneserin hatte ihr Schüsselchen Hühnerfleisch vorgesetzt bekommen und widmete sich dem leckeren Fressen. Es schmatzte unter dem Tisch. Für Molly war die Welt wieder in Ordnung. Für Peter Bruns nicht.

»Hanke! Ich kann es nicht fassen! Kaum bin ich eine Sekunde in der Küche, schon richtest du ein Inferno an. Du hast den armen Kerl etwa zu unserer Regierung geschickt? Zu der Murkserin? Sie soll ein guter Mensch sein? Das sehe ich komplett anders.« Hungrige konnten Brühwürfel durch Beton riechen – Peter Bruns eine Verschwörung über Landesgrenzen hinweg. »Die Madame aus Berlin hat den Rauchabsolutismus eingeführt und weggeschaut beim europäischen Glühbirnenverbot und vieles Scheußliche mehr. Wer hört schon noch das leise Wimmern der Wirte, wenn sie in der Dunkelheit wehklagen? Außerdem sage ich: Gurke. Die Gurkenunterjochung. Die Vereinigten Staaten von Zankeuropa haben den Gurken-krümmungswinkel diktiert. Und was macht Madame? Sie pfeift sich eins, auf einer geraden Gurke. Es ist ihr egal. Sie sieht weg. Ebenso der Umfang von Bananen. Alle müssen gleich sein. Was kommt von ihr? Schweigen. Sich eins pfeifen, wegsehen und schweigen sind der Anfang vom Unter-gang. Wenn es nach ihr geht, dann haben wir gerade Gurken, dicke Bana-nen, sitzen im Dunkeln und haben nix zum Dampfablassen in Tabakform. Sieht so die Welt von Gutmenschen aus? Schönen Dank auch – nichts für mich. Da will ich lieber ein Satansbraten sein.« Die innere Instanz des Wir-tes hatte bereits das Urteil über die Wegseherin gefällt: Amtsenthebung, Pensionsstreichung und ab in die Küche. Peter Bruns verschwendete nur einen kurzen Gedanken an den Ehemann der Murkserin. In die Küche – ein hartes Urteil für den armen Kerl. Egal, es gab immer Kollateralschä-den. Sollte er ruhig leiden. Sie war schließlich seine Wahl gewesen. Peter Bruns hatte sie nicht gewählt. Broder Uhlig schloss sich an. Es war nicht zu früh für einen ordentlichen Widerstand. Wenn er schon das Grün nicht revolutionieren konnte, dann selbst Revoluzzer sein.

»Peter, ich bin an deiner Seite.« Der Tierarzt kramte aufgeregt in der Ledertasche. Ein Schmachter hatte ihn gepackt. Das verbotene kleine Ding lag schon in seinem Griff. »So!«, sagte er mannhaft und hielt den Kolben hoch, »jetzt mach ich was gegen die Berliner Diktatur und ihre Folterknechtin!« Kolben in den Mundwinkel, das Streichholz ratschte über die Zündfläche und mit der aufgeregten Hand wurde die Zigarre befeuert. Ziviler Ungehorsam war eine Sache des Charakters.

***

Gleichgültigkeit herrschte nicht im Hause der Bruns. Die Zeit für große Worte begann.

»Weggefährten. Männer! Ein Bruder ist in der Einsamkeit seiner letzten Züge und wir, die hier stehen, sind bei ihm im Leid und in den Qualen des Vergehens.«

Zwar stand lediglich Peter Bruns, aber die anderen schauten immerhin fasziniert zu. »Es ist des Mannes Schicksal, sich üblen Mächten und der

Knechterei des Seins mutig und beherrscht zu stellen. Des Mannes Saft und Mark allein dienen dem Zweck, eins zu sein mit Gott, dem Liebchen und der Nächsten. Wenn böse Schrecken den Weg versperren, so gibt es nur eines: sich der Bedrängnis in aller Festigkeit zu stellen, mannhaft sein und immer geradeaus. Nun, wo wir ahnen, ein Bruder liegt im Blute, wollen wir seiner gedenken. Als einem Mann, der Hydra nur den ersten Kopf vom Leibe trennte. Das aber mit Stolz und Ehre, als einer von uns. Von weit her, im Geiste ein Bruder, schlug er sich wahrlich wacker. So sehe ich das, so wird es sein, getreu dem Odem nördlicher See und mit dem Getier des Himmels über uns, das fortwährend schreit: Aufrecht Dithmarscher! Und immer voran!«

Ehrfurchtsvolles Schweigen. Hermann fand als Erster die Sprache wieder.

»Peterle, du bist ein geborener Redner. Das war wirklich schön. Wir Dithmarscher sind schon etwas Besonderes. Ich wünschte, so würde meine Grabrede ausfallen.« Hermann hob Molly empor. »Das war schön, nicht wahr, Molly?« Die Havaneserin antwortete nicht.

»Wie geht denn jetzt der Brunssche Plan?«, krähte Hanke dazwischen.

»Hanke, er ist uninteressant geworden. Jesus liegt im Blute und ist bereits von dannen.«

»Nein, er lebt.«

»Woher willst du das wissen? Er befindet sich im Epizentrum der satanischen Macht. Das überlebt keiner.«

»Ich weiß es.« Die Anwesenden starrten die Butterdose an. Gab es von dort einen besonderen Informationsfluss für Hanke? Der Bauer nahm die feinstöffliche Veränderung des Augenblicks wahr. »Frau Müller-Brase steht nicht bei der Butter. Sie ist bei ihm. Wie funktioniert der Brunssche Plan? Ich–will–es–wissen. Ich–will–es–wissen. Ich–will–es–wissen …«

»Ruhig jetzt!« Hanke sog die Lippen ein und schaute den Wirt erwartungsvoll an.

Antje griff ein.

»Peter, erkläre ihm einfach den Plan.« Der Wirt strich über den biergesättigten Bauch. »Gut. Für den Fall, dass unser Bruder noch auf Erden wandelt, was ich nicht denke, vermute oder glaube, dann greift der Brunssche Plan. Hört genau hin: Wenn er die Madame überlebt, bekommt Jesus einen Gutmenschen von uns serviert. Einer reicht. Mehr wird ohnehin schwierig. Wir schaffen das. Ist Jesus mit dem Gutmenschen zufrieden, werden wir feilschen. Erlösung und Himmel brauchen wir nicht. Noch nicht. Jesus müsste uns sowieso alle töten. Ohne Tod kein Himmel. Die ganze Menschheit auf einen Schlag auszurotten, wäre ein fettes Blutbad und viel Arbeit. Nun frage ich euch: Sieht das dünne Hemd nach einem brutalen Massenmörder aus? Ich denke nicht. Darum schlagen wir vor, dass er die Menschheit in der Welt belässt und diese nur ein wenig besser gestaltet. Nach einer fünfzigjährigen Probezeit werden wir aufsteigen.«

»Was soll denn besser werden?«, fragte Hanke nach.

»Na ja …«, hob der Wirt an. Stummel unterbrach ihn stracks.

»Ich hätte da einen Vorschlag: Schwarze Strapse für alle Frauen und auf den Bäumen wachsen Steaks.«

»Oh, das finde ich auch gut«, feixte Raik Deters. Die Wirtin stemmte die Hände in die Hüften.

»Männer!« Sie spuckte das Wort förmlich aus. »Das ist sexistisch. Ihr Kerle habt immer nur eines im Kopf. Unfassbar! Ich würde auf jeden Fall die Männer besser machen.«

»Antje«, hob Stummel beschwichtigend an, »wir Männer sind gar nicht so schlecht. Keinesfalls von Natur aus. Wir sind mehr so ein Ziemlich-Gut oder ein Zumeist-Gut. Empirisch gesehen können Kerle sogar vielseitig und flexibel sein.« Der Tierarzt gönnte sich das erste Schlückchen des Tages. »Schütt ein Lütt«, erklärte er und kippte den Rachenbrenner hinunter, um anschließend die Flexibilität des männlichen Geschlechts auf den Tisch zu packen. »Die Strapse dürfen auch weiß sein.« Antje schnaubte augenblicklich. Sie senkte den Kopf wie ein Stier und kniff die Augen zusammen.

»Ganz ruhig, meine Zuckerschnute. Bleib ganz ruhig …«

***

Ploppen und Stuhlknarren. Donnergrollen und Funkenblitz. Unglaubliches Erschrecken. Und plötzlich saß Jesus wieder mit am Tisch. Er regte sich nicht. Vollkommene Erstarrung. Das dumpfe Nichts breitete sich aus und infizierte die Gemeinschaft. Peter, Antje, Raik, Hanke, Stummel, Hermann, Molly – versiegter Lebensstrom. Niemand wusste, ob er nun glücklich oder traurig sein sollte oder etwas Kompliziertes dazwischen. Der Moment bewegte sich auf einer Insel außerhalb der Zeit und auf der blieb Jesus eingefroren. Wie viele Fäden hatte das Leben spinnen müssen für diesen speziellen Augenblick? Bestimmt unzählige krause Fäden und welche mit Knötchen mussten auch dabei gewesen sein. Wann würde der Heiland wieder in Bewegung kommen? Das Ticken der Wanduhr zernagte die Stille. Hoffen und Harren hielt manchen zum Narren, gleichwohl war Hoffnung das Narrenschiff der Christen. Jesus bewegte sich endlich. Sacht legte der Heiland seinen Kopf auf die Tischplatte und zog die Arme schützend um sich zusammen.

Peter Bruns schluckte, sammelte klägliche Worte für Unaussprechliches und gab sie einfühlsam wieder.

»Jesus, mein Lieber, sei stark. Wer schon einmal am Kreuze hing, kann auch das verkraften. Was hat sie dir nur angetan? Meine Güte noch mal, das Weib vergreift sich nicht nur an Gurken, sondern auch an Messiassen.« Der Wirt näherte sich dem Geschundenen und versuchte, ihn zu begutachten. Gab es Wundmale? Musste Antje den Verbandskasten holen? »Junge, nimm es nicht so schwer.« Äußerlich schien alles in Ordnung zu sein. Der Wirt tätschelte den Rücken des Zusammengebrochenen. »Ich weiß, es sind die psychischen Qualen durch die Madame. Ich fühle es nach. Dieser Tisch hat schon viele Tränen gesehen. Weine nicht um das verlorene Vertrauen, das geht uns allen so. Wir haben sie halt an den Hacken und da klebt sie nun einmal bis zum Sankt Nimmerleinstag.«

Hanke nahm die Serviette vom Tisch und schnäuzte hinein. Rüsselpest aus Angst. Noch war ihm das Glück der Abwesenheit Frau Müller-Brases hold. Der Vorengel schien bei der Bundeskanzlerin hängen geblieben zu sein. Wie lange würde das dauern? Vorsicht war die Mutter der Porzellankiste.

»Ich–kann–doch–nichts–dafür. Ich–kann–doch–nichts–dafür …« Nur Raik reagierte.

»Hanke, der Vorengel wird dich so was von verprügeln und sie hat recht damit. Sie wird hackenschwer sauer sein. Wer ist denn so blöd und wirft einen anständigen Kerl in diese Wölfinnengrube?« Raik Deters betrachtete in aller Entspanntheit seine Fingernägel. »Wenigstens war ich das nicht.«

»Ich–kann–doch–nichts–dafür. Ich–kann–doch–nichts–dafür …«

»Bald wirst du einen Grund zum Schreien haben. Ich vermute, sie wird ordentlich zulangen.«

»Ich–kann–doch …«

»Du wirst nicht schreien«, ordnete der Wirt an.

»Aber wenn sie mich schlägt?«, jaulte Hanke.

»Auch dann nicht. Sei ein Mann! Du hast die Schläge verdient.«

»Ich habe doch nichts gemacht.«

»Du hast ihn ausgeliefert. Ist das etwa nichts?«

»Ich dachte, sie wäre gut-gut.«

»Hanke«, flocht Stummel ein, »die erste Nummer in unserem Land ist niemals gut-gut. Das habe ich schon versucht, dir zu erklären. Man muss mindestens ein Strolch sein, um überhaupt dort hinzukommen, wo das meiste Unheil angerichtet werden kann. Das gilt für jeden, egal ob Mann oder Frau. Kein Gut-Gut im Kanzleramt, schreib dir das hinter die Ohren.« Hanke Harms hatte keine Zeit mehr für Notizen. Butterdose. Ploppen.

»Au–au–au–au …« Raik Deters beobachtete genüsslich den sich windenden Hanke. Das Bäuerchen setzte zur Flucht an. Vergebens. »Au–au–au–au …«

Fischerfreund Raik lächelte.

»Endlich mal ein Mantra, das süßer ist als das Knarren einer Achterleine.«

∗∗∗

»Der Vatikan«, rief Hanke in höchster Not.

»Bist du mall?« Raik Deters hob es sekundenschnell aus dem Sitz.

»Ach herrje!« Antje Bruns riss die Hand vor den Mund.

Das Ticken der Wanduhr wurde erst wieder hörbar, als die Urgewalt des Donnergrollens und der schneidenden Blitze nachließen.

»Weggefährten. Männer! Gutes und Böses sind in der Natur verwischt. Wer Gutes sucht und Böses davon trennt, kommt nicht in römischen Gefilden an. Das sei hier so gesagt – es ist der Wahrheit Kern.« Peter Bruns hatte sich erhoben und alles, von der Inquisition über Hexenverbrennung, brodelte in seinen Sinnen und zog sich bis zur Verderbtheit hin. Der Wirt wischte mit der Hand einen Schweif über den Raum. Die Menschen am Tisch, noch in Angststarre verhangen, harrten auf die weisen Worte des Kneipiers.

»Getreue! Was dem Geschlecht des Mannes innewohnt ist Stärke, die geradewegs zu Erhabenheit führt. Gleichwohl im Gegensatz die Angst, welche Seelen frisst und in Gräbern schmählich endet. Das habe ich stets betont. So sei es auch für immer. Ein wack'rer Mann denkt nur an den Tag, die Stunde und die Treue zu seinem Weg. So steinig der Grund auch sein mag, er wird begangen. Unser Bruder ist von diesem Schlag. Jedoch ein Irrlicht zog ihn hinab in Hades' Welt und dort wird er grausam enden – Kerker, Prozess und Scheiterhaufen. Mehr will ich verschweigen, ein weiblich' Herz an diesem Tische wohnt. Nur mit den Flügeln des Geistes begrenzte Horizonte zu erweitern, ist stets ein unheilvolles Unterfangen. Allein furchtlose Seelen wandern diesen Weg. Was bleibt zu sagen: Unser Freund und Weggefährte, wir werden ihn vermissen. Möge er nach ehrenvollem Kampf in Frieden ruhen. In Gedenken sind wir bei ihm, bis zu dem Tag, an dem auch unser Geist gequält der Erdenhülle flieht. So wird es sein, dafür stehe ich ein, als Mann mit rechtem Herz – als ein Dithmarscher!«

Andachtsruhe. Hanke stieß Raik an.

»Raik …« Auch der Fischer andachtete. »Raik …«, flüsterte Hanke nochmals.

»Was ist?«, kam zurück.

»Meint Peter mich mit Irrlicht?« Raik Deters schaute den Freund an.

»Was meinst du wohl?« Hanke überlegte.

»Ich bin kein Irrlicht.«

»Sagte das Irrlicht.«

Das Irrlicht schluckte.

»Du findest also auch, ich bin ein Irrlicht?«

»Nein.«

Hanke wandte sich verdutzt dem Fischer zu.

»Danke. Das ist aber nett von dir.«

»Du bist nur mall.«

»Ich bin auch nicht mall!«

»Ist es dir lieber, du bist ein Verräter, der Jesus an den Heiligen Stuhl ausgeliefert hat?«

Der Bauer konzentrierte sich auf das Gesagte.

»Was meinst du mit Stuhl?«

Raik stieß einen Seufzer aus.

»Den Papst und seine Gefolgsleute im Amt. Verstehst du das?«

»Natürlich. Wenn du ›Papst und Gefolgsleute im Amt‹ sagst und nicht Stuhl, dann verstehe ich das auch. Wieso soll ich Stuhl verstehen? Kein Mensch sagt Zapfhahn, wenn er Peter meint. Oder Verbandskasten bei Antje. Würdest du dich klarer ausdrücken, dann könntest du noch ganz andere Hürden nehmen.«

»Andere Hürden nehmen? Unfassbar mall.«

»Ich–bin–nicht–mall. Ich–bin–nicht–mall. Ich bin nicht mall …«

Es ploppte. *Ich–bin–nicht–mall. Ich– bin–nicht–mall.* Wer gut durch das Leben kommen wollte, sollte bewusst die eigene Fähigkeit fördern, sich im passenden Moment zurückzunehmen. Hanke Harms entwickelte sich gerade zu einem Naturtalent in Sachen Menschwerdung – der Mantrafluch versiegte. Jesus saß wieder am Tisch, umgeben von Blicken der Verwunderung. So schnell konnten Kerker und Scheiterhaufen sein? Auferstehung von den Toten eingeschlossen? Beim letzten Mal hatte es immerhin es drei Tage gedauert. Gespanntheit lag über dem Moment. Jesus und die anderen wurden vom einfallenden Licht eines Blitzes übergossen. Wie sah er aus? Was machte er? Was wollte er mitteilen? Der Mann mit dem bleichen Gesicht starrte nach oben. Die anderen taten es ihm gleich. Was war zu sehen? Die Zimmerdecke. Ansonsten nichts. Für die meisten. Sie ließen ab vom Blick nach oben. Jesus hingegen schien stille Zwiesprache zu halten. Mit fahlem Gesicht, schlaff herabhängenden Schultern und eingefallenen Wangen sah er den geschnitzten Figuren in Kirchen ähnlich. Ein Konzentrat des Kummers.

»Ich denke, das war im Vatikan noch schlimmer als bei Madame in Berlin. Viel schlimmer. So ist ein Kerl nur, wenn er den schwersten Albtraum erlebt hat, den je ein Mensch erleben kann und ich kann mir genau vorstellen, welcher das ist.«

»Raik, was meinst du, ist es denn gewesen?«, flüsterte Hanke.

»Ich vermute, eine Person muss ihn heftig, sagen wir mal, belästigt haben. Die Person scheint gründlich gewesen zu sein. So etwas passiert nicht, wenn jemand einem nur die Hand schüttelt.« Hanke schaute den verzweifelten Jesus an. Dann Raik.

»Belästigen? Aber … eine Frau kann einen Mann doch gar nicht so belästigen, dass er so wird, wie Jesus ist. Vielleicht, wenn sie richtig schwer hässlich ist, aber das kommt doch selten vor. Fast jede Frau hat etwas Nettes an sich. Außerdem sind Frauen lieb und schwach. Belästigung: Das geht doch gar nicht.«

Raik Deters verschluckte sich. Husten ohne Auswurf. Ein kurzes Gedenken an Ex-Ehefrau Mareike. Frauen: lieb und schwach – weggehustet und runtergeschluckt. Ausführlichere Aufklärungsarbeit notwendig.

»Ich meine auch keine Frau, du Nase. Sondern: DIE Person. Das kann auch ein Mann sein. Warum bist du immer so begriffsstutzig?«

»DIE Person«, wiederholte der Bauer langsam. »Ach so. Du meinst es mehr so im Allgemeinen. Meinst du, ein Mann hat ihn belästigt?« Hanke nagte ganz offensichtlich an der Aussage.

»Richtig.«

»Ein Mann«, repetierte Hanke. »Warum sagst du das denn nicht gleich? Du redest immer so umständlich und anschließend meckerst du, ich würde nichts kapieren. Würdest du gleich sagen, was du meinst, dann bräuchtest du nicht zu meckern und ich würde es gleich verstehen.« Raik Deters fasste sich an den Kopf und rollte mit den Augen.

»Das ist doch völlig klar. Im Vatikan. DIE Person ist selbstverständlich DER Mann. DAS weiß man doch Jeder. Mensch, der Vatikan ist doch kein Harem. Deine Mutter hatte schon ganz recht: Handbetrieb macht blöd.« Das Bäuerchen schluckte. »Handbetrieb?«, flüsterte Hanke, »So was sagt man nicht. Vor allen Dingen nicht so laut. Das ist intim. Außerdem mache ich so was nicht.« Flüstern beendet. Leise weiter. »Warum kannst du nicht gleich anständig mit mir reden? Ich verstehe es doch. Ein Mann von der Kirche hat Jesus belästigt. Siehst du, ich bin nicht blöd.«

»Wurde aber auch Zeit. Es war einer mit einem langen schwarzen Rock. Das finde ich so schlimm, schlimmer geht das nicht. Kein Wunder, dass er entrückt ist.«

»Langer schwarzer Rock?!« Hanke Harms fasste sich über die Strubbelhaare. »Boah ey, das ist pervers. Einen Rock tragen. Als Mann. Das ist so schmutzig.«

»Bist du irre? Nicht der Rock ist pervers, sondern das Belästigen.«

»Ja, das auch. Aber noch dazu im Rock. Als Kerl. Das macht man doch nicht. Nee, aber auch. Das sollte verboten werden.«

»Belästigen *ist* verboten.«

»Ich meine den Rock.«

»Was zur Hölle hast du gegen Röcke?«

»Nichts. Wenn Frauen drin sind.«

»Und du hast nichts gegen das Belästigen?«

»Doch. Selbstverständlich. Wenn ein Kerl das macht …«

Raik Deters Augen kamen aus dem Rollen nicht mehr heraus.

»Manchmal verstehe ich die Welt nicht mehr.«

»Raik, das ist endlich mal richtig, was du da sagst. Damit bist du nicht allein … Rock ey … pfui … manchmal verstehe ich auch die Welt nicht mehr.«

***

Mittlerweile hatte der Tag Wurzeln geschlagen und die Frühstückszeit lag weit zurück. Die Uhr schlug zwölf Uhr an.

»Ich sollte den Frühstückstisch abdecken. Es ist ja schon bald wieder Zeit für Mittag.« Antjes Bruns nahm Normalität auf und ergriff das Tablett. »Und ihr solltet Jesus nach oben bringen. Ich denke, er braucht ein wenig Ruhe, nach all der Unruhe und den vermeintlich guten Menschen.« Sie stellte Gedecke und einige Marmeladengläser auf das Tablett.

»Aber ich trage ihn nicht rauf!«, krähte Hanke und dies stand in bemerkenswertem Einklang mit Raik Deters.

»Ich auch nicht.«

»Stellt euch nicht so an. Ihr müsst ihn nicht hochtragen, sondern nur begleiten. Zupfen und ziehen, dann klappt das schon. Er ist schließlich nicht ohnmächtig. Nur benommen.«

Es ploppte leise. Für das Bäuerchen allerdings nicht leise genug. Es zuckte. Gehetzt starrte Hanke auf die Butterdose. Er sah, was er nicht wieder sehen wollte. Vorsichtshalber sprang er auf und ging zwei Schritte rückwärts. Ein kluger Schritt ohne Erfolg. Es ploppte erneut und Frau Müller-Brase saß auf Hankes Schulter. Was tat das entsetzte Bäuerchen? Genau. Hanke schrie sich in einen denkwürdigen Schrei hinein. Der Wirt fasste sich ans Herz, Raik ans Hirn und Stummel biss ein Stückchen vom Schmauchstängel ab. Wie gehabt. Und was tat das Plopp namens Frau Müller-Brase?

»Wenn du kleine dumpfbackige Nuss den Heiland nicht sofort nach oben bringst, wie die gute Frau das eben gesagt hat, dann steche ich dir ein Loch in deinen dusseligen Lappen.« Zur Unterstreichung der Ankündigung des Lochstechens hieb die pädagogische Lehrkraft präventiv auf Hankes Ohr ein, dessen Lappen noch unversehrt verweilte. Wie von Taranteln und satanischen Untieren gejagt, rannte der Undurchstochene durch den Gastraum. Die Anwesenden verfolgten die Jagdszene. Eine Runde um den Tisch. Die zweite folgte. Dauerhafter Lärm machte mürbe.

»Es ist mir egal, weswegen er den Aufstand macht. Wenn er ihn nur leise machen würde«, konstatierte Stummel.

»Da wäre ich auch für«, brummte der Wirt. »Stummel, was meinst du, was hat er?«

»Das ist in der Tat fraglich. Aus der Praxis wüsste ich einiges.«

»Was ist das?«

»Wäre er eine Regenbogenforelle, so könnte es eine infektiöse, hämatopoetische Nekrose sein. Lethargie im Wechsel mit Hyperaktivität. Hämorrhagien auf der Haut, wie an Hankes Ohr sichtbar wird und ansonsten ein blasses Äußeres sprechen dafür.« Stummel fummelte Zigarrenreste aus dem Mund und legte sie auf dem Frühstücksteller ab. »Ich müsste seinen Dottersack überprüfen. Wenn der auch hämorrhagisch ist, dann bin ich dicht an der Lösung.«

Der Wirt strich sich über den Bart. Hanke schlug gerade den vierten Bogen um den Hausherrn.

»Stummel, schreien Fische?«

»Hmmm … lass mich überlegen. Nicht, dass ich wüsste.«

»Dann kannst du das mit seinem Dottersack lassen. Er ist keine Regenbogenforelle.«

Stummel schürzte die Unterlippe. »Verdammt. Das hatte ich auch schon vermutet.«

Fünfte Runde.

»Meinst du, er könnte ein guter Schwiegersohn werden?«

Der Tierarzt hielt ein. Blicke sagen mehr als tausend Worte.

»Insa?«

Der Wirt nickte. Stummel zog die Augenbraue hoch. Sechste Runde.

»Er ist ein netter Kerl. Ein guter Bauer, der Hof ist ansehnlich und Hanke ist normal in normalen Zeiten. Meistens jedenfalls. Ich könnte mir vorstellen, dass es mit einer ordnenden Hand durchaus funktioniert.«

»Vielleicht sollte ich ihn schon mal an die Brunssche Handschrift gewöhnen?«

»Das ist eine gute Idee.« Siebte Runde.

Der Wirt seufzte. Es war das Immer–ich–Seufzen.

»Nun gut. Die ordnende Hand kann er haben.« Peter Bruns hob die Faust und schlug donnernd auf den Tisch. Das noch nicht abgeräumte Geschirr hüpfte. »Schluss jetzt!«

***

Hanke, Raik und Jesus auf der Treppe. Die beiden fitten Männer hatten den schlappen Mann untergehakt.

»Das hast du uns eingebrockt.«

»Gar nicht.«

»Doch. Hanke Harms, der Einbrocker.«

»Nein.«

»Doch.«

»Ich muss es machen. Für Insa, hat Peter angeordnet.«

»Das gilt nicht für mich.«

»Doch. Wenn Jesus fällt, ist es besser, wenn wir zu zweit sind.«

»Warum? Sein Vater ist Gott, dann soll er ihn halten.«

»Der ist beschäftigt.«

»Womit?«

»Mit den anderen Milliarden von Menschen.«

»Er muss lernen, Prioritäten zu setzen. Es ist sein Sohn.«

»Gott hat zu viel zu tun.«

»Er muss nur rechnen können. Wenn er die Gläubigen der anderen Religionen von den Milliarden abzieht und die Christen nach gut und böse sortiert, bleibt doch nur Jesus übrig.«

»Du redest Unsinn, Raik Deters. Um seinen Sohn muss er sich nicht kümmern. Der ist gut und kommt in den Himmel und auch sonst überall hin. Er muss sich nur um die schwarzen Schafe sorgen.«

»Fein. Dann soll er uns helfen und seinen Sohn zu Bett bringen.«

»Du machst es dir zu einfach.«

»Was ist daran falsch zu verstehen? Ich finde sowieso, er geht nicht gut mit seinem Kind um. Er lässt alles zu. Erst wird Jesus verfolgt, verhaftet, verurteilt, gekreuzigt, zur Auferstehung gezwungen, dann muss er zur dicken Madame und in den Vatikan. Schlimmer geht's nimmer. Ich glaube, sein Vater sieht ihn gerne leiden. Das ist mies.«

»Hey, wie redest du von Gott-Vater? Das ist lästerlich. So was sagt man nicht! Er ist nicht nur Jesus' Vater, sondern auch unser.«

»Na dann, gute Nacht. Ich freue mich schon auf meine feiste Kreuzigung. So was macht er bekanntlich mit denen, die ihn lieb haben.«

»Du bist ein schwarzes Schaf, das unrettbar verloren ist, Raik Deters.«

»Lieber schwarz als genagelt.«

»Lass das. Vielleicht hört er dich.«

»Na und?! Hallo! Papi, der kleine Raik möchte ein ruhiges Leben. Er möchte nur ein Bettchen-bring–Begleitservice sein. Keine Kreuzigung. Ist das machbar?«

»Ich will damit nichts zu tun haben.«

Das Dreiergrüppchen hatte die erste Etage fast erreicht. Nur noch wenige Stufen.

»Siehst du, du musst gar nicht meckern. Jesus läuft fast von ganz alleine. Wir haben doch nicht viel Arbeit.« Der Heiland hing zwischen den beiden Streithähnen. Er schleppte sich die letzten Stufen hoch. Unansprechbar. Nahezu schlafwandlerisch. Trotzdem setzte er einen Fuß vor den anderen. Schritt für Schritt. Wie ein Symbol für schwer erträgliches Leben, das trotzdem gelebt werden musste und dessen Ende schon erahnt werden konnte. Jesus murmelte den Streithähnen Wortfetzen zu. Leise. Unverständlich. Hebräisch. Was könnte er gesagt haben? Vielleicht: *Wozu das alles?*

***

Hermann und Molly hatten die Zwischenzeit genutzt und zusammen mit Stummel einen Gassigang um die Gastwirtschaft herum unternommen. Selbstverständlich mit Besuch bei Gretel, die sich in die offene Garage zurückgezogen hatte und entspannt vor sich hin verdaute. Die Blumen der Hausbepflanzung übten einen wohltuenden Reiz auf ihre Gedärme aus. Ein dicker Fladen mit Geruchskulisse lag auf dem Garagenboden und zeugte davon, dass die Rabatten wohlmundig schmeckten und der Gesundheit förderlich waren. Ein erfreulicher Anblick, dass es wenigstens ein Lebewesen in der Umgebung gab, dem es rundum wohl ging.

Beim Betreten des Gastraums brachte das Trio eine gehörige Portion guter Stimmung mit. Der Wirt saß neben einem kühlen Blonden und vervollständigte das Kreuzworträtsel aus einer Tageszeitung älteren Datums.

»Getränk mit vier Buchstaben. Das ist einfach«, murmelte er und die Konzentration blieb am Kreuzworträtsel haften. Stummel zog die Jacke aus und wurde sofort vom hereinbrechenden Streitgespräch der üblichen beiden Gesellen abgelenkt, die die Treppe herunterkamen.

»Du hast uns in diese Lage gebracht, dann bringe uns da auch wieder raus. Immer schlägst du irgendeine Trümmertruppe vor, die angeblich gut sein soll, und schon erleidet Jesus ein schweres Schicksal. Dein Rat ist schlimmer als ein Möwenschiss in der Fresse.«

»Rat? Was heißt hier Rat? Ich habe es nicht geraten, mehr so laut gedacht. Ich wollte das nicht. Es ist so rausgepurzelt.«

»Rausgepurzelt? Das nächste Mal, wenn du einen guten Menschen rauspurzelst, wird Jesus vermutlich exekutiert werden. Dann wird sein Papi sauer und gibt der Erdenkugel aus Wut einen mächtigen Tritt. Verständlich. Oder? Somit bist du schuld daran, wenn die Erde durch das Weltall kollert und alle Lebewesen darauf zuerst einen Drehschwindel bekommen und dann vernichtet werden. Das alles nur, weil du ›rauspurzeln‹ musst. Denk mal drüber nach. Mit dir steht die Menschheit am Rande des Abgrunds.«

Stummel krauste die Lippen und die vorherrschende Entspannung zerschellte an der streitenden Realität. Er setzte sich zu Hermann. Der Bauer jaulte sich indes hoch. »Ich purzel nie wieder, auch nicht aus Versehen. Ich will keinen Gutmenschen. Ich will endlich gerettet werden. Ich will die Bundeswehr!«

»Guter Mann«, brummte der Wirt, ohne von der Zeitung aufzusehen und das, obwohl der Brunssche Plan zerschossen wurde.

»Hanke, ganz ruhig.« Hermann nahm Molly auf den Schoß. »Es wird schon alles.«

»Es wird nicht! Ich will die Bundeswehr!«

»Guter Mann«, brummelte der Mann mit Zeitung. Hermann zog die Havaneserin dichter an sich heran.

»Schade, dass wir nicht unser Frauchen als guten Menschen vorschlagen können, dann hätte das alles ein Ende. Emma war ein guter Mensch. Durch und durch. Sie war die Schönste für mich, die Klügste und hatte ein großes Herz. Warum können wir nur Menschen vorschlagen, die am Leben sind?«

Peter Bruns schaute von der Zeitung auf und Hermann an. Was er sah: einen trauernden Menschen mit verlorener Liebe. Der Blick des Wirts bekam einen mitleidenden Ausdruck. Was wäre, wenn Antje nicht mehr wäre? Er schluckte und verbot sich sofort diese grausame Vorstellung. Es gab Dinge im Leben, deren Durchdenken schon undenkbar war.

»Hermann, das geht leider nicht. Emma war bestimmt eine wundervolle Frau, aber Jesus braucht einen lebenden Menschen. Nur so bekommt er ein aktuelles Ergebnis von der Menschheit.« Der Rentner nickte.

»So. So. Emma ist nicht mehr aktuell.« Hermanns Augen bekamen Glanz. Er wandte sich der Hündin zu. »Hast du gehört, Molly? Frauchen ist nicht mehr aktuell.«

»Hermann, so war das doch nicht gemeint.«

»Ist schon gut, Peterle. Ich verstehe das.«

Stummel schaltete sich ein.

»Hermann, wirklich. Peter meint es nicht so. Im Grunde ist es richtig, was er sagt. Das Exemplar guter Mensch, welches gesucht wird, muss lebend und durchgereift sein. Wenn Jesus Verstorbene hinzuziehen wollte, so könnte er auf ein reichhaltiges Reservoir zugreifen. Das will er offensichtlich nicht, sonst wäre er nicht hier. Genauso, wie wir keinen Säugling vorschlagen können. Kleine Kinder sind per se rein und unschuldig, aber an ihnen kann die Entwicklungsphase der Menschheit nicht festgemacht werden, da sie unbeschriebene Blätter sind. Es geht nicht um das Vergessen von Emma. Sie hat dein Herz berührt. Ein Umstand, der niemals vergeht und ewig bestehen bleibt.« Hermann nickte. Er sah nicht auf. Eine Träne rollte hinab und benetzte Mollys Fell.

»Siehst du, was du angerichtet hast?«, flüsterte Raik seinem Streitkumpan zu.

»Ich habe gar nichts angerichtet.«

»Doch.«

»Nein.«

»Halt bloß die Klappe und purzel nicht wieder, wenn Jesus wieder wach ist, du ... du ...«

»Was ich?«

»Du Auserwählter.«

»Ich sage gar nichts mehr. Überhaupt nichts mehr. Außer: Bundeswehr.«

»Was für ein Quark.«

»Nein. Kein Quark. Die hilft uns und holt uns hier raus.«

»Noch so eine Trümmertruppe.« Peter Bruns hatte Wortfetzen mitbekommen. Der Wirt stand auf. Hatte er wirklich Trümmertruppe verstanden? In Bezug auf seine Bundeswehr? Sollte es jemand wagen, irgendetwas gegen seine olivgrünen Männer zu sagen? Er räusperte sich. Laut. Sehr laut. Raik guckte in Peters Richtung.

»Das war nicht so gemeint.«

»Wie meinst du es dann?« Hanke schaltete sich jaulend dazwischen.

»Ich will endlich die Bundeswehr!«

»Peter, deine Bundeswehr ist toll, aber wenn Hanke sich die Bundeswehr wünscht, kann es nur in einem Elend enden.«

»Ich will aber die Bundeswehr!« Peter Bruns sah Hanke und Raik an und fing an zu knurren.

»Siehst du, was du angerichtet hast. Peter knurrt.«

»Bundeswehr … Bundeswehr … Bundeswehr …« Hanke Harms schnellte vom Stuhl hoch. »Bundweeehr!« Schreiend rannte er in Richtung Küche. Die Schwingtür flappte nach innen auf und der Bauer wurde verschluckt. Stille.

***

»Hanke!? Was machst du denn hier? Willst du mir helfen?« Antje Bruns taute tiefgefrorenes Gulasch auf. Neben dem großen Kochtopf lag eine Gastronomiepackung mit Nudeln bereit. Hanke faselte vor sich hin.

»Bundeswehr … Bundeswehr …«

»Bundeswehr?« Die Wirtin legte den Gulascheisblock in den Topf.

»Bundeswehr. Bundeswehr …«

Die Wirtin entpackte einen zweiten Gefrierblock und ließ den Bauern nicht aus dem Blick. Hanke suchte. Er öffnete einen Schrank nach dem anderen und begutachtete die Regale.

»Suchst du was?«

»Bundeswehr.«

»Hanke!?«

»Mehl.«

»Wozu brachst du Mehl?«

»Bundeswehr.«

»Unser Mehl liegt in der Vorratskammer, auf dem Regal. Wieso Bundeswehr?«

Hanke riss die Tür zur Vorratskammer auf. Unteres Regal. Sack gesichtet.

»Mehl. Bundeswehr. Klasse.« Er grinste.

***

Antje betrat den Gastraum. Sie wischte die Hände in der Schürze ab.

»Kann mir einer mal sagen, warum Hanke einen fünf Kilo Sack von meinem besten Backmehl zur Hintertür rausschleppt und dabei *Bundeswehr*, *klasse* und *voll Fett* murmelt?« Die Männer schüttelten die Köpfe. Darin waren sie sich einig – immer eine Phalanx bilden. Eine dichtgeschlossene, lineare Formation bewaffneter Infanterie aus mehreren Gliedern, die sich gegen weibliche Vorherrschaft stellte, da die Herrscherin über das X-Chromosom einem verängstigten Manne im Zweifelsfalle eins überbriet. »Voll Fett. Ist mein Mehl fettig?« Die Männer schüttelten die Köpfe. »Wieso schleppt er mein Mehl nach draußen?«

Männliches Achselzucken. Und selbst, wenn sie eine Antwort gewusst hätten, so hätten sie nur gezuckt. Solidarität – Brüder aller Länder vereinigt euch. Das Schicksal war dagegen nicht männlich, sondern sächlich und schickte sich an, sachlich zu werden.

Poltern – Rutschen – Schreien.

Dazu gab es keine Fragen. Das Geräusch kam von oben und schickte sich an, nach unten zu rasen. Antje schaute in Richtung Decke, dann zum Fenster. Die Männer auch. Hanke raste vorbei. Gleich einer Skischanzenperformance flog er einen hohen Bogen auf die Erde zu. Bald würde dies in der Nordsee enden. Das Ganze wurde nicht von einem herkömmlichen Schrei untermalt, sondern von einem *Uuuaaah*. Eine bemerkenswerte Variante zu den Schreien der vergangenen Tage. Antje zeigte auf das Fenster.

»Das ist Hanke«, sagte sie. Die Männer nickten. Unisexuelle Übereinstimmung. An nackten Tatsachen gab es schließlich nichts zu rütteln: Es war tatsächlich Hanke.

***

Peter Bruns war zuerst draußen und sichtete den Bauern. Nordsee. Hanke, mehr oder minder schwimmend. Das Bäuerchen fuchtelte wild mit den Armen. Die Nordsee wurde aufgewühlt. Um ihn herum bildete sich ein Spritzpilz. Raik fand sich als Nächster ein.

»Es muss ihn einer retten«, ordnete der Wirt an und befand sogleich im Geiste, dass er selbst ganz und gar nicht schwimmen würde. Raik bemaß den Längen- und Breitengrad. Blinzelte mit den Augen. Nahm die Sicht zum Deich auf und bestimmte den Längengrad präziser. In der gleichen Sekunde fühlte Raik Deters, wie ihm ganz unbemerkt die Rettungsaufgabe in die Schuhe geschoben wurde.

»Nein. Nein. Und nochmals Nein! Wieso immer ICH? Ich bin kein Rettungsschwimmer.«

»Raik. Du machst das. Es ist dein Freund. Siehst du den armen Kerl ersaufen?«

»Der ersäuft nicht. Bauern haben eine Fettschicht am Körper und eine Blase im Kopf.«

»Aber du bist …«

»NEIN. Zum allerletzten Mal: Nur weil ich Fischer bin, schwimme ich nicht! Oder geht ihr davon aus, dass ich die Fische im Nahkampf erledige?«

Hanke fuchtelte fortgesetzt. Blubbern. Größerer Spritzpilz. Hermann und Molly traten heran.

»Wir müssen ihn retten«, sagte Hermann. Raik erblickte aus den Augenwinkeln etwas anderes und lugte dem hinterher.

»Seht euch das mal an. Was für ein Schweinkram.« Peter Bruns schaute hoch. Mehl auf seinem Reetdach. Ihm klappte der Unterkiefer hinunter.

»Das ist Mehl.« Raik nickte. »Auf meinem Reetdach.« Raik nickte nochmals.

»Was hat Mehl auf meinem Dach zu suchen?« Auf Fragen zu nicken wirkte ungelenk. Raik schraubte dafür ein Fragezeichen ins Gesicht. Hermann interessierte sich nicht für das Mehl auf dem Dach.

»Wir müssen ihn retten! Hanke geht es nicht gut. Ich glaube, er ertrinkt.« Im Hintergrund blubberte ein Wort über die Nordsee. Es hörte sich nach *Hilfe* an. Peter Bruns Brauen zogen sich hoch.

»Was steht da?« Der Fischer schärfte den Blick.

»Es ist eine Fünf und eine Null.« Das war noch nicht alles. »Und ein Strich.«

»Fünf, null und ein Strich?«

»Jau.«

»Also: 501?«

»Möglich.«

»Aus Mehl.«

»Absolut.«

»Was soll eine 501 aus Mehl auf meinem Dach?«

»Vielleicht will Hanke eine neue Jeans.«

»Von meinem Dach?«

Hermann startete einen neuen Rettungsversuch.

»Wir sollten uns um Hanke kümmern. Lange geht das nicht mehr gut. Er wird schon ganz schwach.« Der Spritzpilz wurde in der Tat kleiner. Dafür das Dachproblem größer.

»Es könnte auch eine 50 mit einem vermaledeiten Ausrufezeichen sein.«

»50!«

»Jau.«

»Aus Mehl?«

»Absolut.«

»Was soll eine 50! Aus Mehl auf meinem Dach?«

»Vielleicht will er irgendeinen Geburtstag feiern?«

»Auf meinem Dach?«

Antje kam hinzu, mit einem Verbandskasten unter dem Arm. Sie versuchte, die Lage einzuschätzen.

»Hanke braucht Hilfe. Was macht ihr da? Warum rettet ihr ihn nicht vor dem Ertrinken?« Der Blick des Wirts ging hinab von der Höhe, hin zu Antje. Er zeigte hoch.

»Mehl.« Mehr sagte er nicht. Kleiner Spritzpilz in der Nordsee.

»Mein Mehl?«

»Jau«, antwortete Raik.

»Auf unserem Dach?«

»Jau.«

»Was steht da?«, rätselte die Wirtin.

»50!«

»Mein Mehl für eine 50! Was für eine Schweinerei.«

»Das ist keine 50!« Stummel trat hinzu. »Es ist ein SOS. Beim letzten Buchstaben ist er abgerutscht. Ansonsten hat er eine Sauklaue.«

»Ein SOS aus Mehl, auf meinem Dach?« Sendepause. »Ist er völlig verblödet?«

»Ein Zeichen für die Bundeswehr«, mutmaßte Stummel.

»Ein SOS für die Bundeswehr?« Peter Bruns wurde hellhörig und strahlte. »Okay. Für die Bundeswehr. Guter Mann. Weiter so!« Nur Raik grummelte. Irgendwie hätte ihm die 501 besser gefallen.

»Antje, was wird mit unserem Brunsschen Plan?«

»Der stockt.«

»Gut. Dann müssen wir ihn jetzt retten. Raik, du bist dran«, brummte der Wirt.

»Ich?«

»Wenn ich das sage?«

»Es ist eher eine 501.«

»Nein, Raik. Es ist ein SOS. Für die Bundeswehr. Somit rettest du ihn. Gute Männer müssen nicht ersaufen. Ansonsten bekommst du kein Mittagessen. Es gibt Gulasch.«

Raik Deters schien abzuwägen. Er hob die Hände. Formte einen Trichter und brüllte.

»Haaanke!« Minispritzpilz ohne Lautäußerung. Erschöpftes Fuchteln. Baldiger Tod.

»Mach die Beine runter. Du kannst da stehen. Der Findling liegt unter dir!«

Peter Bruns verpasste Raik Deters eine Kopfnuss. Gelegentlich brieten einem nicht nur Frauen eins über, sondern Gleichgeschlechtliche langten auch zu.

***

Jesus stand am Fenster und beobachtete die Szene. Kräfte nicht irdischer Natur hatten ihm schnelle Erholung geschenkt. Das Sorgengeflecht um seine Augen verblieb aber. Vorengel Frau Müller-Brase saß auf der Fensterbank und ließ lässig die Beine baumeln. Gelangweilt der Eindruck. Genervt der Ausdruck. Jesus hielt dagegen. Konzentriert und interessiert, ergab sein Bild.

»Herr Jesus, du wirst keinen absolut guten Menschen auf Erden finden. Bestenfalls einen weniger schlechten«, sagte Frau Müller-Brase in fremdländischen Worten und wartete auf eine Resonanz. Zeit verstrich. Jesus faltete die Hände. Das war ihm wohl bewusst. Er hob an, verwarf die Worte und sortierte. Nicht immer half der Himmel. Melodisch der frische Ansatz. Sanft die Sprechweise.

»Das Himmelreich gleicht einem Fischernetz, welches ins Meer geworfen wird und Fische aller Art fängt. Wenn es voll ist, wird es ans Ufer gezogen. Dann beginnt die Lese. Die Guten in die Gefäße, die Schlechten hinfort. Unser Vater steht bereit. Doch was ich sehe, sind noch keine Fische, sondern nur die Jungen. Es ist keine Erntezeit.«

Frau Müller-Brase hörte auf, mit den Füßen zu wippeln. In ihr erwachte das Berufsethos.

»Jesus, ich kann sie züchtigen, wenn du willst. Dann klappt es mit dem Erwachsenwerden gleich schneller«, bot sich die Bildungsmacherin an. Jesus lächelte.

»Du kannst nicht alle Menschen züchtigen.« Frau Müller-Brase stülpte die Unterlippe vor. *Warum eigentlich nicht?* Trotzdem schwieg die Lehrkraft. Eine Quintessenz flatterte durch das Zimmer. Gesegnet die, die schwiegen, wenn sie nichts Gutes zu sagen hatten.

***

KAPITEL 6

Ein Landbesitzer hatte in seinem Weinberg einen Feigenbaum. Als er kam und nachsah, ob er Früchte trug, fand er keine. Da sagte er zu seinem Gärtner: Jetzt komme ich schon viele Jahre her und sehe nach, ob dieser Feigenbaum Früchte trägt, und finde nichts. Fällt ihn! Warum soll er weiter dem Boden die Kraft nehmen? Der Gärtner erwiderte: Herr, lass ihn dieses Jahr noch stehen; ich will den Boden um ihn herum aufgraben und düngen. Er wird Kraft erhalten durch meine Kraft. Vielleicht trägt er doch noch Früchte; wenn nicht, dann lass ihn fällen.

Lukas 13, 6-9

***

Hanke Harms saß im Bademantel am Gruppentisch. Ein Turbantuch um den Kopf gewickelt. Ein jeder hatte Platz genommen. Jesus schaute auf den Tisch und sprach einige Worte. Frau Müller-Brase übersetzte und der Bauer schluckte. Die anderen Anwesenden versuchten, vom Gesichtsausdruck des Auserwählten zu deuten, was die unsichtbare Pädagogin und Jesus von sich gaben.

»Wie kann man nur so dämlich sein?«, schimpfte die Lehrkraft vor sich hin. *»Was macht das für einen Eindruck auf den hohen Gast auf Erden? Zu unterbelichtet, um einen einzigen guten Menschen zu nennen. Das ist kollektives Versagen einfältiger Naturen in Verbindung mit völliger Verdummung.«*

»Was ist, Hanke? Was sagt sie? Wo ist sie?« Hanke schaute mit unterwürfigem Blick hoch und zeigte auf die Pfeffermühle, die auf dem Tisch stand.

»Will sie dich schlagen?«, fragte Peter Bruns besorgt. Der Kopf des Bauern verneinte.

»Was ist? Was sagt Jesus? Was sagt sie? Rede!«

»Sie sagt, dass wir alle dumm sind.«

»Na, das ist ja nett«, giftete Antje los. »Ist das alles oder hat die Zicke sonst noch was abgesondert?« Hanke legte in aller Ruhe nach.

»Wir sind zu unterbelichtet, um einen einzigen guten Menschen zu nennen. Das bezeichnet sie als kollektives Versagen einfältiger Naturen in Verbindung mit völliger Verdummung.«

»Na, das ist ja so was von nett.« Antje sah die Pfeffermühle an, wie nur eine Frau eine feindliche Pfeffermühle ansehen konnte. Böse und kurz vorm Feuerspeien. »Warum zeigt sich Fräulein Schrulle nicht? Es gibt Dinge, die sollte Frau besser von Angesicht zu Angesicht besprechen. Am besten auf einem Parkplatz. Zur Not gehen wir in die Küche. Oder hat sie etwa Angst?« Hanke Harms schluckte und begann leise zu sprechen.

»Antje, ich glaube nicht, dass sie jemals Angst hat. Sie ist doch schon tot. Fordere sie nicht heraus.« Der Bauer bekam Befehlsempfang. Es ploppte. Ortswechsel der Pädagogin.

»Und?! Was brabbelt die Pausenaufsicht?«, zischte die Wirtin. Hanke verzog schmerzverzerrt das Gesicht.

»Sie sagt gerade: Wenn sie züchtigen dürfte, wie sie gerade züchtigen möchte, würde sie niemals mehr unzüchtige Gedanken haben, weil ihr das Verprügeln von Dösköppen scharfen Spaß macht.« Antje schnaubte. Peter Bruns hakte ein.

»Hanke, ist das alles?«

»Sie ist der Ansicht, dass hier ein Hort von lernbehinderten Bezirkstrotteln ist, weil wir es nicht schaffen, auch nur einen einzigen guten Menschen zu nennen und dass wir nur streiten und nicht konstruktiv sind. Das ist außerdem nicht im Wohlgefallen des Herrn.«

»Das hat sie gesagt?«, entrüstete sich der Wirt. Hanke schüttelte den Kopf.

»Das hat sie also nicht gesagt?« Hanke schüttelte abermals den Kopf.

»Herrgottnochmal, hat sie es gesagt oder nicht?«

»Sie hat es geschrien.« Das Bäuerchen zeigte auf sein Ohr. »Direkt da rein. Sie sitzt auf meiner Schulter.«

»Peter! Mach was! So geht das nicht weiter!«

Peter Bruns dachte darüber nach, den ersten Wohnsitz auf eine Säule zu verlegen. Raik Deters räusperte sich:

»Mit dem Streiten meint die Zuchtmeisterin doch ausschließlich Hanke. Oder?«

»Streiten? ICH? Mann–gar–nicht. Ich streite nicht. Überhaupt nicht. Du streitest, Raik Deters.«

»Ich sitze hier nur völlig unschuldig und sage lediglich eine Klitzekleinigkeit.«

»Klitzekleinigkeit? Raik Deters und eine Klitzekleinigkeit. Ha! Dass ich nicht lache. Du streitest immer.«

»Nie.«

»Und du musst auch immer das letzte Wort haben«, stellte der Auserwählte fest und sah sich nach Unterstützern um.

»Ich habe nicht immer das letzte Wort.«

»Doch.«

»Nein.«

»Doch.«

»Nein.«

»Siehst du: immer das letzte Wort.«

»Das stimmt nicht.«

»Genau jetzt, merkt man es doch.«

»Unfug.«

»Siehst du, da schon wieder.«

»Nun mach mal halblang.«

»Ruhe! Sofort Ruhe!« Peter Bruns ging dazwischen. Die Schläfen des Wirts pochten. Er brauchte dringend Frieden. Unendliche Wortgefechte – es sah nach einem Dauerkonflikt aus, der in die Annalen von Dithmarschen als tausendjähriger Krieg einzugehen drohte, wobei die Zahl Tausend für Unendlichkeit stand. Keinesfalls wollte er diesen toten Gaul mehr reiten. Es reichte!

***

Tiere bemerkten feinstöffliche Veränderungen schneller, als der Mensch es konnte. Elefanten spürten Tsunamis, Vögel erahnten Vulkanausbrüche und Wale fühlten Seebeben. Was konnte eine Kuh von der Küste? Gretel trat vor die Garage. Irgendetwas stimmte nicht. Sie bewegte ihren schweren Kopf hin und her. Große Augen versuchten, das zu erhaschen, was seltsam wirkte. Doch sie erspähten nichts. Kein Tsunami, Vulkanausbruch oder Seebeben. Was war es dann? Gretels Nase schnupperte. Sie bemerkte den zarten Geruch des Abschieds. Ein Geruch, der von oben kam und sich über die ganze Gegend legte.

***

Antje rückte ihr graues Trägerkleid zurecht. Welche ehrbare Frau auf Erden konnte die Maßregelung durch eine andere Frau wortlos ertragen? Keine.

»Also, das ist ja …«, pustete die gemaßregelte Wirtin, »… einfach unverschämt. So ist noch niemand auf mich zugekommen. Sie soll sich zeigen, dann zeige ich es ihr!«

»Schnurzelpurzel, ganz ruhig. So kommen wir nicht weiter. Und du, Hanke Harms, bist einfach still. Du sagst kein Wort. Nicht mal das leise Röcheln deiner Bronchien will ich hören. Das gilt auch für dich, Raik Deters.«

»Warum muss diese Krähe immer alles übersetzen. Jesus sitzt direkt bei uns am Tisch. Warum spricht er nicht in unserer Sprache? Wozu dieser Bruchengel?«, fragte Antje nach. Hanke hielt die Lippen fest aufeinandergepresst, winkte mit dem Finger, zeigte auf sich, aber es kam kein Laut aus ihm heraus. Noch nicht einmal Bronchiengeräusche.

»Was habe ich eben gesagt, Hanke? Ich will kein Wort hören«, verdeutlichte der Wirt noch einmal. Antje schaute zu Hanke rüber.

»Peter, das sieht komisch aus.« Sie legte ihre Wut beiseite. »Was ist, wenn er uns etwas Wichtiges sagen möchte?«

»Hanke? Uns? Etwas Wichtiges?« Hanke winkte aufgeregt.

»Es kann doch möglich sein.« Antje inspizierte das rot angelaufene Gesicht ihres künftigen Schwiegersohns. Der Wirt holte hörbar Luft und ließ eine Lücke im Regelwerk der Ruhe zu.

»Nur Wichtiges, Hanke. Nicht mehr. Hast du das verstanden?« Hanke nickte.

»Dann los!«

»Jesus hat gesagt«, platzte er heraus, »warum soll ich es euch Menschen leicht machen und eure Sprache sprechen, wo doch kein Mensch auf Erden die Sprache meines Vaters spricht?« Abrupte Stille.

»Wir suchen jetzt gemeinsam einen guten Menschen«, sagte die Wirtin in die Stille hinein und alle Blicke wanderten zu ihr. »Jeder bis auf Hanke hat eine Stimme und niemand darf sich selbst vorschlagen.« Die Ausstrahlung des Lichts, das von draußen einfiel, änderte sich. Verschattungen drangen ein. Auch in die Gemüter. Nichts und Niemand, Geschwister im Bunde der Feigheit, rieben sich die Hände. Keiner sagte einen Ton. Gemeinsam einen guten Menschen suchen? Wo Hanke kläglich scheiterte, noch einmal neu ansetzen? Persönliche Verantwortung tragen bei Fehlschlag? Musste das sein?

Der Wirt reflektierte in Windeseile, dass er auch diesen toten Gaul, der Gutmensch hieß, nicht mehr reiten wollte und dass der Innenhof mittlerweile voll von toten Gäulen sein musste. Warum der wilde Aktionismus? Was brauchte ein echter Mann, um glücklich zu sein? Bier im Glas, einen vollen Bauch, die Hand am Hintern der Holden und die Jungs von Bundeswehr. Genau genommen waren Trichtersaufen und rituelles Pinkeln besser, als irgendeinen Tugendhelden auszuspähen. Geschehen sollte, was geschehen musste, aber alles zu seiner Zeit. Warum war er nur auf die Idee gekommen, den Brunsschen Plan zu entwickeln? Kehrtwende – Marsch. Am besten würde er wegkommen, wenn er ein paar Nebelraketen abfeuern würde. Nebelraketen waren herrlich. Damit konnte er Antje außer Gefecht setzen.

Und was machte ein Studierter der Tiermedizin aus der angedrohten kollektiven Suche? Stummels innere Mitte eierte. Religiösenwahn hinterherzulaufen war bekanntermaßen nicht sein Ding. Das Sich–blutig–Schlagen als Bußübung, nach Lourdes auf den Knien robben sowie freitags Fisch essen, boten keinerlei Spaßfaktor. Zumindest musste er nicht an sechsarmige Göttinnen glauben, die ins Weltall brüllten und gleichzeitig in schmutzigem Wasser badeten, in dem die Asche von frisch Verstorbenen vorbeischwamm. Wenige Gedanken weiter, destillierte er daraus, dass Neutralität bei der Suche nach einem Gutmenschen sinnvoll sei. Am klügsten wäre, eine intellektuelle Ausweichdiskussion zu versuchen. So etwas verwirrte Frauen. Außerdem erwog er, Hilflosigkeit zu generieren. Frauen mochten das. Beides intelligent gepaart und schon kam er vom Haken.

»Wie ich sehe, höre ich nichts. Oder gibt es schon Vorschläge?« Antje Bruns tippelte mit den Fingerspitzen auf dem Tisch. Männerstille. Das

Tippeln wurde angespannter. »In Ordnung«, sagte die Wirtin zackig und beendete die Tippelmarter, »dann werde ich erst mal in die Küche gehen und das Gulasch zubereiten. Das Hirn braucht schließlich Nahrung. Ihr habt also reichlich Zeit, euch etwas zu überlegen. Und wenn ich wieder da bin, essen wir und jeder nennt Jesus denjenigen, von dem er der Ansicht ist, dass er absolut gut ist.«

Was sagte Antje? Absolut gut? Raik Deters schluckte. Das dürfte schwierig werden, insbesondere wenn niemand sich selbst nennen durfte. Damit wurde der Kandidatenkreis extrem klein. Antjes Plan hatte Tücken im Detail. Woher nehmen und nicht stehlen und wie konnte jemand wissen, ob der, den er nannte, nicht nur oberflächlich gut war? Gut die Hülle, Schweinsein das Innere. Raik Deters grübelte. Ein Kerl, der sein ganzes Leben auf dreckigen Bootsplanken verbracht hatte, kam immer wieder in die Fahrrinne zurück. Er entschied, seemännisch zu handeln – *auf jedem Schiff, das schwimmt und schwabbelt, gibt es einen, der zu viel sabbelt.* Das hieß: Schweigen in Verbindung mit Achselzucken und im Notfall würde ihm der perfekte Gutmensch schon einfallen.

Auch Rentner Hermann fühlte sich von der Aufgabe überfordert. Was sollte er tun? Was sagen? Wenn doch nur Emma noch da wäre, dann wäre alles einfacher. Sie wüsste, was zu tun war. Emma, die patenteste Frau der Welt. Ohne sie fehlte ihm ein Teil seines Denkens. Er fühlte ein tiefes Sehnen nach ihr.

Erlischt das Licht des Lebens, trösten die Sterne der Erinnerung. Weiße Rosen, dachte er unwillkürlich. Emmas Lieblingsblumen. Wenn dies hier alles vorbei wäre, dann würde er mit Molly zum Friedhof fahren und einen schönen Strauß mit weißen Rosen auf ihr Grab legen. Hermann sah Emmas Bild vor Augen und wünschte sich, sie noch einmal berühren zu können, über die warme Haut zu streichen und ihren Duft wahrzunehmen. Er fühlte eine Welle auf sich zukommen, die leise wisperte: *Nicht gestorben – nur vorausgegangen.*

Hanke, der als einziger keine Probleme mit dem Suchen nach einem guten Menschen hatte, fand seinen Ausschluss völlig daneben. Er musste nicht. Durfte nicht. Antje-Verbot. Das Bäuerchen grummelte.

»Warum darf ich nicht? Ich kann auch ganz schön hilfreich sein, wenn ich nachdenke. Man will mich nicht, dabei kann ich. Das ist Ausgrenzung von bäuerlicher Intelligenz!«

Vorengel Frau Müller-Brase hatte die Ohren gespitzt und fing die Nachricht von der Diskriminierung auf.

»Bäuerliche Intelligenz!? Von nichts kommt nichts. Denken muss reingedrückt werden, das wächst nicht wie Kartoffeln.« Zur Abrundung ihrer Meinung holte die Pädagogin aus und ließ den Rohrstock zischen, mitten auf Hankes Finger.

***

Das Mahl stand auf dem Tisch. Gulasch mit Spiralnudeln. Der würzige Duft wehte durch den Gastraum. Der Wirt eröffnete das Essen.

»Lasst es euch schmecken! Haut rein!« Auf jedem Teller wartete ein Riesenberg gedrehter Nudeln, durchzogen von dunkler, kräftiger Sauce, darauf, verspeist zu werden. Als Nest obenauf saftige Rindfleischstückchen in mundgerechten Häppchen. Dazu ein kühles Blondes an der Seite. Vor dem ersten Gabelbissen lief viel Wasser in den Mündern der Männer zusammen. Startschuss. Tellerklappern. Leckeres Futter einfahren. Gierige Stille. Jesus kostete zaghaft. Offensichtlich bekömmlich, um den zweiten Bissen musste er nicht gebeten werden. Eines war gewiss – auch ein Heiland wusste, was ein kulinarischer Hochgenuss war.

Es hätte alles gemütlich so weiter gehen können, wenn die Wirtin beim Essen des Gulaschs geblieben und nicht wieder auf die Jesusproblematik umgesprungen wäre.

»Es wird Zeit für den guten Menschen«, sagte Antje ins allgemeine Essen hinein. Zwiebeln verursachten Magenschmerzen. Aufforderungen dieser Art auch. Peter Bruns versuchte, zu retten, was noch zu retten war.

»Nicht jetzt, mein Schnuckelpuckel. Erst nach dem Essen.« Der Wirt pikste zwei feiste Stückchen Gulasch und eine Nudel auf. Weg damit, bevor das Drama begann. Er kaute genüsslich.

»Essen könnt ihr«, schnaubte Antje, »aber mit dem Denken ist es nicht weit her. Dann werde ich euch mal zeigen, dass Frauen Doppelbelastungen so mir nichts, dir nichts stemmen können. Ich kann auch dann einen guten Menschen nennen, wenn ich esse!« Theaterdonner – Antje setzte zu ihrem Vorschlag an. Spannung im Augenblick. Erwartungsvolle

Gesichter. Es folgte die Lösung aller Lösungen, die Weisheit aller Weisheiten, Frauengenialität spie sie einfach aus.

»Es ist …«, sagte Antje Bruns bedeutungsschwer und hob den Kopf. »Bill Gates.«

Stummel ließ die Gabel fallen. Duldungsstarre für Sekunden. Dann ein tiefes, aus dem Herzen kommendes Lachen. Er hielt sich den Bauch. Das gegessene Gulasch wurde ordentlich durchgeschüttelt. Die anderen starrten ihn an. Showdown. Gleich würde etwas Entsetzliches passieren, was das Grab eines Erschossenen im Lichte der Freundlichkeit erscheinen ließe. Was ritt einen klugen Mann, so aus der Deckung zu gehen?

»Stummel!«, Antje stemmte wieder einmal die Hände in die Hüften und ihr verkniffenes Gesicht verhieß nichts Gutes. »Was bitte hast du gegen Bill Gates?«

Der Tierarzt schlug sich auf die Schenkel. Wer viel Zeit seines Lebens in Pferdeställen zugebracht hat, war durchaus in der Lage, überzeugend zu wiehern. »Peter, bringst du mir einen Lütten«, drückte er zwischen zwei Lachkrämpfen hervor. »Am besten die ganze Flasche!« Peter Bruns stand auf. Er war der festen Überzeugung, dass alle Delinquenten vor der Hinrichtung, Anspruch auf einen letzten guten Schluck hatten. Jeder Soldat. Jeder Zivilist. Auch Tierärzte.

»Stummel, das ist unverschämt! Ich finde meinen Vorschlag erstklassig. Wage es ja nicht, weiter von meinem Gulasch zu essen, das Blonde zu trinken, unter meinem Dach zu schlafen und auch nur einen Zug aus deinen stinkenden Zigarren zu nehmen!«

Letzteres traf. Kein Rauchen mehr? Vertrag war Vertrag – wie konnte der einfach so rückgängig gemacht werden? Das ging gar nicht. Null Lachen, auch kein Wiehern mehr. Ungastlichkeit im Gastraum. Peter Bruns kam mit der Flasche und zwei Gläsern. Der Wirt schenkte ein. Zuerst für Stummel, dann für sich. Notfallselektion. Die anderen Gläser würde er noch holen. Der Wirt flüsterte dem Todgeweihten zu: »Stummel, hat sie dir den Kopf schon abgehackt?« Der Veterinär zog den Kopf von rechts nach links.

»Noch alles dran. Sie will mich aushungern und rausschmeißen. Außerdem keine Dicken mehr.« Peter Bruns klopfte dem Tierarzt auf den Rücken.

»Dann bist du ja noch gut weggekommen.«

»Gut weggekommen?«

»Keine Angst, Antje beruhigt sich wieder. Sie meint es nicht so. Trink erst mal!« Der Wirt gab ihm den Doppelten, der sogleich den Abgang fand. Antjes zornesroter Kopf begann zu sprechen.

»Bill Gates ist gut, denn gut ist, wer Gutes tut. Er ist ein Menschenfreund und hat eine Stiftung für arme, hilfsbedürftige Menschen gegründet und er gibt ein Großteil seines Vermögens dafür aus. Das finde ich gut.«

Der Tierarzt stieß Peter Bruns an. Im Wein lag Wahrheit, im Schnaps der Mut.

»Antje redet so viel dummes Zeug. Ist sie schon gechipt?«, flüsterte Stummel. Wortlos schenkte Peter Bruns nach und zuckte mit den Schultern. Stummel kippte. Der Wirt auch. Die Männer sahen einander verschwörerisch an. Kein Laut kam mehr über ihre Lippen. Immerhin wirkte der Akt ihres Schweigens weniger aggressiv mit zwei Lütten hinter der Binde.

»Stummel, wie lautet denn dein genialer Vorschlag? Wer so viel lacht, hat doch bestimmt etwas Besseres in petto? Raus damit. Ich will auch mal lachen.« Antjes Einsatz mutete latent giftig an. Broder Uhlig rüstete sich. Der Schnaps brannte in den Eingeweiden. Einen in der Krone zu haben, bedeutete erst einmal, eine Krone auf dem Kopf zu tragen. Momentan begann sie zu wackeln.

»Liebe Antje!«, sagte Stummel so feierlich, als hätte er schon das Ei des Kolumbus gekocht, gepellt und verschlungen. »Das Suchen ist bisher konfus verlaufen. Sofern man dem Unsinn folgen möchte, ist das oberste Gesetz im Leben die Ordnung.« Stummel sammelte sich und fuhr fort: »Ergo: Wir denken zunächst nicht als Individuum, sondern wir bilden eine Kommission, die Denkalternativen erarbeitet, welche zuerst in untergeordneten Arbeitsgruppen ausdiskutiert werden, um einen möglichst breiten gesellschaftlichen Konsens zu erreichen. Dieser sollte vegetarisch, vegan, umweltverträglich, geschlechtsneutral und ohne Tierversuche sein. Zusätzlich sollten wir einen Aufruf starten für die Aktivierung der Spendenbereitschaft zur Rettung des Regenwaldes. Außerdem gibt es eine Priorität für die Arbeitsgruppen, die korrekte Anrede von Gott zu ermitteln. Herr Gott, Frau Gott oder Divers Gott? Nur wenn die Grundlagen stimmen, ist das Gerüst für eine wegweisende Lösung tragfähig.« Der Tierarzt hatte zwar keine Ausbildung zum Gerüstbauer, aber er frohlockte innerlich. Für den Anfang hatte er genügend Ausweichdiskussion geboten. Er selbst wäre bei dieser Antwort völlig verpeilt gewesen. Hätte er das seiner Sybille geboten, so wäre er nicht umhingekommen, noch ein männlich-hilfloses Lächeln draufzulegen. Das kam immer gut an und nur so konnte ihr beinharter Panzer geknackt werden. Ob der Trick auch bei Antje funktionierte? Doktor Broder Uhlig – ein Meister des nervösen Lächelns mit Randstücken von Verzweiflung – machte das einzig Richtige und wendete die erfolgreiche Taktik bei Antje an. Er begann, zaghaft zu lächeln – geschwächt, ermattet, maskulin und verzweifelt. Die Mundwinkel zuckten. Ganz großes Kino. Antje ließ ab.

»Raik!«, sagte Antje in einschmeichelnderer Form. »Mein lieber, lieber, Raik, nenne uns deinen Vorschlag. Wer ist es?«, säuselte die Wirtin. Der Fischer zuckte zusammen. Die Knie zitterten. Wenn Frauen schmeichelten, war es gefährlicher, als gegen Gladiatoren bis aufs Blut zu kämpfen. Zum Glück saß er und niemand sah das Schlottern.

»Wieso ich?«, entfuhr es ihm.

»Wieso du nicht? Du bist doch ein kluger Mann mit Weitsicht und einer ist immer der Nächste.«

»Warum nicht Hermann?«

»Lass Hermann aus dem Spiel!«, brummte Hausherr Bruns. Der Einwurf entpuppte sich als Eigentor. Hermann nicht. Raik unwillig. Dann kam nur noch ein Weiterer in Frage – Peter Bruns selbst. »Raik«, sagte der Wirt sehr langsam, als er die Misere durchgerechnet hatte, »nur als vorbeugende Maßnahme: Versuche gar nicht erst, auf einen anderen zu verweisen. Denke noch nicht einmal darüber nach. Wenn meine Frau will, dass du dran bist, dann bist du dran. Oder ich nehme dich dran. Willst du das wirklich?«

Raik Deters wog ab. Erst zwei Gabelbissen vom Gulasch und schon im Scheinwerferlicht. Wie war der ursprüngliche Plan? Wie wollte er reagieren? Richtig: mit Achselzucken. Raik Deters machte große Augen und zuckte mit den Achseln. Antje ließ es wirken.

»Was soll das heißen?« Erneutes Achselzucken.

»Was soll das Zucken, Raik Deters? Ich verlange doch nicht viel. Wer ist dein guter Mensch?«, bohrte Antje weiter. »Spuck es aus!« Der Fischer versuchte, ruhig zu bleiben. Achselzucken konnte enorm variantenreich sein. Diesmal legte er eine gekrauste Stirn dazu. »Raaaik! Wer ist ein guter Mensch?« Der Druck stieg. Raik schaute Antje in die Augen – Antje schaute Raik in die Augen. Der Spannungsbogen, gleich würde er reißen. Noch ein Achselzucken? Oder Farbe bekennen? Der Bogen riss. Die Achseln verloren, die Zunge triumphierte.

»Scarlett Johansson.«

»Was?«

»Ich finde Scarlett Johansson richtig gut.« Hanke kam ihm sofort zur Hilfe.

»O ja, die finde ich auch gut.«

»Du mischt dich da nicht ein, Hanke Harms. Deine Vorschläge sind verbraucht, also hältst du den Rand.« Hanke zog die Lippen ein.

»Jetzt zu dir, du Fischkopp. Warum ist Scarlett Johansson ein guter Mensch?«

Zunächst wiegte der Fischer die Wirtin in Sicherheit. Er zuckte mit den Achseln.

»Raus damit!« Antje Bruns schien nicht entzückt zu sein. Raik Deters dehnte den Moment der Findung einer guten Menschin in die Länge. Ein Leuchten spannte sich über sein Gesicht und in aller Gemächlichkeit formte er die Hände. Diese zeigte er Antje. Zwei Schalen. Er wendete sie hin und her. Dann nahm er die beiden mächtig ausgeformten Männerhandschalen vor seine Brust.

»Das ist doch voll gut. Oder?«

»Ihr seid alle … wirklich alle …«, Antje atmete tief, »unmöglich!«

Kam nicht mehr? Nur unmöglich? Vielleicht rutschte doch noch ein richtiges Schimpfwort für Männer heraus? So etwas wie Schmutzfinken, Ferkel oder Unholde. Im Angesicht des Herrn Jesus bei Tische sicherlich eine Gesprächsbereicherung. Antje Bruns griff zur Sparversion.

»Ihr seid einfach nur Männer! Mehr sage ich dazu nicht.« Eine Vorsichtsmaßnahme. Auch Jesus gehörte dem Tätergeschlecht an. Dieser schien alles klaglos hinzunehmen und reagierte nicht. Möglicherweise ein Übersetzungsfehler, Pädagoginnenschläue oder die Großherzigkeit des Vergebens. Es blieb im Dunkeln. Antje Bruns begann wieder, mit ihren Fingerspitzen auf dem Tisch zu tippeln.

»Peter«, fragte Raik Deters, der immer noch die Handschalen vor der Brust hatte, den Wirt, »war das mit den *Männern* eine Beleidigung?«

Antje schnitt die Antwort ihres Mannes ab. Egal, wer hier welches Geschlecht hatte, eines davon war fällig und das weibliche war es nicht.

»Was kann man von Männern schon erwarten?«, fauchte sie. »Ganz einfach: Geschwafel, Sexismus, Grobmotorik und Empathielosigkeit.« Antje schaute zu ihrem Ehemann. Der letzte Ausweg hieß nicht Hoffnung, sondern Peter Bruns. »Peterle, mein Lichtblick, mein herzallerliebster Göttergatte, du Bester unter den Besten. Du bist anders, genauso wie Jesus: Wer ist dein guter Mensch?«

Lichtblick, Göttergatte, Bester unter den Besten, jesusgleich – Raik Deters überlegte, sich den Finger in den Hals zu stecken. Er revidierte: Vermutlich würde das Göbeln auch ohne Finger klappen. Peter Bruns dagegen hielt die Luft an. Notruf. Das Gehirn antworte nicht. Grauenhafte Warteschleife. Startsequenz der Nebelrakete mit der Nummer eins begann.

»Min Seuten, so eine bedeutende Frage darf man nicht überstürzen.«

»Wer überstürzt denn hier was?«, zickte Antje los. »Jesus wird uns weglaufen. Das wird passieren und was erzählt er dann seinem Vater? Das wird ein Desaster.«

»Schnucki, immer mit der Ruhe. Ich mach das schon. Hetz mich nicht.«

»Ich hetze nicht!«

»Mein liebes Hasenöhrchen, wenn ein echter Kerl wie ich sagt, dass er einen guten Menschen findet, dann findet er einen guten Menschen. Man muss ihn nur nicht jeden Tag im Jahr daran erinnern.« Der Wirt klopfte sich innerlich auf die Schulter. Perfekte Darbietung. Nebelrakete mit Zeitverzögerungszünder. Die Bundeswehr war ein geniales Ausbildungslager für Ehemänner.

»Was???«

Peter Bruns fuhr zusammen. Damit es nicht nach Angst aussah, nahm er die Gabel in die Hand, pikste zwei Nudeln auf und befeuchtete sie mit Gulaschsoße.

»Willst du damit sagen, dass du keinen guten Menschen weißt?«

»Puschelchen, so kann man das nicht sagen. Die meisten Fragen haben mehrere Antworten.« Antje Bruns ging dem kommunikativen Labyrinth nicht auf den Leim. »Nenne mir nur einen guten Menschen!« Die Gabel mit den Nudeln zitterte.

»Süße, Gras wächst auch nicht schneller, wenn man daran zieht.« Bei Licht betrachtet, schwebte gerade ein Gewitter über dem Wirt ein.

»Einen guten Menschen!«, brüllte mittlerweile Frau Bruns ihren Gatten, Herrn Bruns, an.

»Ähhh, ich … ja … also… Mäuseschwänzchen …« Seine Stimme wurde heiser und verlor sich im Nichts. Wo blieb die nächste Nebelrakete? Wunder wuchsen am besten auf dem Boden der Verzweiflung. Er ließ die Gabel ins Gulasch fallen. Sauce spritzte hoch. Traf ihn. Er schrie auf.

»Au … Mein Auge! Hilfe! So helft mir doch! Ich sehe nichts mehr!« Antje Bruns schwankte zwischen Wut und Ärger. Sie kniff die Augen zusammen. War das echt oder Show? Peter Bruns dagegen wusste, bei Antje konnte nichts einfach sein. Er befand sich im Brutkasten eines kreativen Prozesses. Es musste noch eine ordentliche Schippe draufgelegt werden.

»Hilfe, Antje. Paprika. Sauce. Blind. Ich werde ohnmächtig! Wo sind der Verbandskasten und eine liebliche Krankenschwester?«

Das war doch ein wenig zu viel des Guten. Antje Bruns roch den Braten. Er stank ihr sozusagen entgegen. Der Wirt blinzelte. Der nahende Untergang pikste ihm ins Auge. Was er sah, wirkte nicht gut. In Verantwortung vor Gott und dem Vaterland zog er eine Kurzbilanz. Er hielt sich eindeutig für einen Kerl, durch und durch. Bundeswehrsoldaten außer Dienst, im Ehestand, jammerten nicht. Sie gingen stillschweigend in den Tunnel und umarmten das Licht.

»Antje, du musst nicht so böse sein. Wir haben dich doch alle lieb«, sagte Hermann leise. »Raik ist nicht schlecht. Peterle auch nicht. Bei Raik ist es die überschäumende Bewunderung für die Weiblichkeit. Richtig wäre es, sie im Zaum zu halten. Aber trotzdem ist es ein Kompliment. Es wäre nur schöner, wenn es verhaltene Bewunderung wäre. Peterle meint es auch nicht so, er ist nur hilflos und weiß nicht weiter und Stummel hat es versucht. Wir sollten alle etwas ruhiger sein – in der Ruhe entstehen Wege, die sonst keiner sieht.«

»Ach, Hermann«, seufzte Antje, »wenn alle wären wie du. Aber sie sind es nicht. Die anderen hier im Raum könnten sich von dir mal eine Scheibe abschneiden. Kannst du mir wenigstens helfen? Kennst du einen wirklich guten Menschen?«

»Ach, Antje, ich würde dir wirklich gerne helfen. Aber ich kenne auch niemanden. Ich habe so lange darüber nachgedacht, dass ich davon Kopfschmerzen bekommen habe. Wir Menschen scheinen nicht mehr gut zu sein. Das ist doch ein Armutszeugnis. Oder? Früher hätte ich Gandhi oder Mutter Theresa gesagt. Mir fallen auch noch Nelson Mandela, Hildegard von Bingen und Florence Nightingale ein. Aber sie sind schon fort. Ihre Lebenszeit ist vorbei und niemand ist nachgewachsen. Warum ist das so?«

»Ach, Hermann, ich weiß es doch auch nicht«, stoßseufzte die Wirtin.
Jesus, der die ganze Zeit der Unterhaltung beiwohnte und sie im Stillen
wirken ließ, räusperte sich. Er stand auf. Sprach. Kurz und entschieden.
Was tat Hanke derweil? Er suchte den Tisch ab. Wo war Frau Müller-Brase
geblieben? Nirgends zu sehen. Plötzlich hüpfte die Rohrstockpädagogin
hinter dem Gulaschtopf hervor. Eine hervorragende Lehrerin war immer
parat, wenn die Schwachbegabten Hilfe brauchten. Minuten später verkündete Hanke die Botschaft:

»Frau Müller-Brase sagt, dass er sagt: Ich bin vom Vater ausgegangen
und in die Welt gekommen. Nun verlasse ich die Welt wieder und gehe
zum Vater.«

»Das ist deine Schuld!«, rief Raik Deters dem Auserwählten Hanke
Harms zu. »Ganz allein deine Schuld!« Frau Müller-Brase verdrehte die
Augen. *Ging das schon wieder los? Wozu in aller Welt vögelten sich Menschen
die Seele aus dem Leib, um solche Brut zu produzieren? Warum keine Karnickel
halten? Die zerstörten nur den Teppich und nicht das ganze Leben.*

»Mann–gar–nicht. Ich habe damit nichts zu tun. Er geht aus freien
Stücken.«

»Hast du doch.«

»Habe ich nicht.«

»Aber sicher.«

»So ist das nicht.« Der Wirt schlug mit der Faust auf den Tisch.

»Nein, nein und nochmals nein. Ihr beide hört sofort auf. Wir machen
jetzt das einzig Vernünftige und lassen Jesus sprechen.«

Der Messias stand vor der zerstrittenen Meute. In Bluejeans, weißem
Hemd und Wollsocken. Dennoch würdevoll. Er erhob seine Hände und
jeder im Raum teilte die Empfindung, dass etwas Besonderes bevorstand.
Raik und Hanke stritten nicht mehr. Peter und Antje Bruns fassten einander an den Händen. Hermann ergriff Mollys Pfote und selbst Stummel verspürte keinen Schmachter mehr nach einer drallen Dicken. Ohne
Worte, nur mit der Geste der Hände, bat der Heiland, sich zu erheben.
Ein seltsames Licht ging von ihm aus. Er streckte eine Hand aus und es
erschien darin eine gläserne Schale mit Öl. Verhaltenes Zurkenntnisneh-
men eines ungewöhnlichen Geschehens. Allgemeines Stühlerücken.

Jesus trat zu Hermann und Molly. Der Rentner blickte den Messias
ängstlich an. *Was würde passieren?*, sprach die Körperhaltung. *Hoffentlich
nichts Schlimmes?*, fragte er sich. Was aber tat sich? Zunächst nicht viel.

Hermann verlor sich zusehends im Himmelblau der Augen seines Gegenübers. Er drückte die Havaneserin an sich. Der Rentner wurde von einem unglaublich liebevollen Empfinden überschüttet. Es erfasste ihn völlig. Sogar der Schutzgriff für Molly lockerte sich. Jesus nickte ihm zu. Kaum mehr als eine wahrnehmbare Geste.

Der Heiland tauchte den Zeigefinger in die Glasschale mit dem Öl, erhob die Hand und zog ein Kreuz auf Hermanns Stirn. Kein Wort, keine Erklärung, das tiefe Gefühl der Ehrung war genug. Die beiden Männer standen für einen Augenblick ganz dicht beieinander. In Andacht. Die anderen schauten neugierig zu. In die Regungslosigkeit hinein bildete sich ein Öltropfen auf der Stirn des Rentners und setzte sich in Bewegung. Auf der Mitte der Nase fing Hermann den Tropfen ab. Er besah sich die Flüssigkeit. Zerrieb sie. Olivenöl. Kein Zauberwerk und trotzdem diese Erfahrung von Güte und Annahme. Hermann nahm den benetzten Finger und rieb ihn auf Mollys Stirn. Das Fell bekam eine ölige Strähne. Die Havaneserin schmiegte sich an. Jesus verfolgte das Tun und sprach. Frau Müller-Brase war ebenso fasziniert von dem Moment der Salbung von Hund und Mensch wie die Mitmenschen im Raum. Sie übersetzte nicht. Wozu auch? Es konnte erahnt werden. *Selig sind die, die reinen Herzens sind, denn sie werden Gott schauen.*

Jesus beendete die Bindung zu Hermann und Molly und ging auf den Tierarzt zu. Doktor Broder Uhlig wusste, was ihm blühte. Ölschmiere. Sein sorgfältiges Durchdenken der Situation erbrachte, dass er keinen Sinn darin sah, sich mit einem ölverfetteten Daumen bekreuzigen zu lassen. Innerlich schüttelte es ihn. Erst ein suboptimales Grässlichkeitsfühl auf der Haut und dann eine verschmierte Brille. Alles für den Humbug. Ein simples *Tschüss* reichte. Oder ein feuriges *Schalom*. Wie auch immer. Nur kein gulpiger Daumen im Gesicht. Er wich einen Schritt zurück.

»Jesus, mein Lieber«, sagte Stummel ausgesucht freundlich, »das ist wirklich, wirklich nett von dir, aber ich muss nicht bekreuzigt werden. Kein Daumen, kein Öl, null Voodoo. Ich brauche keinen Gott, ich habe ein Gewissen. Das reicht.«

Jesus hörte, erfasste und ließ antworten.

»Stummel, Frau Müller-Brase sagt, dass er sagt: Wozu brauchst du ein Gewissen? Bist du bei meinem Vater, brauchst du nur Vertrauen. Er bereitet dir den richtigen Weg.« Stummel schob die noch unbeölte Brille zurecht.

»Das ist wirklich ein putziges Angebot, aber ich benötige keinen Wegweiser, weil ich der Ethik folge. Sie ist mir lieber, denn sie straft nicht. Vielleicht mit einem klitzekleinen Reuegefühl bei Fehltritt. Mehr aber nicht. Keinesfalls werde ich gegrillt und es gibt auch kein Heulen und Zähneklappern. Außerdem finde ich es seltsam, dass Gott meint, ich benötigte kein Gewissen. Ist das gleichzusetzen mit dem Spruch *Selig sind die geistig Armen, denn ihrer ist das Himmelreich*? Es reicht also blöd, arm und gewissenlos zu sein, um das Höchste zu erlangen?«

Frau Müller-Brase fletschte die Zähne, nahm die Antwort von Stummel sofort gierig auf und übersetzte in Höchstgeschwindigkeit. Ein gefundenes Fresschen. Sie fügte noch hinzu, dass manche Tierärzte zwar den Arsch einer Kuh zu finden vermochten, aber nicht den Sinn im Glauben. Jesus zog eine Augenbraue hoch. Er stellte die Ölschale zur Seite und klatschte sanft in die Hände. Es ploppte. Bange Sekunden tat sich nichts. Dann schon. Frau Müller-Brase zerstob in tausend Einzelteile, die zu Staub wurden und durch die Zimmerdecke emporschwebten. Hanke sah auf, ihr nach und kreischte los.

»Sie–ist–weg. Sie–ist–weg. Sie–ist–weg.« Er schaute den Staubkörnchen hinterher. Lieblicher hatte Frau Müller-Brase nie ausgesehen. »Sie ist tatsächlich–wirklich–endlich–schon–weg. Sie–ist–weg. Sie–ist–weg. Der Rohrstock ist auch fort.« Der Jubel bremste seine Begeisterung abrupt. Der Bauer schluckte. Überlegte. Wurde vorsichtig. »Wo ist Frau Müller-Brase hin? Ist sie tot? Ist sie ein Engel geworden? Oder schmort sie?«

»Hanke, diejenigen, die glauben, alles zu wissen, haben noch viel zu lernen. Ihr Weg ist noch weit. Sei unbesorgt, sie wird ihn gehen«, antwortete Jesus ruhig.

Hankes Mund öffnete sich und schloss sich wieder Unerklärlichkeitsblick. Es war nicht das, was Jesus sagte, sondern der Umstand, dass er ihn verstand. Jedes einzelne Wort. In Hebräisch. Er konnte die Sprache tatsächlich verstehen. Einfach so. Erleuchtung, Erstaunen und Freude vom Feinsten überkamen ihn. Hanke Harms, Bauer aus Dithmarschen, der Auserwählte, er selbst und kein anderer bekam die besondere Auszeichnung, nun auch noch ein Sprachgenie zu sein. Er wünschte sich, dass eine Litfaßsäule in der Nähe wäre und man dies plakatieren würde. In Riesenlettern: Hanke Harms, das Sprachrohr Gottes.

Hankes Freude über das Geschenk der Vielsprachigkeit mit Alleinstellungsmerkmal sollte nicht lange währen. Das sprachliche Wunder erstreckte sich nicht nur auf Hanke, sondern auch auf seine Mitmenschen. Der Heiland sprach fürderhin Hebräisch und alle im »Lütt Hüs« verstanden ihn. Wenngleich das Verstehen von Wörtern und Sätzen nicht bedeutete, auch deren Inhalt zu erfassen. Jesus von Nazareth, König der Juden, stand an der Seite des Tierarztes. Die Ölschale wieder zur Hand. Den Finger getränkt. Bereit zur Segnung.

»Broder Uhlig, willst du nach wie vor nicht gesegnet werden?«

»Wozu sollte das gut sein? Ich bin geboren worden, lebe und versuche, dies moralisch zu tun. Nur ich kann meinem Leben einen Sinn geben, an sich macht es keinen Sinn und das Beste kommt zum Schluss: Irgendwann werde ich sterben. Nirwana. Nichts. Ruhe in alle Ewigkeit. Das ist alles. Besonders schlimm finde ich das nicht.«

Jesus' Aura schien für Stummel besonders zu glühen. Die Antwort klang sanftmütig. »Broder Uhlig, Atheisten sehen dort einen Tod, wo Licht und Liebe sind. Sie fühlen den Sinn nicht, der hinter dem Leben steht, da sie ihn nur im Leben vermuten und sie hören nicht die Stimme des Vaters, welche Hoffnung schenkt, wo Hoffnungslosigkeit herrscht und tröstet, wo kein Trost mehr ist.«

Der Tierarzt machte sich gerade.

»Jesus, das sind wirklich sehr schöne Worte, aber für mich lässt sich alles auf Erden in eine mathematische Formel drücken oder mit Darwin erklären. Für spezielle Dinge, die unerklärlich sind, frage ich Sybille, meine Frau. Sie weiß auf alles eine Antwort, notfalls sogar in Tolstoi-Länge.«

»Broder Uhlig«, sagte Jesus versöhnlich und die wasserblauen Augen leuchteten. »Glaube kommt niemals allein, er wird immer von Zweifeln begleitet sein.« Jesus begann, die Hand zu erheben, um erneut eine Segnung anzubieten. Stummel wich einen weiteren Schritt zurück.

»Es verschmiert immer noch die Brille.«

Jesus verneigte sich, ließ von der Segnung ab und lächelte.

»Und mein Vater ist immer noch bei dir.«

Jesus ging weiter. Zu Hanke, der das Körpergewicht aufgeregt von einem Bein zum anderen verlagerte. Vor dem hibbeligen Hanke blieb der Heiland stehen.

»Du warst mir eine Hilfe.«

»Ja? Ich? Echt?«

»Ich danke dir.«

»Och, da nicht für.« Kam nicht mehr? Er wäre nicht Hanke Harms, wenn das alles gewesen wäre. Völlig aus der Tiefe des Herzens sprudelte er los. »Gibt es im Himmel Trecker? Kann ich wieder Bauer werden, wenn ich oben bin? Bekomme ich meine Insa und darf ich sie dort auch weiter lieben? Ich meine, erst ganz lange hier und dann da? Warum wächst einem im Paradies alles in den Mund? Das ist blöd, dann braucht man keine Bauern mehr. Dabei sind Bauern außerordentlich nützliche Menschen. Wir sähen, hegen, pflegen und ernten. Es ist nicht gut, wenn es einem in den Mund wächst, dann hat man nichts mehr zu tun und das ist auf Dauer langweilig. Ich möchte kein Mundwachsen. Ich will Bauer sein.«

Jesus tat das, was er meistens tat: Er lächelte. Antje stupste ihren Mann an.

»Ich glaube, als Schwiegersohn ist er nicht schlecht. Er sorgt vor«, flüsterte sie.

»Immerhin denkt er an unsere Insa.«, brummte Peter Bruns.

»Und an Trecker.«

»Stimmt«, bestätigte der Wirt.

»Sorgst du dich auch zuerst ums »Lütt Hüs« und dann um mich?«

Peter Bruns guckte irritiert.

»Mein Schnuppelpuppel, zuerst sorge ich mich um ein warmes Bett und dann ums Geschäft.«

»Bin ich etwa ein warmes Bett?« Eine Spur gespielter Beleidigung schwang mit.

»Nein.«

»Nein?«

»Ein heißes, mein Feuerköpfchen.« Antje Bruns' Gesicht überzog sich mit einem Grinsen. Die Wirtin richtete ihre Kleidung.

»Na dann. Wenn du das so siehst, dann ist es wohl so.« Sie kicherte.

Jesus legte seine Hand behutsam auf die Bauernschulter.

»Hanke, alles, was ihr Menschen auf Erden bindet, soll auch im Himmel gebunden sein, und alles, was ihr auf Erden lösen werdet, soll auch im Himmel gelöst sein. Denn dort, wo zwei zusammen sind in seinem Namen, da ist mein Vater auch bei ihnen. Freue dich auf das, was dich erwartet.«

»Und wie ist das mit dem Trecker?«

Jesus ging nicht darauf ein. Er beölte den Finger und setzte das heilige Kreuz auf Hanke Harms Stirn.

»Nun zu dir, Raik.« Jesus stand vor dem Fischer. Die Gestalt leuchtete.

Bemerkenswerterweise sagte Raik Deters nichts. Noch nicht einmal etwas Unverschämtes. Selbst Jesus fand das wunderlich.

»Hast du noch Fragen?«

»Nö.«

»Ich möchte dich segnen.«

»Jau.«

»Mit Öl.«

»Man zu.«

Selbst einem gestandenen Messias war das nicht geheuer.

»Du hast nicht dagegen?«

»Nö.«

Jesus tauchte den Finger. Sprach leise Worte und zog das Kreuz über die Stirn.

Einkehr. Abkehr von der Welt. Schweigsamkeit bei Raik. Wenig später brannte dem Fischer doch noch etwas unter den Fingernägeln. Im Geiste pulte er an der Frage, die landläufig als Fiasko bekannt ist.

»Nun mal ehrlich, Jesus, so unter uns. Du darfst auch absolut aufrichtig sein.« Er kickte Jesus mit dem Ellenbogen in die Rippen. »Du bist doch auch ein Mann, so ein richtiger, wenigstens gehe ich davon aus. Ich kann mir nicht denken, dass du immer noch eine Jungfrau bist, wie deine Mutter. Somit bist du vom Leben beleckt.«

Der Fischer zwinkerte ihm zu. »Mit Scarlett Johansson bin ich doch ziemlich dicht dran gewesen, oder?« Raik Deters bildete die bekannten Männerhandschalen vor der Brust. Jesus schaute die Schalen leicht verstört an. Nur weil Seltsames von einem Menschen erwartet wurde, bedeutete das nicht, das auch Seltsames eintraf. Der Heiland schien hilflos. Ratlos. Fraglos. Er lachte lauthals los. Nur für einen Augenblick, dann klopfte der Heiland dem Fischer auf die Schulter. Was auch immer das heißen mochte, eines wurde bewiesen: Zwar hatte Jesus von Nazareth in der gesamten Bibel niemals gelacht, aber es war ihm durchaus möglich. Zumindest in Dithmarschen hatte er allen Grund dazu.

»Peter«, flüsterte die Wirtin, »wir sind gleich dran.« Nervosität schwang in der Stimme mit. Der Wirt brummte. »Willst du den Profit mit Kost und Logis noch verhandeln? Dafür wäre jetzt der beste Zeitpunkt.« Peter Bruns schüttelte den Kopf. »Keine Kriege mehr, Hunger und Krankheiten – das wollten wir doch rausschlagen?«

»Schnuckel, wer bei Raik Deters noch lachen kann, der lässt sich auch auf keinen Kuhhandel ein.«

»Wir könnten es versuchen. Das wäre doch wundervoll für alle Menschen.«

»Das macht er nicht. Ich denke, sein Vater will uns prüfen und läutern.«

»Was? Warum?« Antje Bruns konnte der Philosophie ihres Gatten nicht ganz folgen.

»Ist doch ganz einfach. Prüfen und läutern – so, wie man Gold prüft und Silber läutert im Ofen des Elends.«

Frau Bruns schien die Tragweite der geschundenen Edelmetalle nicht zu erfassen. Er half ihr auf die Sprünge.

»Antje! Erst kippt er Gülle über uns aus. So weit alles klar?«

Die Wirtin nickte. *Gülle – kippen – über uns. Eindeutig alles klar. Was sollte daran schwierig sein?*

»Wer das sauber übersteht und trotzdem an ihn glaubt, ist ein echter Harter und nur die Harten kommen in den Garten.« Das musste sie erst einmal schlucken und verdauen. *Wer überstand einen Gülleguss sauber?* Der Wirt erahnte die Gedankengänge der Angetrauten.

»Im übertragenen Sinn, Schätzchen.« Es dämmerte ihr langsam.

»Na gut«, sagte sie, »dann nur etwas Olivenöl und keine Verhandlungen. Das ist wohl besser. Wer will schon Gülle?«

Der Wirt schaute seine Antje an und seufzte. Prüfungen waren eben Prüfungen, stand in seinem Blick geschrieben. Gleich darunter, kaum lesbar: Es gab auch eheliche Prüfungen. Da musste man einfach durch. Jesus kam auf das Ehepaar zu, mit dem benetzten Finger. Das Paar schwieg. Der Erlöser erteilte den Segen.

Gleich nach der Segnung wurde die Wirtin von einer Idee ergriffen.

»Jesus, wenn du gleich gehen willst, dann muss ich vorher noch in die Küche.« Antje wartete die Antwort nicht ab und eilte davon. Die Schwingtür flappte auf und zu.

Wind kam auf. Er drückte gegen das Haus. Das Gebälk ächzte. Hanke ging besorgt zum Fenster. *War mit Gretel alles in Ordnung?* Der Bauer legte sich in die äußerste Ecke des Fensters, um die Garage zu sehen. Gretel stand unversehrt da, blickte gen Himmel und kaute.

»Mit Gretel ist alles in Ordnung«, rief der Bauer erfreut den Männern zu.

»Na, da bin ich aber glücklich«, bemerkte der Fischer schnippisch. »Ist dafür der Rest der Welt untergegangen?« Hanke schaute abermals nach.

»Nein, es ist alles noch da. Draußen ist es grau und viele Wolken türmen sich am Himmel auf. Außerdem geht das Wasser zurück.«

Wasser – zurück. Das klingelte in Peter Bruns' Ohren. Ein Zauberklang. Endlich verzog sich die Nordsee, nachdem sie zwei Tage lang nicht weit von der Schwelle des Hauses gestanden hatte. Konnte das sein? Ihm entrutschte ein »Wirklich?« und Hanke schaute noch einmal nach.

»Jau.« Das schien offensichtlich das Startzeichen für Jesus zu sein.

»Ich muss gehen«, verkündete er, »es wird Zeit. Mein Vater ruft mich.«

Alle starrten Jesus an. Abschied. So schnell? Keiner traute sich, etwas zu sagen, außer dem Hausherrn, der nach seiner Frau brüllte.

»Antjeee!«

Die Schwingtür gab Geräusche von sich. Antje kam mit einem Weidenkörbchen angerannt.

»Ich bin ja schon da«, vermeldete sie gehetzt. Kurz vor dem Heiland blieb sie stehen. »Ich habe dir als kleine Wegzehrung ein Körbchen gepackt, mit Frikadellen und Brötchen.« Die Wirtin zeigte auf einen Kunststofftopf mit Klarsichtdeckel und erklärte: »In dem Topf sind Matjes mit Zwiebeln obendrauf. Das ist Fisch – du verstehst?« Jesus verstand. Antje fuhr fort: »Der ist wunderbar zart und aromatisch, dazu habe ich noch eine Flasche von unserem besten Rotwein gelegt. Die kleine Selterflasche ist für den Notfall.« Die Wirtin legte den Korb in Jesus' Hände. Zwar brannte die Zeit, doch die Neugier auch. Er besah sich den Inhalt. Wertschätzte den Wein und das Essbare. Die himmelblauen Augen nahmen Antje in den Fokus.

»Wer sich im Geben übt, dem wird gegeben. Ich danke dir, Antje Bruns, Frau des Peter Bruns, ich werde bei euch sein, alle Zeit, bis der letzte Tag gekommen ist.« Jesus verneigte sich. Unterdessen rüttelte der Wind stärker am Dach und pfiff durch alle Ritzen des Hauses. Startzeichen für die Himmelfahrt. Jesus schaute hoch zur Zimmerdecke.

»Vater«, sagte er, dabei sah die Zimmerdecke gar nicht väterlich aus, »gleich sind wir eins«. Licht ergoss sich über Jesus' Gestalt und hüllte sie ein. Jeans und Oberhemd verschwanden, an deren Stelle erschien ein weißes Gewand, das sich in abertausend leuchtend weiße Sternenkristalle auflöste und den Körper des Heilands mit sich nahm. Blitz und Donner erschütterten gleichzeitig das »Lütt Hüs« – ein würdiger Schlussakkord für einen König. Nur noch wenige Sterne glitten durch den Raum, als ein letzter Gruß aus höheren Gefilden. Nach und nach entschwanden auch sie.

»Wenn ihr mich fragt«, sagte Peter Bruns nach zäh zerflossener Zeit, »wir sollten von dem, was wir hier erlebt haben, niemals etwas erzählen. Das sage ich ausdrücklich: niemandem und niemals. Nicht Insa, Sybille und Mareike. Nicht Mutter Harms. Keiner Menschenseele. Ich kann nur eins versprechen, wenn das sich rumspricht, dann landen wir alle in der Anstalt.«

***

Göttliche Geschenke

Bittet, so wird euch gegeben. Suchet, so werdet ihr finden. Klopfet an, so wird euch aufgetan.

Matthäus 7.7

Die Nordsee hatte sich tatsächlich weiter zurückgezogen, ganz wie Hanke festgestellt hatte. Doch nach dem Schlussakkord des Heilands bewegte sich das Wasser geschäftig und laut. Tosend, bedrohlich, mit einer hohen Welle, so veränderte sich der Charakter. Lärm dröhnte in den Ohren der Anwesenden. Die basslastigen Schwingungen erzeugten fühlbaren Druck. Antje krallte sich in den Oberarm ihres Mannes und selbst Stummel schien das Ganze nicht kalt zu lassen. Er analysierte, dass ihm eine Erdbestattung mehr liegen würde als eine Seebestattung. *Würmer oder Fische*, das war hier die Frage. Er entschied sich für eine schlaue Lösung – Feuerbestattung mit Erdbeisetzung. Auch Würmer sollten keine Mahlzeit von ihm bekommen, zumindest nicht, wenn es sich dabei um ihn selbst handelte.

Das »Lütt Hüs« wurde ordentlich durchgeschüttelt. Alle standen mehr oder minder direkt am Fenster und schauten dem Wasser hinterher. *Wo war das Wasser? Wie weit würde es weichen? Kam die Welle zurück?* Sieben Augenpaare starrten gebannt hinaus. Das Wasser hatte sich hinter den Deich zurückgezogen. Soweit in Ordnung. Die Nordsee schien dort verbleiben zu wollen. Durch den Bruch im Deich konnte der Belagerungsfeind beobachtet werden. Das Nass spielte die Unschuld.

Unvermittelt riss die Eingangstür auf und knallte wieder einmal gegen die Wand. Der Aufmerksamkeitsradius der Versammelten verlagerte sich schlagartig und wandte sich der Haustür zu. Wind blies herein. Nasse Kühle und Heldentum lagen in der Luft. Sichtbar wurde ein Eindringling mit roten Haaren, gebunden zu einem Zopf, aus dem unzählige Strähnen sprießten. Eindeutig: eine Frau. Im Gegenlicht sah es aus, als würde der Kopf der Invasorin in Flammen stehen. Als Nächstes folgte ein blasses Gesicht voller Entschlusskraft. Nun wurde es ganz eindeutig: Sybille. Die Frau des Tierarztes stand im Türrahmen. Sie hielt einen Baseballschläger in der Hand, der Schlagarm holte aus und sie rief den Schlachtruf: »Broooder!« Auch Vegetarierinnen konnten ihren Mann gegen jedweden Angreifer verteidigen und bereit sein, dem Feind das Mark aus den Knochen zu saugen. Broder Uhlig zuckte zusammen.

»Sybille!?« Der Tierarzt schien mehr als verwundert.

»Broder, wo bist du?« Noch hatte die Gattin den Gatten nicht erfasst.

»Hier!« Sybille schwenke in seine Richtung und versuchte, die Lage zu erfassen: *Alles in Ordnung? Keine Verletzten? Feinde, Angreifer oder Gewaltverbrecher zugegen?* Die Frau des Tierarztes senkte den Schlagarm und der Baseballschläger fiel zu Boden.

»Broder! Geht es dir gut?« Sie rannte auf ihn zu und ließ sich sofort in seine Arme sinken.

»Billa«, Broder klopfte ihr auf den Rücken, »mir geht es gut.«

»Ich hatte solche Angst um dich, als ich von Mutter zurückkam und du nicht da warst.« Broder Uhlig küsste seine Frau. Innig, liebkostend, in der Umarmung verbleibend, schien die Welt um sie herum zu versinken. Sybille und Broder, das war alles, was derzeit in diesem Universum zählte. Raik Deters zog angewidert die Oberlippe hoch.

»Das ist ja eklig. Es ist besser, wenn er über das Grünschnitzel herzieht«, flüsterte er Hanke zu.

»Finde ich nicht. Die zwei sind süß.«

»Süß? Ist das nicht auch vegetarisch?«

»Süß ist süß«, hielt Hanke stand.

»Wenn es Fisch oder Fleisch dazu gibt, ist es mir egal. Aber müssen die so … so … eklig sein?«

»Ich habe dich überall gesucht. Die Polizei ist eingeschaltet. Dann dachte ich an das »Lütt Hüs«, vermutete dich hier und hier bist du. Ich bin so glücklich«, sagte Sybille. Doktor Broder Uhlig wäre nicht Doktor Broder Uhlig, wenn er aus dem überschwänglichen Glück seiner Frau nicht etwas für sich abzwacken würde.

»Ach, Billa, ich wäre fast gestorben.«

»Sag nicht so was.«

»Ertrunken, nach Deichbruch. Jämmerlich.«

»Broder!«

»Billa, mein letzter Gedanke galt dir. Das große Sehnen zerrissen, die Liebe fortgespült, bevor die Lichter ausgehen. Weißt du, was mein allerletzter Wunsch auf Erden gewesen ist, in den schwindenden Minuten der ertrinkenden Angst?« Stummel gönnte sich eine Kunstpause. Der Abgesang musste Stil haben und ganz groß sein.

»Broder, sag es.«

»Die Dunkelheit des Todes verlangte nach Licht. Kerzenlicht und dein leuchtendes Antlitz. Ein romantischer Abend, wir schauen uns in die Augen, trinken Champagner und …« Wie beiläufig fügte er ein Rib-Eye-Steak hinzu. Instinktiv arretierte Sybille.

»Broder!«

»Ich wäre fast ertrunken. Sterbend. Keine Atmung mehr, Nulllinie und du meine Witwe. Kann man da die Freudenfeier des Geretteten ablehnen?«

»Das Tier auf dem Teller ist dann aber auch tot.«

Stummel wusste, Sybille war beinhart. Ab hier zählen keine Argumente mehr, aber im emotionalen Bereich hatte sie Schwächen. Doktor Uhlig setzte zur Druckverstärkung sein berühmtes männlich-hilfloses Lächeln ein.

»Wenn du meine Bedürfnisse nach Liebe und Geborgenheit so von dir weisen kannst, dann soll es mir recht sein …« Stummels Erfahrung sagte, ein Schritt zurück bedeutete einen Schritt vorwärts. Er lächelte. Sybille knabberte.

»Broder, nur weil eine schwerwiegende Ausnahmesituation vorlag: ein Rib-Eye-Steak.« Der Tierarzt frohlockte. Ziel erreicht. Ein Lächeln folgte, welches im Nachklang etwas Schlitzohriges hatte.

»Da wäre noch etwas …« Er reizte das Blatt voll aus.

»Nein. Nur ein Steak. Eventuell noch eine Zigarre, aber dann ist Schluss.«

»Das ist es nicht«, sagte der Mann, der noch weitere Geschenke witterte. Stummel zog Sybille zu sich heran und flüsterte ihr ins Ohr. Die Wunschliste wurde komplettiert. Sybilles Dankbarkeit über die Rettung musste unter Beweis gestellt werden: Wem so viel Gutes widerfuhr, dem war es sicherlich ein Paar heiße Strapse wert. Präzise definiert: winzige englische Schwärze.

∗∗∗

Im Hintergrund klingelte das Telefon. Ein ungewohntes Geräusch. Antjes Irritation zog sich über das ganze Gesicht. Sie lief zum Festnetztelefon. Sicherlich Insa. Das Klingeln hörte sich nach ihr an. Wenn sie in den letzten Tagen versucht hatte, das »Lütt Hüs« zu erreichen, war Insa bestimmt genauso aufgeregt wie Sybille.

»Bruns«, sprach Frau Bruns in den Hörer. Wortfetzen erklangen. Es dauerte, bis Antje ihrem Mann indirekt mitteilen konnte, um wen es sich handelte. »Insa, mein Schatz! Ich bin so froh, dich zu hören. Wir hatten hier einen Deichbruch und das »Lütt Hüs« war komplett eingeschlossen. Aber jetzt ist das Wasser wieder weg, du musst dir keine Sorgen mehr machen.«

»Sag ihr, dass ich sie auch lieb habe und dass ich wünschte, sie wäre hier«, rief Peter Bruns der Gattin zu.

»Was? Wo bist du? Oh, wie schön. Du bist also bald hier. Mareike ist bei dir. Ah, ja … Ich verstehe.«

In diesem Augenblick, in dem der Name Mareike fiel, lief ein Schauer über den Rücken des Fischers. Raik Deters starrte die Telefoniererin an. Hatte er richtig gehört? Er erstarrte. *Mareike? Die Ex? Gleich hier?* Ähnlich, nur ganz anders, erging es Hanke. *Insa? Die Liebe meines Lebens? Gleich hier?*

Die zwei wussten, was die Stunde geschlagen hatte. Hanke erfasste die blanke Angst und Raik schloss sich an. Trotzdem durfte die Männlichkeit nicht unter den Tisch gekehrt werden. Antje legte den Telefonhörer auf.

»Ist das nicht schön, Insa und Mareike sind auf dem Weg zu uns. Sie haben sich Sorgen gemacht, weil wir nicht erreichbar waren. Die beiden kommen mit dem Zug und sind bald in Husum«, verkündete die Wirtin. Schockstarre. Die Weiber kamen.

»Was will Mareike denn hier? Sind die Quanten der Pfeffersäcke alle? Schluss mit Selbstverwirklichung?«

»Raik«, besänftigte Antje, »Mareike hat sich um dich gesorgt.«

»Wohl eher darum, dass ihr der Unterhalt flöten geht.«

»Mein lieber Raik, so spricht man nicht. Möglicherweise hat sie immer noch mehr Herz für dich, als du denkst. Du hast schließlich auch mehr Herz für sie, als sie denkt.«

»Weiber machen nur Ärger. Ich bin davon ab. Frauen lassen mich kalt.«

»Mich auch«, krähte Hanke solidarisch. Einfach, wenn das Objekt der

Begierde weit weg war und Mann davon träumen konnte. Das bedeutete, nicht handeln zu müssen. Es war schon eine Krux: Frauen in Träumen erlagen sofort, bei den echten im Leben musste man selbst herumbasteln. Wer wollte das schon, wenn möglicherweise am Ende nur ein Korb daraus wurde?

»Das lässt mich so was von absolut kalt, da kriege ich schon Frostbeulen«, unterstrich Hanke die Angst.

»Willst du nicht was von meiner Tochter oder habe ich das falsch verstanden, Herr Harms?« Schwiegervater Bruns mochte offensichtlich die Frostbeulenerklärung des künftigen Schwiegersohnes nicht. Hanke kratzte sich an der Stirn und fing an zu rudern, er wusste nur nicht, in welche Richtung.

»So–also–so, also nein, so war das nicht gemeint.«

»Wie dann?« Hilfesuchend drehte er sich zu Raik Deters um.

»Raik, wie war das gemeint?«

»Wie soll das schon gemeint sein?«

Hanke wiederholte in Richtung Schwiegervater.

»Wie soll das schon gemeint sein?«

»Ja genau, das frage ich dich, wie ist das gemeint, Schwiegersohn in spe?«

Unbeholfen schaute der Bauer den Freund an. Raik Deters fasste sich ans Kinn und strich anschließend über die Haare. Ohne auf Hanke zu achten, ihn einzuplanen oder gar an ihn zu denken, sprach er gedankenverloren.

»Ich muss mich rasieren und Haarewaschen wäre auch nicht schlecht.« Hankes Mund öffnete sich. Rolle rückwärts.

»Wir gehen uns rasieren«, plapperte der Bauer nach, »und Haarewaschen.« Der Wirt nickte. Das reichte.

»Sehr gute Idee«, brummte er, »sonst hätte *ich* euch die Köpfe gewaschen.«

Die Männer eilten zur Treppe. Der Fischer ergriff den Handlauf. Hanke stolperte hinterher.

»Du, Raik, warum rasieren wir uns und waschen die Haare? Wir wollten doch kalt bei den Weibersleuten sein.«

»Sind wir auch. Das ist aus hygienischen Gründen.«

»Ach so.«

Auf der Hälfte der Treppe hatten die Befürchtungen bei Hanke genügend gebohrt, um noch eine allgemeine Frage abzusetzen. Das kluge Bäuerchen schlug einen beiläufigen Tonfall an.

»Du, Raik.«

»Jau.«

»Was sagt man, wenn ein Mann will und er nicht weiß, ob sie will?«

»Wieso willst du das wissen?«

»Mehr so aus hygienischen Gründen.« Raik Deters folgte eher unwillig seiner Vormachtstellung als Welterklärer.

»Das ist doch vollkommen klar. Auf welchem Planeten lebst du eigentlich?«

»Erde.«

Raik Deters schnaufte.

»Frauen sind einfach strukturiert«, dozierte der Fischer. Sie können nicht anders. Ihnen reichen drei Wörter. Das ist urzeitlich bedingt. Man hielt sich kurz und grunzte.«

»Grunzen?«

»Jau.«

»Und welche Wörter sind das?« Raik schien sich der Antwort nicht widmen zu wollen und ging bis zum Treppenabsatz hinauf. Hanke kam nach. Oben angekommen wurde die Schraubzwinge enger.

»Raik, welche Wörter sind das?«

»Ich … ich … Du weißt schon, was dann folgt.«

»Grunzen?«

»Nee, verdammich, die Sache mit der … Warum weißt du es nicht? Jeder kennt sie.«

»Ich weiß nicht, worauf du hinaus willst. Warum sagst du es denn nicht?«

Raik Deters rieb sich über den Mund.

»So einfach ist das nicht.«

»Was denn?« Er setzte neu an.

»Ich … man sagt: Ich …«

»Jaaa?«

»Ich … liebe … dich.« Nun war es heraus. Stolperich, holperich, aber draußen.

Hankes Augen wurden groß.

»Ach, die drei Worte … Also ich … Gibt es eine andere Möglichkeit?«

Der Fischer schüttelte den Kopf.

»Raaaik, ich kann das nicht.«

»Das muss aber.«

»Wollen wir gemeinsam üben?« Der Fischer ließ sich Zeit. Es hatte den Anschein, als würde er überhaupt nicht mehr antworten. Bis ein simples Wort hervorkroch. »Möglich.« Was hatte die karge Antwort zu bedeuten? Ganz einfach: Männer waren einfach strukturiert. Sie konnten nicht anders. Ihnen reichte zumeist ein Wort als Kommunikation. Das war urzeitlich bedingt. Man hielt sich kurz und grunzte.

Wie sah der Himmel die Sache? Glaube war das größte Geschenk des Menschen an Gott. Der Herr dankte es mit Liebe. Gelegentlich, nach besonderen Ereignissen, fielen ganz andere Präsente vom Himmel: Einsichtsfähigkeit, Mut und gutes Gelingen.

***

Antje und Peter sahen den Treppenerklimmern nach. Streit und Widerrede – inzwischen ein heimisches Gefühl. Stummel und Sybille waren im Gehen begriffen. Der Tierarzt kam auf den Wirt zu, bedankte sich und wollte die Rechnung bezahlen. Peter Bruns winkte ab.

»Das ist ein Notfall gewesen, Stummel. Geht alles aufs Haus«, brummte er und Stummel bedankte sich vielmals, bevor er mit Sybille das »Lütt Hüs« verließ. Nur noch Hermann und Molly standen im Raum. Draußen starteten zwei Wagen.

»Peterle, ich gehe noch mal mit Molly auf den Deich. Wir laufen etwas und dann gehen wir auch. Ich hoffe, unser Auto springt genauso gut an. Stummels Wagen stand neben der Garage im Trockenen. Unserer hat nasse Füße bekommen.«

»Wird schon klappen, Hermann. Und am nächsten Wochenende lassen wir alles noch einmal Revue passieren. Bei einem kühlen Blonden.« Hermann lachte und klinkte die Hundeleine ein.

»So soll es sein.« Selbst die Havaneserin tippelte vor Freude auf dem Fußboden. »Molly, wir gehen noch ein bisschen spazieren, bevor wir nach Hause fahren.« Molly schien zu verstehen, sie zog an der Leine. Hermann ging hinterher. Mit einem Mal zog Leere ins »Lütt Hüs« ein. Der Gastraum hatte keine Gäste mehr.

»Min Seuten«, der Wirt nahm seine Frau in den Arm, »das haben wir doch alles ziemlich gut gemeistert. Findest du nicht auch?« Antje Bruns nickte.

»Ja, das haben wir, auch wenn es anfänglich nicht danach aussah. Wollen wir nicht mal vor die Tür gucken, Peterle?«

»Das sollten wir, mein Hasenschwänzchen.«

Vor der Tür ergab sich ein Bild, das entsetzte und nach viel Arbeit aussah. Die ersten Worte Antjes: *Ach herrje*. Das gewichene Wasser hinterließ einen sandverdreckten Hof. Überall lagen Schlickhäufchen. Glibberige Algen und Nordseepfützen übersäten die Auffahrt. Eine Fischgeruchskulisse drang in die Nase der Wirtsleute. Unendlich viele Gegenstände unbekannten Ursprungs lagen verteilt auf dem Boden. Strandgut. Immerhin war das Grau des Himmels gewichen und die Sonne kam zum Vorschein.

»Unfassbar. Peter, da lauert enormer Einsatz auf uns.« Der Wirt zuckte mit den Schultern.

»Wir haben schon ganz andere Hürden genommen, Schnuckelchen. Insa hilft mit und die Jungs vielleicht auch. Schon ist das nicht mehr so schlimm. Viele Hände schaffen bald ein Ende.« Antje seufzte. Ihr Mann sah in die Ferne.

»Was, zum Kuckuck, ist das?« Er zeigte auf die krassgelben Metallteile, die im Umkreis verstreut lagen. »Lass uns das doch mal genauer ansehen.« Er ging auf das erste Teil zu. Antje hinterher. Eine Untersuchung folgte. Es schien Bestandteil eines Autos gewesen zu sein. Antje holte ein zweites Stück heran. Eine dicke Schraube. Rätselraten. Der Wirt ging weiter. Fand mehr und häufte die Fundstücke zu einem Stapel auf. Bis er etwas fand, dass sein Herz höher schlagen ließ. Es verschlug ihm fast den Atem. Der Wirt rannte zur Gattin, die sich ebenfalls mit Häufchenbildung beschäftigte.

»Antje, weißt du, was das ist?«, rief Peter Bruns mehr ungläubig als freudig aus.

»Was soll das schon sein? Schrott? Strandgut?«

»Strandgut ist es. Aber meine Süße, nicht nur Strandgut. Das ist ein Lamborghini.«

»Was?« Antje schaute sich um. »Ich sehe hier bloß Metallschrott.« Der Wirt wiegte den Kopf.

»So viel Unwissenheit in so einem hübschen Köpfchen. Antje, mein Herz, im Großen und Ganzen richtig, aber wenn alles zusammengesetzt ist, dann kommt ein geiler Flitzer raus. Schau doch nur.«, Peter Bruns hielt den letzten Fund hoch. Ein Lenkrad mit Emblem: Murciélago, der legendäre Stier, der im Kampf unzählige Lanzen überlebt hatte und begnadigt wurde. Gesenkter Kopf zum Angriff, erhobener Schwanz – ein Männersymbol. Lamborghini. Peter Bruns' Gesicht strahlte.

»Weißt du, was das bedeutet? Jesus hat uns einen Lamborghini geschenkt«, jubelte der Wirt. »Erinnerst du dich? Wer sich im Geben übt, dem wir gegeben. Hat er das nicht gesagt?«

»Du meinst, es ist für uns?«

»O ja, ein göttliches Auto für ein Weidenkörbchen mit furztrockenen Frikadellen. Wer hätte das gedacht, dass man so leicht einen Lamborghini geschenkt bekommt.«

»Furztrockene Frikadellen? Was meinst du damit?«

»Ich meine … Was meine ich denn? Hasenbeinchen, ich mag deine Frikadellen. Danach schreit meine Seele immer *Bier!* Und das kann nicht schlecht sein.«

Antje mutmaßte, was ihr Gatte damit nicht sagen wollte. Aber Wunder zu genießen war einfacher, als Männer zu hinterfragen. Antje sah sich das Trümmerfeld genauer an.

»Wenn du mich fragst, sieht es eher nach Messiasschrott aus als nach einem göttlichen Auto.«

»Unsinn. Wir sammeln die Teile, reinigen sie, ölen und dann setzen wir alles zusammen.«

»Wir?«

»Ja. Das schaffe ich nicht allein.«

»Ach herrje, ich soll an einem Auto schrauben?«

»Keine Angst, du bist doch geländetauglich, das bringe ich dir bei.«

»Und du behandelst mich dann nicht wie eine Frau?«

»Dafür habe ich keine Zeit. Schrauben ist reine Konzentration.« Antje Bruns schwebte. Geländetauglich. Behandelt werden wie ein Mann – Wolkengefühl in Dithmarschen. Von weit her hörte sie sogar Glöckchen. Das Licht wurde rosarot und ihr Empfinden auch. Geschenke vom Herrn waren das Beste, was passieren konnte. Nichts hätte diesen Augenblick der Erhabenheit trüben können, bis zu dem Augenblick, als Peter Bruns der Gattin etwas zuraunte.

»Aber die Sache mit dem Verbandskasten, da musst du dich drum kümmern.«

»Verbandskasten?« Antje stemmte die Hände in die Hüften. Auf der Landstraße, die zum »Lütt Hüs« führte, tauchte plötzlich Blaulicht auf. Das eines Polizeieinsatzwagens. Die blaue Farbtönung untermalte das grimmige Gesicht der Wirtin und es kam noch ein Geräusch hinzu. Hundegebell. Zunächst irritierte es nicht. »Verbandskasten? Was meinst du damit?« Peter Bruns schien leicht verwirrt über den Verbandskastenausbruch seiner Frau zu sein.

»Wie? Was ich mit Verbandskasten meine? Ist das nicht egal?«

Das Gebell wurde lauter. Antje und Peter Bruns schauten dem Lärm entgegen. Deichbank. Molly kläffte. Der Polizeiwagen bog in die Auffahrt ein. Stoppte. Zwei Uniformierte stiegen aus. Dem Wirtsehepaar schien dies nicht wichtig – das Bellen eindeutig wichtiger.

»Molly kläfft«, sagte der Hausherr.

»Molly kläfft«, wiederholte Antje. Die Polizisten liefen auf das Ehepaar zu. Sie setzten die Schirmmützen auf und kamen zügig näher.

»Die Bundeswehr schickt einen Hubschrauber. Hochwasserrettung. Mit Sandsäcken und einer Mannschaft. Ist sonst alles in Ordnung? Verletzte? Irgendwo Gefahr im Verzug?« Beim Wort »Bundeswehr« hätten der Speichelfluss und das Freudenbarometer des Wirtes eigentlich reagieren müssen.

»Siehst du das?«, fragte er dagegen Antje.

»Ja. Ein Licht. Hermann spricht mit einem Licht.«

Die Anwesenheit der Polizisten ließen Wirt und Wirtin kalt. *Bundeswehr? Was war das? Polizeibeamte? Wofür?* Totale Fixierung auf den Brennpunkt Deich. Peter Bruns schaute Antje an.

»Weißt du, was das bedeutet?«

Antje schrie los, in einer Lautstärke, die alle zusammenzucken ließ und die stracks beantwortete, ob Gefahr im Verzuge sei.

»Hermann! Nicht!«, kreischte sie und hastete los. Dabei touchierte sie einen Ordnungshüter, schubste ihn aus dem Weg und rannte weiter. »Hermann, geh nicht in das Licht!« Peter Bruns rannte seiner Frau hinterher und unterstütze mit einem »Lass das, Hermann! Lass das, sofort!«

Die Polizisten litten für einen Moment unter Orientierungsschwächen. Der Geschubste schüttelte sich, sah den Wirtsleuten hinterher. Leuchtender Deich. Es gab nur eine mögliche Reaktion: *Hinterher!* Frei nach dem Motto: Wo Rauch war, da war auch Feuer. Die Beamten rannten. In der Summe liefen vier Menschen um zwei Leben.

214

Hermann saß auf der Bank. Aufrecht, friedlich und mit einem Lächeln im Gesicht. Der Kopf lag auf der Schulter. Die Augen waren geschlossen. Es sah nach Schlaf aus. Molly ruhte in Hermanns Schoß. Auch sie hatte die Augen geschlossen. Nicht nur ein kleiner Schlummer, sondern ein Hundeherz in der Ewigkeit. Antje standen im Nu Tränen in den Augen. Der Anblick machte sie schwer betroffen. Das Ehepaar und die Beamten standen einfach nur da. Nahezu erstarrt, bis einer der Polizisten Hermanns Puls prüfte und Molly berührte. Er verneinte mit einem Kopfschütteln. Gewissheit schmerzte. Antje schlug die Hände vor den Mund und ließ ein Aufschluchzen hören. Peter Bruns schluckte. Er zog Antje an sich. Die Tränenkanäle des Wirtes krampften. Am liebsten hätte auch er geweint und geschluchzt. Was hielt ihn davon ab? Männer waren ebenso wie Frauen in Rollen gefangen, die ihnen nicht immer leicht fielen.

Der Wirt würgte die Emotion herunter und strich über Antjes Kopf. Stille umfing die kleine Gruppe. Kein Windhauch regte sich. Die Welt in Dithmarschen hielt die Luft an.

»Sieh mal, Antje«, unterbrach Peter Bruns den Frieden, »auf dem Boden liegen weiße Rosen.« Die Wirtin schälte sich aus der schützenden Schulter heraus und blickte nach unten. Unzählige Blumen lagen verstreut.

»Wo kommen denn so schöne Rosen her?«, schniefte sie.

»Ich weiß nicht, aber sieh mal genau hin. Hermann lächelt so friedvoll.« Ein Blick zu Hermann folgte, danach ein Wimmern und zurück an die Schulter.

»Ach, meine Süße, sie sind bei Emma«, brachte der Wirt seiner Frau bei und drückte sie fester.

»Oh, mein Gott, das ist ja furchtbar!« Weiterer Tränenfluss.

»Nein, mein Schatz, das ist nicht furchtbar, das ist wundervoll. Was kann einem Mann Schöneres passieren, als wenn er wieder mit seiner Frau vereint ist? Das ist ein ganz besonderes Geschenk.«

Antje antwortete nicht. Sie heulte und ihr Körper schüttelte sich. Peter Bruns zog tief die Nordseeluft ein. Abenddämmerung für einen toten Kameraden und dessen treue Hündin. Der Zustand seines Inneren formte eine Rede.

»Männer«, sagte Peter Bruns und blickte in Richtung Freund und Helfer, »nehmt eure Mützen ab. Zur Ehre der Verstorbenen.« Zwei Mützen entschwanden klaglos von den Köpfen. Der Wirt, mit Gattin im Arm, zog seine Statur straff. »Hört mich an!«, tönte es über den Deich. »Kameraden, holde Liebste! Im just erfahrenen Leid wird eine Weisheit klar, dass unser Verstand nicht alles fassen kann. Ein guter Freund, Vertrauter, langer Wegbegleiter ist von uns gegangen. Ein Weggang ohne Abschied. Mit ihm ging Molly, ein beständiges Wesen, gleichfalls mit freundlicher Natur gesegnet. Wie tief ist unsere Trauer? Unendlich! Worte mögen sie kaum erfassen. Schmerz umklammert unsere Sinne und gräbt sich in die Herzen. Reichlich Tränen fließen. Bei denen, die im Stillen leiden, ist Pein die Mutter namens Kummer.« Peter Bruns hielt inne. Er zog mit der Hand eine Linie über die Nordsee. »Seht, die ihr hier seid, die Sonne, wie sie schwindet. So schwanden auch die zwei. Was unser Kopf gerad' noch fassen kann, ist eines: dass das Gestirn die Antwort ist. Sie verblasst, vergeht und wird von Neuem auferstehen. So ist der Lauf der Dinge. Und eines ist gewiss – Trauer tötet niemals Hoffnung. So wahr, wie ich hier stehe, verkünde ich: Die Sonne ist bald wieder da und ebenso in naher Ferne, lockt der alte Freund mit einem Wiedersehen.«

***

© Studioline

ÜBER DEN AUTOR

Wolfgang A. Gogolin, Jahrgang 1957 und von Beruf Rechtspfleger, lebt mit Ehefrau in seiner Heimatstadt Hamburg.

Neben einigen Dutzend Veröffentlichungen in Zeitschriften/Anthologien bisher dreizehn Bücher. Im Sommer 2010 erschien ein Kurzgeschichtenband unter dem Titel ›Geist der Venus‹, Anfang 2011 der Roman ›Schlafen bei Licht‹.

Ende 2013 wurde der Parisroman ›Dunkles Licht in heller Nacht‹ veröffentlicht, im September 2014 kam es zu einer Neuveröffentlichung von ›Geist der Venus‹.

Die Novelle ›Rotblaue Nelken‹ erschien Mitte 2017, gefolgt vom Roman ›Das Vermächtnis der verlorenen Zeit‹ im April 2018.

2019 startete gemeinsam mit dem Karina-Verlag die Trilogie ›Französisch von unten‹ mit dem Roman ›Leben mal sieben‹. 2020 folgte ›Siebenmal geplagt‹ und 2021 ›Sieben Todsünden‹.

Teil 1 der Trilogie wurde vom Verlag mit dem Award ›Best Author‹ prämiert.

Als überzeugter Gourmet schreibt Gogolin regelmäßig Kochbuchbesprechungen für Verlage sowie Restaurantkritiken auf genussgenie.de.

Weiters im Karina-Verlag erschienen:

Französisch von Unten

Wolfgang A. Gogolin

Trilogie

Arnaud, ein verschlafenes Fischerdorf in der Normandie. Auf dem Markt-platz die ehrwürdige Kirche Sankt Catherine und vis-à-vis ein Bordell. Das allein gibt jede Menge Sprengstoff, doch dann wird auch noch der korrupte Bürgermeister Laval ermordet.

Der streunende Kater Merlin bleibt von all der Aufregung unbeein-druckt. Er hat seine eigenen Sorgen …

Leben mal sieben: ISBN: 978-3-96443-995-6
Siebenmal geplagt: ISBN: 978-3-96698-086-9
Sieben Todsünden: ISBN: 978-3-96966-462-9

BARFUSS IM HIMMEL

KARINA MOEBIUS

Drei Frauen – drei Schicksale.

So unterschiedlich wie die Erdenleben der Protagonistinnen waren, sind auch ihre Erlebnisse im Himmel. Drei Schutzengel haben alle Hände voll zu tun, um ihren Schützlingen zur Seite zu stehen und mit ihnen eine ordnungsgemäße Rückschau zu halten.

Diese Geschichte verrät, warum im Himmel gesungen und getanzt wird, aber auch, was passiert, wenn ein Schutzengel nicht ganz bei der Sache ist und seine Aufsichtspflicht verletzt.

Und wer ist eigentlich dieser Herr Kommissar, der Anna auf Schritt und Tritt folgt?

ISBN: 978-3-96443-858-4

www.karinaverlag.at